À PROPOS DE L'AUTRICE

Issue d'une grande famille irlando-italienne, **Amanda Cinelli** grandit dans la banlieue verdoyante de Dublin. Après s'être essayée à plusieurs carrières, elle trouve sa vocation d'autrice, en remportant un concours d'écriture grâce à son premier roman. Maman de trois petites filles, Amanda a des journées bien remplies : allers-retours à l'école, activités familiales et écriture de romances constituent son quotidien. Une routine qu'elle se considère comme incroyablement chanceuse de pouvoir appeler « son travail ».

Délicieuse liberté

*

Promise par devoir

Collection : SAGAS

Titre original :
ONE NIGHT WITH THE FORBIDDEN PRINCESS

Ce roman a déjà été publié en 2020

HARPERCOLLINS FRANCE
83-85, boulevard Vincent-Auriol, 75646 PARIS CEDEX 13
Service Clients — www.harlequin.fr
ISBN 978-2-2805-1703-4 — ISSN 2426-993X

Édité par HarperCollins France.
Composition et mise en pages Nord Compo.
Imprimé en février 2025 par CPI Black Print (Barcelone)
en utilisant 100% d'électricité renouvelable.
Dépôt légal : mars 2025.

FSC
www.fsc.org
MIXTE
Papier issu de sources responsables
FSC® C159065

Pour limiter l'empreinte environnementale de ses livres, HarperCollins France s'engage à n'utiliser que du papier fabriqué à partir de bois provenant de forêts gérées durablement et de manière responsable.

AMANDA CINELLI

Délicieuse liberté

INTÉGRALE
MARIAGES À MONTEVERRE

Traduction française de
ÉLISABETH MARZIN

SAGAS

HARLEQUIN

1

« Il fera sa demande dans les prochains jours. »

Les paroles de son père résonnaient encore dans les oreilles d'Olivia. Après tout, ce n'était pas tous les jours que votre père vous informait que vous alliez épouser un parfait inconnu.

Mais il était vrai que son père était roi.

Et le roi estimait de toute évidence que le meilleur moment pour lui annoncer cette nouvelle était moins de trente secondes avant de la présenter à son fiancé. C'était un miracle si elle avait trouvé la force de saluer ce dernier avant de s'excuser et de s'éclipser. Chose à laquelle, en principe, une princesse n'était pas autorisée au cours d'une réception officielle. Surtout quand celle-ci était donnée en l'honneur du très estimé souverain d'un royaume lointain, censé par ailleurs devenir son époux. Mais c'était justement pour cette raison qu'elle avait besoin de s'isoler.

— Champagne, Votre Altesse ?

Elle s'arrêta et accepta en souriant la flûte que lui tendait un serveur. Un tout jeune homme dont les doigts tremblaient légèrement et qui semblait avoir du mal à maintenir son plateau en équilibre. Sans doute sortait-il tout juste de l'école.

— C'est la première fois que vous travaillez pour la Coupe de Monteverre ? demanda-t-elle tout en parcourant la salle de réception du regard à la recherche de l'issue la plus discrète.

— C'est la première fois que je travaille tout court, princesse... Je veux dire, Votre Altesse.

— Vous vous en sortez merveilleusement bien.

Elle adressa un nouveau sourire au jeune homme. Avec un peu de chance, ce compliment devrait l'aider à surmonter sa nervosité. Ça ne devait pas être facile de faire ses débuts au cours d'un événement qui rassemblait certaines des plus grandes fortunes et des plus grandes célébrités d'Europe.

— Merci, princesse Olivia... Je veux dire, Votre Altesse... Merci, bredouilla-t-il en s'inclinant gauchement avant de s'éloigner.

Elle soupira et but une gorgée de champagne. Elle aurait volontiers passé le reste de l'après-midi à bavarder avec cet adolescent pour éviter de penser à la très mauvaise surprise que venait de lui faire son père. Comme si ces réceptions officielles n'étaient déjà pas assez pénibles...

Jusque-là elle avait passé son temps à échanger les politesses d'usage avec les invités habituels. Ses parents, le roi Fabian et la reine Aurelia de Monteverre, se trouvaient sur la terrasse qui dominait l'hippodrome, entourés d'invités et de leurs gardes du corps. Elle était elle-même accompagnée de sa propre équipe de sécurité, dont les membres éparpillés autour d'elle ne parvenaient pas tout à fait à se fondre dans la foule.

La Coupe de Monteverre, qui durait une semaine et attirait un public prestigieux, était célèbre dans le monde entier pour son glamour. Les milliers de personnes qui y assistaient rivalisaient d'élégance, mais aucune tenue n'était plus scrutée ni commentée que la sienne. Ce matin elle avait passé trois heures entre les mains de son esthéticienne et de sa coiffeuse personnelles. Ses boucles cuivrées avaient été longuement lissées et son visage maquillé avec art.

Elle était saluée comme une beauté naturelle par le public, mais les efforts nécessaires pour se montrer à la hauteur de cette réputation n'avaient rien de naturel... Elle était un symbole – l'image de marque d'un pays –, et chacun de ses pas était suivi de près dans le monde entier.

Même sa sœur aînée, la princesse héritière Eleanor, ne

faisait pas l'objet d'une telle attention. Peut-être parce qu'elle était déjà mariée. Les médias s'intéressaient beaucoup plus aux princesses célibataires qu'à celles déjà « prises ». Et il se trouvait que la benjamine faisait ses études à Londres, ce qui la mettait relativement à l'abri des projecteurs.

Il y avait cinq ans qu'Olivia monopolisait l'attention du public. Depuis qu'elle avait commencé à assumer son rôle officiel dans la vie du palais à l'âge de vingt et un ans. La pression ne lui pesait pas trop. Son éducation l'avait préparée à y faire face. Pourtant, rien ne lui donnait un plus grand sentiment de solitude que d'être entourée de centaines de personnes qui ne s'intéressaient qu'à son apparence.

Un fracas de verre brisé arracha Olivia à ses pensées. Elle se retourna et réprima un petit cri de compassion à la vue du jeune serveur qui venait de perdre l'équilibre avec son plateau.

— Espèce de petit crétin ! s'exclama un duc d'un certain âge, ami proche de son père, qui semblait la seule victime de l'incident.

Le sol était jonché d'éclats de cristal baignant dans une mare de champagne millésimé, et le serveur restait pétrifié.

— Renvoyez ce maladroit ! ajouta le duc, le visage écarlate et les yeux exorbités, tandis que sa femme s'efforçait de sécher sa chemise à l'aide d'une serviette.

Un garde du corps surgit de la foule et empoigna le jeune homme par les épaules.

— Arrêtez ! s'exclama Olivia en se précipitant vers eux.

« Une princesse ne doit jamais se mêler de ce genre de choses. » Ce reproche entendu plus d'une fois de la bouche de son père s'imposa à elle, mais elle l'ignora et fixa le garde avec toute l'autorité dont elle était capable.

— Il me semble qu'il y a un meilleur moyen de régler le problème, vous ne croyez pas ?

Se tournant vers le duc et son épouse, elle ajouta :

— Duque L'Arosa, ce jeune homme est un de mes amis. Il vous serait très reconnaissant de votre indulgence pour son premier jour de travail.

Le duc devint encore plus rouge et sa femme, beaucoup plus

jeune que lui, s'agrippa à son bras avec un murmure réprobateur. Imperturbable, Olivia leur adressa son sourire le plus aimable, tandis que le garde lâchait le serveur. Évitant son regard, ce dernier ramassa son plateau et partit précipitamment en direction de la cuisine.

Olivia prit soudain conscience du silence qui régnait autour d'elle. Les membres de l'aristocratie monteverrienne et du gouvernement ayant assisté à la scène évitaient son regard avec autant de soin que le serveur, personne n'osant émettre le moindre commentaire au sujet d'un membre de la famille royale. Des frissons étranges qui couraient sur ses épaules nues la poussèrent à se retourner. Elle fut clouée sur place par le regard d'un homme qui se trouvait à l'autre bout de la salle.

Un homme très grand – plus grand que la plupart des autres invités. Sans doute était-ce pour cela qu'il avait attiré son attention. Embarrassée, elle voulut détourner les yeux, mais quelque chose l'en empêcha. La manière dont il l'observait. En tant que personnage public, elle avait l'habitude d'être dévisagée, bien sûr. Mais ce regard étincelant avait quelque chose d'impérieux. Ce qui était tout à fait inapproprié. Elle aurait dû être agacée. Et pourtant, la façon dont son cœur s'affolait sous ce regard insistant n'avait rien à voir avec de la contrariété. Pire encore, elle mourait d'envie de franchir la distance qui les séparait juste pour entendre la voix de l'inconnu. Elle arqua les sourcils en s'efforçant de prendre un air hautain, mais le sourire gourmand qu'elle reçut en réponse accéléra encore les battements de son cœur. Aucun homme ne l'avait jamais regardée de cette manière. Comme si elle était un plat appétissant qu'il aurait envie de goûter… Quelle idée ridicule ! Effarée par le tour que prenaient ses pensées, Olivia détourna les yeux. Et, quand elle finit par regarder de nouveau dans la direction de l'inconnu, il avait disparu.

Accrochant un sourire affable à ses lèvres, elle salua le duc et la duchesse d'un signe de tête avant de se diriger d'une démarche gracieuse vers la sortie. Ses gardes du corps la suivirent aussitôt en resserrant le cercle autour d'elle. Elle réprima un soupir exaspéré.

Décidément, elle avait de plus en plus de mal à supporter les nouvelles mesures de sécurité ridicules que son père lui imposait depuis une semaine ! Aucun danger ne la menaçait. Elle n'avait pas besoin d'une garde renforcée.

— Je ne me sens pas très bien, annonça-t-elle aux gardes dès qu'ils se retrouvèrent dans le couloir. Je suppose qu'il est inutile que vous m'accompagniez aux toilettes ?

Comme prévu, ils se mirent à tousser d'un air gêné et se détournèrent pour la laisser entrer seule dans les luxueuses toilettes pour dames. Dès que la porte fut refermée, elle chercha une autre issue du regard et la trouva juste en face d'elle, à l'autre bout du vaste espace au décor somptueux avec ses grandes vasques en marbre et ses murs tapissés de miroirs. Un sourire triomphant étira ses lèvres. Il était parfois utile de se rebeller.

Roman Lazarov n'avait jamais été particulièrement à l'aise dans les réceptions de la haute société. C'était par pure curiosité qu'il avait accepté d'assister à la Coupe de Monteverre à l'invitation du cheikh du Zayyar, alors qu'il se trouvait déjà sur place. Les petits royaumes européens étaient l'un des rares marchés de niche que sa société de sécurité n'avait pas encore réussi à pénétrer, les monarchies ayant tendance à conserver leurs modes de fonctionnement traditionnels. Par ailleurs, les grandes fortunes de l'aristocratie éprouvaient un mépris certain pour les nouveaux riches russes.

Roman crispa les poings au souvenir de la scène à laquelle il venait d'assister, quelques minutes après son arrivée. Jamais il ne se sentait plus proche des gens d'origine modeste comme lui que lorsqu'il voyait un employé se faire humilier en public. Il y avait souvent quelque chose de très déplaisant chez les gens nés avec une cuillère en argent dans la bouche. Ils semblaient penser que le monde entier devait se plier à leur volonté et que tous ceux qui étaient moins riches qu'eux étaient également moins dignes d'estime. D'accord, c'était une généralisation. Cependant, il avait appris à ses dépens qu'elle était souvent fondée.

La rousse l'avait surpris. Elle appartenait de toute évidence à la haute société – ça se voyait à sa tenue. Diamants et soie. Il l'avait remarquée dès qu'il était entré dans la pièce. Elle se trouvait au centre, fière et distante, seule, avec à la main une flûte de champagne à laquelle elle semblait se raccrocher comme à une bouée de sauvetage. Et pourtant elle avait volé au secours du pauvre serveur.

Il aurait beaucoup aimé s'attarder dans cette réception huppée pour voir si Lady Flamboyante était à la hauteur de l'idée qu'il se faisait d'elle. Mais ce bref détour par l'hippodrome avait été une erreur. Après tout, quand on prévoyait de s'introduire par effraction dans un palais royal, le temps était un élément essentiel.

Roman aperçut enfin le haut mur d'enceinte du palais après le dernier coude du sentier envahi par la végétation. Ce n'était pas le chemin le plus aisé, mais vu ses intentions il pouvait difficilement arriver au palais par l'entrée principale. À part les bruits de la nature et le craquement des branches qu'il écartait sur son passage, la forêt était silencieuse. Il arriva au pied du mur de pierre médiéval. Celui-ci devait faire au moins cinq mètres de haut et trois mètres d'épaisseur. Très impressionnant et en principe impossible à escalader, surtout quand on n'était pas vêtu pour. Roman consulta sur sa montre connectée la carte qui devait le guider jusqu'au point d'accès.

Dans une autre vie, Roman Lazarov avait éprouvé du plaisir à enfreindre la loi. Contourner les systèmes de sécurité les plus sophistiqués avait été un jeu d'enfant pour un orphelin prêt à tout pour s'en sortir. Mais, à l'époque où il appartenait à la pègre de Saint-Pétersbourg, aucun palais royal n'avait jamais figuré sur sa liste d'exploits.

Cette période était révolue, et il avait réussi à amasser une fortune dont le jeune orphelin ambitieux qu'il avait été n'aurait jamais osé rêver. Pourtant, devant ce mur il ressentait tout à coup une certaine excitation. Le fait que ce petit exercice doive se dérouler en toute légalité n'enlevait rien à sa difficulté. Le palais disposait d'une garde d'une centaine d'hommes, et il n'avait rien d'autre à sa disposition qu'une carte électronique des souterrains du palais et ses deux mains.

À cette pensée, il eut un frisson. Oui, sans qu'il en ait conscience cette sensation lui avait manqué… Quand son ami Khal, le cheikh du Zayyar, lui avait dit qu'il avait un service à lui demander, il avait d'abord pensé qu'il s'agissait de lui trouver une nouvelle équipe de sécurité pour un voyage à l'étranger ou quelque chose du même genre. La sécurité de Khal était presque exclusivement assurée par sa société, le Groupe Lazarov, mais cette fois c'était une requête très particulière. Et très excitante. Il avait bien l'intention de savourer le plaisir qu'elle lui promettait. Quant à la question de savoir s'il pensait pouvoir réussir cette mission, elle l'avait fait éclater de rire au nez de son plus vieil ami.

Dans le domaine de la sécurité, Roman Lazarov ne connaissait pas l'échec.

Il trouva dans le sol la petite trappe qui constituait le point d'entrée le plus évident. Elle devait servir à fuir discrètement le palais en temps de guerre, des siècles auparavant. Il n'en avait pas cru ses yeux quand son équipe l'avait découverte sur un vieux plan. Cependant, pour une grille inutilisée depuis des siècles elle semblait bien lisse et brillante, songea-t-il en passant les doigts sur le métal.

Un bruit troubla soudain le silence, et il se figea. Retenant son souffle, il tendit l'oreille. Des pas légers, rapides, qui se rapprochaient… Quelqu'un d'assez petit, peut-être un enfant. Mais qui que ce soit, il ne pouvait pas se permettre d'être vu. Ce serait l'arrêt immédiat de cette mission. En quelques enjambées, Roman se mit à l'abri des regards sous les arbres.

Une silhouette émergea des buissons, à quelques mètres de lui. Petite, mince et indubitablement féminine. Elle marchait très vite. Si vite qu'il eut tout juste le temps de distinguer un manteau ample à capuche d'où dépassaient deux jambes bien galbées avant qu'elle disparaisse dans la trappe.

Roman plissa le front. Il n'était donc pas le seul à connaître cette entrée… Se remettant de sa surprise, il se précipita vers la trappe et s'y introduisit à son tour. L'échelle métallique, glissante à cause de l'humidité, aboutissait à un tunnel bétonné. De minces rayons de lumière provenant de conduits de ventilation trouaient l'obscurité à intervalles réguliers. Roman s'immobilisa et tendit l'oreille. Les pas de la femme, faiblement perceptibles loin devant lui, étaient toujours aussi rapides. Il se mit en marche, sourire aux lèvres. Il était venu ici aujourd'hui avec pour mission de démontrer les failles dans la sécurité du palais, et voilà qu'une preuve vivante s'offrait à lui sous la forme d'une véritable intruse. Ce monte-en-l'air en jupon allait être stoppé très brutalement dans son élan.

Olivia tenait ses chaussures d'une main et faisait glisser l'autre le long de la paroi du tunnel pour se maintenir en équilibre. Le sol humide était glissant sous ses pieds nus, un fait qui aurait dû dégoûter une jeune femme de son rang. Mais elle n'avait jamais vraiment compris le cliché de la « princesse délicate ». C'était dans les moments comme celui-ci, alors qu'elle venait de s'échapper d'une réception officielle depuis seulement une heure, qu'elle se sentait vraiment vivante.

Sa disparition devait avoir été remarquée à présent, mais elle n'éprouvait aucun remords. Si sa présence à la Coupe de Monteverre avait été requise, c'était en raison de la visite du cheikh Khalil al-Rhas du Zayyar. L'homme qu'elle était censée épouser, comme venait de le lui apprendre son père. Olivia s'immobilisa un instant, terriblement oppressée pour la deuxième fois en quelques heures. Il lui avait présenté ça comme son « devoir de princesse royale ». C'était beaucoup trop tôt ! Elle n'avait que vingt-six ans ! Elle n'était pas encore prête pour ce genre de devoir.

Elle savait depuis toujours que la tradition octroyait à son père le droit de choisir le mari de ses filles, mais elle espérait qu'elle ne serait jamais concernée par une coutume aussi archaïque. Cet espoir venait d'être réduit à néant. Le cheikh allait faire sa demande officielle d'un jour à l'autre, avant de repartir. Olivia appuya brièvement le front contre la paroi du tunnel. Le grand froid qui l'avait envahie dès que son père lui avait annoncé la nouvelle la pénétrait jusqu'aux os. Elle avait l'impression qu'elle ne pourrait plus jamais se réchauffer.

« Quelle comédienne ! » La voix moqueuse de Cressida résonna dans son esprit.

Sa sœur cadette avait toujours été une présence calme et équilibrée dans sa vie. Mais, depuis cinq ans, Cress était partie étudier en Angleterre. Il ne se passait pas une journée sans qu'elle pense à elle. N'ayant qu'un an d'écart, elles étaient un peu comme des jumelles. Cress saurait exactement quoi lui dire pour l'apaiser un peu. C'était sûr.

Le tunnel avançait tout droit suivant la limite sud du palais. Elle eut l'impression de mettre un temps infini à parcourir le kilomètre qui la séparait de l'escalier. Elle monta ce dernier dans le noir, se fiant à sa mémoire pour retrouver l'entrée dissimulée dans le mur. Elle pressa une pierre qui faisait légèrement saillie. Un panneau coulissant s'ouvrit, et elle se faufila par l'ouverture. Le décor crème et or de son dressing offrait un contraste saisissant avec l'obscurité du tunnel. Elle poussa un profond soupir et referma la porte secrète.

Mais son soulagement fut de courte durée. Alertée par un bruit inattendu, elle se figea. Des pas dans le tunnel ? C'était impossible. En quinze ans, elle n'avait jamais rencontré personne dedans. Elle n'avait même pas parlé à ses sœurs de son existence. Elle rouvrit le panneau coulissant et descendit jusqu'à la petite plate-forme située quelques marches plus bas pour scruter l'obscurité. Un des gardes l'aurait-il suivie ? Le bruit de pas s'interrompit brusquement, remplacé par un silence sinistre. Elle retint son souffle. Compta jusqu'à dix. Puis expira lentement en maudissant son imagination débridée. Au bout d'un moment, le silence du tunnel avait un effet déstabilisant. Elle était visiblement en train de perdre la tête.

Elle se tourna pour regagner son appartement. Et se heurta à un mur de muscles. Un mur chaud qui sentait le bois de santal et le pin. Des mains puissantes – masculines sans aucun doute possible – se refermèrent sur ses bras et la firent pivoter vers le mur. Alors que son assaillant lui mettait les bras derrière le dos, elle donna instinctivement un coup de tête en arrière dans l'espoir d'atteindre son nez. Même les princesses recevaient des cours d'autodéfense.

— Vous avez de la ressource, à ce que je vois.

La voix profonde trancha brusquement avec le silence, rendue encore plus menaçante par un accent prononcé. Ce n'était pas un garde du palais… Essayant en vain de se libérer de ces poignes d'acier, Olivia tourna la tête pour tenter de distinguer dans le noir le visage de l'inconnu, ou un uniforme, un insigne, quelque chose qui lui permettrait de l'identifier et de comprendre ce qu'il faisait là. S'il y avait une chose qu'elle avait retenue des conseils des gardes en cas d'enlèvement, c'était « Ne pas prononcer un seul mot. »

L'inconnu pressa quelque chose à son poignet – une montre ? – et pointa un faible rayon de lumière vers ses pieds nus et le bas du manteau qu'elle avait pris au hasard dans le vestiaire de l'hippodrome avant de s'enfuir. Dans sa robe de cocktail en soie jaune citron elle aurait été très vite repérée. Elle tourna de nouveau la tête et entrevit une carrure imposante avant que l'inconnu les plonge de nouveau dans l'obscurité.

— Vous n'avez pas la tenue idéale pour pouvoir prendre la fuite rapidement, commenta-t-il avec une perplexité manifeste.

Elle faillit pouffer. Elle faillit seulement. Se retrouver prisonnière d'un colosse la privait de sa capacité à toujours voir les choses du bon côté. Quels avantages pouvait présenter un kidnapping quand on en était la victime ? Elle ne voyait pas. Il allait sans doute demander une rançon. Combien valait sa vie ? Il fallait espérer que son prix n'était pas trop élevé. Le royaume était déjà au bord de la faillite…

Elle tressaillit. La main de l'homme venait de se glisser sous son aisselle gauche.

— Ne me touchez pas ! s'exclama-t-elle en se cabrant.

— Vous ne courez aucun danger de ma part. Je dois juste m'assurer que c'est réciproque.

Il y avait une telle autorité dans cette voix grave qu'elle s'immobilisa. Elle déglutit péniblement tandis que l'inconnu la palpait jusqu'à la hanche et mettait la main dans sa poche avant de recommencer de l'autre côté. Il cherchait une arme, comprit-elle subitement. À son grand dam, un frisson la parcourut alors qu'il poursuivait son inspection en tâtant son buste juste sous ses seins. S'il y avait une situation dans laquelle il n'y avait aucune raison d'être excitée par le contact d'un homme, c'était bien celle-ci. Et pourtant... Quand une main se posa sur sa cuisse, elle se débattit. À la fois choquée par l'audace de l'inconnu et embarrassée par les sensations que ce geste déclenchait dans tout son corps.

— Vous croyez vraiment que je cache une arme dans mes dessous ?

L'homme s'éclaircit la voix.

— Je sais d'expérience qu'il y a des gens capables de cacher des armes dans les endroits les plus ridicules. Les femmes en particulier ont tendance à faire preuve d'une certaine... créativité.

— Ne posez plus les mains sur moi !

Il resta silencieux et, pendant un moment, seul le bruit de leurs respirations troubla le silence. Lorsqu'il reprit la parole, sa voix était encore plus grave et son accent plus prononcé.

— Dites-moi qui vous êtes et pourquoi vous tentez d'entrer par effraction dans le palais.

Elle réfléchit un instant. Il ne l'avait pas reconnue... Si c'était un kidnappeur, il devait connaître le visage des membres de la famille royale, mais il faisait sombre... Que faire ? Inutile de crier. D'ici personne ne pourrait l'entendre. Il fallait absolument qu'elle parvienne à s'échapper. Elle leva la tête, mais l'inconnu l'imita et il vit l'ouverture, qui se distinguait tout juste dans l'obscurité.

— Vous avez réussi à trouver une entrée, apparemment, dit-il d'un ton surpris. Eh bien, allons voir ce que vous êtes venue chercher.

L'agrippant par le bras, il l'obligea à le suivre, et quelques instants plus tard ils étaient dans son dressing. Déglutissant péniblement elle fouilla la pièce du regard, mais elle savait déjà qu'elle était vide et qu'elle le resterait encore un bon moment, ses femmes de chambre la croyant à l'hippodrome. Si elle s'était doutée qu'en prenant la fuite elle ferait pénétrer un intrus au cœur du palais… Levant la tête vers l'inconnu, elle le regarda pour la première fois dans la lumière et faillit laisser échapper une exclamation de surprise.

— C'est vous…

L'homme de l'hippodrome. Qui semblait aussi stupéfait qu'elle… De près il paraissait encore plus grand. Alors qu'elle mesurait un mètre soixante, il la dépassait d'au moins trente centimètres. Et il était visiblement *très* athlétique. Tous les cours d'autodéfense du monde ne lui seraient d'aucune utilité contre un tel colosse. Cheveux châtain foncé, yeux gris et visage taillé à la serpe. Sa beauté avait quelque chose de sauvage, et il se dégageait de lui une énergie intense. Il ressemblait à un guerrier arrivant tout droit du champ de bataille.

Sa grand-mère lui avait toujours dit qu'elle regardait trop de films… Elle n'avait pas tort. Malgré le danger, voilà qu'elle commençait à fantasmer sur son ravisseur !

— Vous avez d'autres talents que celui de voler au secours des serveurs, je vois, commenta-t-il d'un ton narquois.

Elle resta silencieuse. Plus elle en dirait, plus il risquerait de deviner son identité, qu'il ignorait visiblement. Elle jeta un coup d'œil furtif vers sa gauche. Si seulement elle trouvait quelque chose qui puisse lui servir d'arme…

— Nous sommes dans l'aile ouest, reprit-il en promenant le regard autour de lui. Dans l'un des appartements royaux. Comment avez-vous découvert le passage secret ?

Les yeux baissés sur ses pieds nus, elle se contenta de hausser les épaules et s'écarta légèrement de lui pendant qu'il regardait ailleurs.

— Je vous ai vue entrer par la trappe. Vous saviez exactement ce que vous faisiez. Comme en ce moment…

Il la saisit par le bras pour l'empêcher de s'écarter davantage. Ce fut plus fort qu'elle. Elle laissa échapper un juron en catalan.

Un mot qui ferait rougir son père s'il l'entendait. L'inconnu eut un sourire menaçant.

— Nous n'arriverons à rien si vous refusez de parler. Que faites-vous ici ? insista-t-il en l'obligeant à s'asseoir sur une chaise, dos à sa coiffeuse.

Il n'aurait pas pu choisir meilleur emplacement... Elle se pencha en arrière sous prétexte d'étirer ses bras endoloris.

— Je pourrais vous retourner la question.

— C'est très simple. Je suis ici pour décourager les gens comme vous, répondit-il en croisant les bras.

— Les gens comme moi ? répéta-t-elle le cœur battant en promenant une main sous la coiffeuse, où était dissimulé un bouton d'alarme.

Pourvu qu'il ne la voie pas... Elle sentit une petite bosse et appuya dessus. Rien. Aucune sirène, aucune lumière clignotante... Au moment où elle s'apprêtait à faire une deuxième tentative, il la saisit par le coude.

— Posez vos mains bien en vue sur vos genoux.

Il promena sur elle un regard appréciateur, et elle fut envahie par une vive chaleur.

— Je ne sais pas pour qui vous me prenez, mais je peux vous dire que vous vous trompez complètement.

Il eut un sourire carnassier qui lui donna la chair de poule.

— Qui que vous soyez, ma belle, je pense que vous êtes beaucoup plus forte et dangereuse que vous ne le paraissez.

2

— Vous semblez expert en la matière.

Les yeux turquoise de l'inconnue brillaient dans son visage pâle. Roman la considéra avec perplexité.

— Je lis dans vos yeux que vous êtes inquiète, et pourtant vous vous moquez de moi.

— Vous êtes si arrogant que vous le méritez bien.

Il réprima un rire de dérision. Il venait de capturer une voleuse au sein même du palais et il appréciait leurs échanges verbaux au point de ne pas avoir encore pris de décision à son sujet. Il ne pouvait pas aller trouver le roi pour lui offrir ce cadeau. Problème numéro un, le roi était absent du palais aujourd'hui, comme le reste de la famille royale. Problème numéro deux, les membres de la Garde royale ne le connaissaient pas et ils n'étaient pas informés de sa mission. Ils n'avaient aucune raison de ne pas le prendre pour un criminel du même acabit que cette rousse moqueuse qui le regardait comme si elle rêvait de lui arracher les yeux.

Il fallait appeler Khal pour l'informer que leur plan était soumis à un léger imprévu. Ce qui n'était pas très grave. Bien au contraire. Non seulement il avait identifié une faille dans la sécurité du palais, mais il avait une cambrioleuse à livrer à la Garde royale. Succès complet.

Alors pourquoi la perspective de livrer cette femme le perturbait-elle ?

Il devait sa réussite professionnelle à son instinct. Or ce dernier lui disait que quelque chose clochait. Que cette femme n'était pas ce qu'elle semblait être.

— Vous êtes sans doute la voleuse la plus distinguée que j'aie jamais rencontrée, déclara-t-il. Vous travaillez toujours nu-pieds ou bien est-ce une exception ?

Elle le foudroya du regard.

— Vous pensez que c'est dans mes habitudes de faire ça ?

— Corrigez-moi, demanda-t-il en soutenant son regard jusqu'à ce qu'elle le détourne.

— Ne me regardez pas comme ça.

Elle croisa les jambes, et ce fut à son tour de détourner les yeux, plus troublé qu'il ne l'aurait voulu. Avait-il déjà vu des jambes aussi sublimes ? Il n'en avait pas le souvenir. Et cette peau crémeuse... Il s'éclaircit la voix.

— L'observation fait partie de mon métier. Vous-même, vous devriez la pratiquer. Ça vous éviterait d'être surprise, la prochaine fois.

Elle se redressa sur son siège en arquant les sourcils.

— Vous êtes une autorité en matière de cambriolage ?

— Le fait que vous soyez arrivée la première prouve que non.

— Oh ! je vois. Vous êtes vexé d'avoir été battu par une femme. Cette fouille au corps c'était une revanche pour apaiser votre amour-propre blessé.

— Je ne suis pas obtus au point de croire que vous ne représentez aucun danger pour moi parce que vous êtes une femme. C'est uniquement pour ça que je vous ai fouillée. Pour m'éviter toute mauvaise surprise. Que vous ayez interprété ça autrement en dit long sur la piètre opinion que vous avez des hommes. Croyez-moi, l'évaluation des risques c'est mon domaine. Les femmes ne sont pas forcément destinées à se soumettre aux hommes. Je le sais d'expérience. J'ai entraîné des femmes et je les ai vues terrasser des hommes deux fois plus grands qu'elles sans verser une goutte de sueur.

— Vous entraînez des femmes ? À devenir… voleuses ? s'exclama-t-elle d'un air incrédule. Qui êtes-vous donc ?

Il rit et ne chercha pas à la détromper.

— Disons que je suis la dernière personne à rencontrer quand vous êtes en train de commettre un cambriolage. Pas seulement ici, dans ce palais. N'importe où. Je sais comment fonctionne le cerveau des criminels. C'est ma spécialité.

— Donc, si je suis une criminelle, vous devez savoir ce que je pense en ce moment ? demanda-t-elle en jetant un regard furtif vers la porte.

Il se tint sur le qui-vive.

— J'essaye. Et je peux vous faciliter les choses si vous m'y aidez. Dites-moi votre nom.

— Non.

Tout en elle indiquait qu'elle était de plus en plus nerveuse. Le risque de fuite était flagrant… À peine cette pensée eut-elle traversé l'esprit de Roman que l'inconnue bondit de sa chaise. Elle fut si rapide qu'il mit une demi-seconde à réagir. Elle eut le temps de faire quelques pas avant qu'il la bloque en refermant les bras autour de sa taille. Il la serra étroitement contre lui tandis qu'elle se débattait.

— S'il vous plaît… Lâchez-moi.

La peur qui transperçait dans sa voix le surprit, et il éprouva presque des remords. Mais pas question de la lâcher avant d'avoir un autre moyen de l'immobiliser.

— Je voudrais vous aider, mais vous me rendez la tâche très difficile. Vous en êtes consciente ?

Il lui immobilisa les bras tout en s'efforçant d'ignorer le délicieux parfum de vanille qui émanait de ses cheveux.

— Pourquoi ? Pourquoi m'aideriez-vous, étant donné ce que vous pensez de moi ?

— Parce que je crois aux secondes chances, répliqua-t-il, étonné par cette réponse non préméditée. On a toujours le choix… Même quand ça paraît impossible.

Une ombre étrange passa sur le visage de la jeune femme. Sa

respiration était hachée, mais elle avait arrêté de se débattre. Elle détourna les yeux, l'air à la fois triste et résolu.

— Je ne suis pas qui vous croyez.

Au même instant un poids énorme s'abattit sur les épaules de Roman, et une voix masculine hurla en catalan. Roman leva les mains d'un geste qu'il espérait apaisant.

— J'ai une autorisation. Le roi sait que je suis ici.

On lui fit mettre brutalement les mains dans le dos, et des menottes se refermèrent sur ses poignets. Il réprima un rire de dérision tandis qu'un second garde se dressait devant lui.

— Vous allez le regretter.

Ils ne parlaient sans doute pas anglais, songea-t-il alors que les deux gardes le mettaient à terre. Le front contre le tapis, il jeta un coup d'œil sur le côté et vit apparaître une paire de pieds nus juste à côté de lui. Des pieds délicats aux ongles vernis de rouge et décorés d'une marguerite. La jeune femme parla en catalan d'une voix à la fois anxieuse et étrangement autoritaire. Un des deux gardes répondit par deux mots qui le glacèrent.

— *Si, princesa.*

Sa Majesté le roi Fabian de Monteverre se leva lorsque Olivia entra dans le salon privé, flanquée de deux membres de la Garde royale.

— Tu ne pouvais pas choisir un autre jour pour jouer une fois de plus la fille de l'air, Libby ? demanda-t-il d'un air furieux tout en faisant signe aux gardes de les laisser seuls.

Assise dans un fauteuil, la reine Aurelia regardait dans le vide. Silencieuse comme à son habitude.

— Et vous, où étiez-vous ? s'exclama Olivia. Ça fait des heures que vous avez été avertis de la présence d'un intrus.

— Et, bien sûr, tu aurais voulu que nous quittions la réception ? Franchement, Libby...

Le roi secoua la tête et prit le verre de cristal qu'il avait à portée de main pour boire une gorgée de whisky.

Olivia déglutit péniblement. Son père était le seul à continuer à l'appeler Libby. Elle avait l'impression d'avoir cinq ans et d'être sermonnée pour avoir tenté de chaparder du chocolat dans les cuisines. Mais elle n'était plus une enfant et elle en avait assez d'être traitée comme telle.

— J'ai été attaquée. Un homme m'a retenue en otage dans mon dressing. Et pourtant, on m'a laissée seule pendant cinq heures dans mon appartement.

— Le problème a été résolu. C'était un simple malentendu.

Son père évita son regard.

— Il vaut mieux oublier l'incident.

Olivia suffoqua d'indignation. Oublier ce qui venait de se passer ? Elle ouvrit la bouche pour protester, puis la referma sans avoir trouvé les mots appropriés.

— Ton absence a été remarquée par le cheikh Khalil, reprit son père d'un ton réprobateur.

— Comme je viens de le dire, j'étais retenue contre mon gré dans mon dressing par un dangereux intrus !

Elle inspira profondément et jeta un coup d'œil à sa mère, dont le visage n'exprimait rien sinon un désintérêt total.

— Suis-je devenue folle ? Ou bien vous moquez-vous vraiment l'un et l'autre de ce qui s'est passé ?

— Je comprends que ça ait pu te paraître... inquiétant, commenta le roi.

— Inquiétant ? C'est loin de décrire ce que j'ai ressenti ! Comment pouvez-vous être aussi *calmes*, tous les deux ? s'exclama-t-elle avec incrédulité.

Que fallait-il faire pour qu'ils réagissent ? Se précipiter sur son père pour cribler son torse de coups de poing ? Renverser le verre de sa mère ? Elle en mourait d'envie, en tout cas. Son père ne devrait-il pas être outré que la sécurité de sa fille ait été menacée à l'intérieur même du palais ? À moins que...

— Que veux-tu dire par « malentendu » ?

Son père soupira.

— Libby...

— Arrête de me traiter comme une gamine et explique-moi ce qui se passe ! Tu étais au courant de la présence de cet homme ?

— Eh bien… Pas directement, non.

— Indirectement, donc. Tu *savais* que quelqu'un s'introduirait ici aujourd'hui ? Dans ton palais ?

Le roi Fabian se dirigea vers la fenêtre.

— L'homme que tu as rencontré est Roman Lazarov, créateur du Groupe Lazarov, une société de sécurité internationale. C'est un ami proche du cheikh Khalil, et j'ai reçu l'assurance que c'était le meilleur dans son domaine. Mais, après la pagaille qu'il a semée aujourd'hui, je ne sais plus quoi penser.

Il se retourna vers elle avec un petit rire confus qui s'éteignit dès qu'il lut l'effarement sur son visage.

— Ne me regarde pas comme ça. C'était un présent du cheikh Khalil. J'ai trouvé très attentionné de sa part de vouloir renforcer ta sécurité.

La migraine guettait Olivia. Elle ferma les yeux. Comment son père pouvait-il se moquer à ce point de ce que ressentait sa fille ?

— Non, père. Moi, je trouve ça terriblement indélicat. Et très intrusif.

Elle inspira profondément pour tenter de se calmer.

— C'est la goutte qui fait déborder le vase après une longue série de choses que j'ai préféré ignorer depuis que tu as commencé à faire vaguement allusion à un éventuel mariage. Je ne suis pas une tête de bétail qu'on enferme dans un enclos.

Il soupira.

— Comme d'habitude, tu dramatises.

— Pas du tout. Quelqu'un m'a-t-il consultée avant l'annulation de tous mes galas de bienfaisance ? Ai-je été prévenue que j'allais avoir cinq gardes du corps supplémentaires ?

Elle secoua la tête en crispant les poings.

— Et aujourd'hui, m'as-tu demandé mon avis avant d'envoyer un mercenaire dans ma chambre ? J'ai failli mourir de peur. Je ne me sentirai plus jamais en sécurité !

— Lazarov devait juste essayer de pénétrer dans ton appartement pour vérifier s'il y avait des failles dans les mesures de protection te concernant. De toute façon, tu étais censée te trouver à l'hippodrome avec ton fiancé.

À ce mot, la détresse d'Olivia s'accrut encore.

— Je n'ai toujours pas donné mon accord à ce mariage. Jusqu'à aujourd'hui, je n'imaginais pas que tu l'envisageais sérieusement ! Et c'est comme ça que le cheikh cherche à m'être agréable ?

Elle pinça les lèvres. Il fallait dire clairement à son père qu'elle n'était pas d'accord. Qu'elle ne voulait pas de ce mariage. Ni de tout le reste…

— Olivia, nous en avons déjà discuté. Je t'ai expliqué pourquoi ce mariage est indispensable.

— Oui, tu m'as dit que cette alliance serait très bénéfique à l'avenir du royaume. Mais… Et moi ?

Son père arqua les sourcils.

— Tu serviras ton royaume.

— Je ne vois pas pourquoi je devrais me marier avec un parfait inconnu pour servir Monteverre. Je fais du bon travail avec la fondation de Mimi. C'est une façon de servir le royaume.

— Ta grand-mère et sa fichue fondation…

Le roi termina son verre de whisky.

— Tu crois qu'apprendre à lire à une poignée d'enfants en haillons sert le royaume ?

— La solidarité n'est pas qu'une question d'argent ! C'est Mimi qui me l'a appris. Elle disait qu'il était très important de donner aux jeunes les outils nécessaires pour qu'ils puissent s'en sortir. Elle a toujours agi dans ce sens et elle était très aimée dans le royaume.

— Ah oui, l'éternellement parfaite reine Miranda ! Ma mère consacrait tellement de temps à ses œuvres caritatives qu'elle ne s'apercevait même pas que l'économie de son pays était en train de s'effondrer. Tu ne le vois donc pas, fille stupide ? Sans ce mariage nous courons à la ruine.

Olivia ouvrit la bouche pour protester, mais le regard noir de son père la réduisit au silence.

— Grâce au cheikh, le royaume du Zayyar connaît une période de grande prospérité. Cet homme est un génie de l'économie. En revanche, la réalité sociale du pays l'empêche d'être pleinement accepté par les Occidentaux. Pour parler crûment, il a besoin de notre influence politique, et nous avons besoin de son argent.

Olivia se mordit la lèvre. Combien valait-elle ? Il était tentant de poser la question, étant donné que son père était prêt à l'échanger contre de l'argent…

— Le cheikh Khalil est en mesure de rendre à Monteverre sa splendeur passée, poursuivit le roi. C'est une chose que tu souhaites pour notre peuple, je suppose ? À quoi bon savoir lire s'ils n'ont pas les moyens de se nourrir ?

Elle n'avait jamais entendu son père parler avec une telle franchise. Elle savait que Monteverre se trouvait dans une situation difficile. Une série de mauvaises décisions gouvernementales et de faillites bancaires avaient creusé le déficit, et la dette publique atteignait un niveau record. Beaucoup de jeunes émigraient pour tenter leur chance sous d'autres cieux. Le pays connaissait une véritable hémorragie, et apparemment ce cheikh offrait un garrot efficace pour l'arrêter. Au prix d'un mariage arrangé…

— Mettre l'avenir économique d'un pays entier entre les mains d'un seul homme ? Ça paraît un peu… imprudent. Il doit bien y avoir un autre moyen que ce mariage…

— Non, coupa le roi d'un ton vif. Il n'est pas question de revenir là-dessus. Je ne veux plus entendre un seul mot à ce sujet.

Jamais elle n'avait vu son père avec les yeux aussi cernés. Comme s'il n'avait pas eu une vraie nuit de sommeil depuis des mois…

— L'existence privilégiée dont tu bénéficies depuis ta naissance, tu la dois à ta qualité de princesse, poursuivit-il. Tu n'as pas besoin de travailler pour gagner ta vie. Tout ce qu'on te demande c'est d'être élégante et de saluer la foule de la main. Rien de cela ne changera. Ta vie continuera comme avant, mais en tant que reine du Zayyar, précisa le roi en souriant, comme s'il lui faisait un superbe cadeau. C'est ton *devoir*, Olivia. Envers Monteverre. Ça n'a rien à voir avec toi.

Elle fut envahie par un grand froid. Être une Sandoval impliquait-il vraiment de sacrifier sa vie personnelle pour le bien du royaume ? En tant que deuxième fille, elle avait longtemps cru naïvement qu'elle jouirait d'une plus grande liberté que sa sœur aînée dans son choix de vie. Elle n'était pas la première dans l'ordre de succession au trône de Monteverre. Elle s'était toujours réjouie de ne pas avoir cette responsabilité écrasante.

— La reine du Zayyar…

La voix mélodique de sa mère, qui semblait d'une sérénité absurde, interrompit les pensées d'Olivia.

— On se croirait dans un film…

— Je ne sais même pas où se trouve le Zayyar, déclara Olivia d'une voix étranglée.

— Quelque part au bord du golfe Persique, répliqua la reine Aurelia en faisant tourner le verre qu'elle tenait à la main. Il y a un célèbre hôtel en forme de voilier là-bas.

— Ça, c'est à Dubaï, rectifia le roi en roulant les yeux. Le Zayyar est situé entre le désert et la mer d'Arabie. Les paysages sont magnifiques. C'est un pays qui va te plaire, tu verras, Olivia.

— Merci pour l'argumentaire, père.

Olivia soupira et jeta un coup d'œil à sa mère, dont le regard était perdu du côté de la cheminée vide. Il était dans ses habitudes de siroter un verre de cognac en début d'après-midi et, à sa connaissance, personne n'avait jamais manifesté la moindre inquiétude à ce sujet. Les enfants Sandoval avaient toujours su implicitement que leur mère et leur père faisaient tous les deux ce qui leur plaisait et que ça ne changerait jamais. Ils n'appréciaient pas les remarques personnelles. Olivia leva les yeux vers le plafond, accablée par le sentiment de fatigue intense qui accompagnait chacune des réunions avec ses parents. Parce que leurs rencontres n'étaient jamais rien d'autre que cela. Des réunions.

— Le cheikh Khalil voulait juste s'assurer que tu étais en parfaite sécurité, Libby. Tu ne trouves pas ça romantique ? demanda son père. Je sais que tu as tendance à être sentimentale.

Il regarda son épouse, mais elle avait les yeux perdus dans le vague. L'air dédaigneux il se détourna et prit sa veste sur le dos d'un fauteuil. Le cœur d'Olivia se serra. C'était douloureux de constater que le mariage de ses parents faisait naufrage. Il lui restait des souvenirs fugaces d'une époque où ils semblaient éperdument amoureux et où le royaume de Monteverre était un modèle de culture et de prospérité. Aujourd'hui, ils étaient rongés par le ressentiment et les soucis.

— Père...

Olivia prit une profonde inspiration.

— Tout ça est un peu trop rapide. Si je pouvais avoir un peu de temps pour...

— Pourquoi crois-tu que le cheikh a entrepris ce voyage ? Il avait prévu de te demander en mariage cet après-midi, afin que l'annonce officielle de vos fiançailles ait lieu avant son départ.

Olivia fut prise de panique.

— Il... Il ne peut pas faire ça !

— Oh ! si. Et tu devrais lui être reconnaissante de sa patience.

La colère subite qui altérait la voix de son père fit reculer Olivia d'un pas. Il ajouta d'un ton plus conciliant :

— Ne vois-tu pas que ton rôle est essentiel ? Que ta position te donne du pouvoir ?

— Du pouvoir ?

Les épaules d'Olivia s'affaissèrent. Tout son corps lui semblait soudain incroyablement lourd. « Les femmes ne sont pas forcément destinées à se soumettre aux hommes. » Ces paroles – *ses* paroles – avaient éveillé en elle des résonances profondes.

Roman Lazarov.

Elle se mordit la lèvre. Pendant un moment elle avait regretté de l'avoir fait capturer. Il lui avait paru un ardent défenseur de l'autonomie des femmes. Quelle naïveté ! En réalité il était comme les autres. Sa mission était de s'assurer qu'elle était bien enfermée dans sa cage. Qu'elle n'avait aucune chance de se libérer.

Avec un sourire crispé, le roi Fabian remit sa veste et jeta un coup d'œil à ses boutons de manchette en diamants. Puis il s'avança vers elle.

— Demain, tu déjeuneras en tête à tête avec le cheikh Khalil.

Il lui pressa doucement l'épaule.

— Je sais que tu lui donneras la réponse qu'il attend. Je suis fier de la femme très belle que tu es devenue.

Olivia ferma les yeux. Il ne fallait pas qu'il voie ses larmes. Elle hocha la tête, le cœur lourd, et fut soulagée quand il eut disparu laissant derrière lui une odeur de cigare. Comment pouvait-il être fier de la femme qu'elle était devenue alors qu'elle ne savait pas elle-même qui elle était ?

— Je ne peux pas faire ça, murmura-t-elle en nourrissant l'espoir que sa mère se tourne vers elle.

Si seulement elle pouvait la prendre dans ses bras et l'écouter... L'embrasser sur le front en lui disant que tout allait s'arranger... Mais il n'y avait aucune chance, elle le savait. Elle ne se souvenait pas d'avoir été une seule fois dans les bras de sa mère et, même si c'était déjà arrivé, cette femme qui avait tout d'un fantôme vivant n'était pas réellement sa mère.

Olivia resta immobile un long moment, laissant les larmes ruisseler sur ses joues et mouiller l'encolure de sa robe. Puis elle finit par s'essuyer le visage et par fuir l'insupportable silence. Dans les longs couloirs des appartements privés, les gardes feignirent de ne pas remarquer ses larmes. Elle sortit dans le parc et aspira de grandes bouffées d'air frais. Il y avait très longtemps qu'elle n'avait pas pleuré. Depuis les funérailles de sa grand-mère, dix ans plus tôt. Pleurer ne servait à rien puisque son avenir était déjà planifié.

Elle s'assit sur un banc de marbre au centre de la cour. C'était son endroit favori. Une petite fontaine de pierre constituait un poste d'observation idéal pour écouter le personnel qui vaquait à ses occupations. Là, en partie cachée par le bougainvillier, elle avait pu suivre en direct des docudrames haletants, dignes de passer à la télévision. Les querelles, les ragots, les baisers clandestins... Elle ne put s'empêcher de sourire.

Au cours du mois dernier, une des femmes de chambre des étages supérieurs avait eu une aventure avec le séduisant fils du chef jardinier. Elle avait suivi toutes les péripéties de l'affaire, jusqu'au jour où la femme de chambre avait découvert que son amoureux entretenait également une relation avec une des fleuristes du palais. La gifle qui avait suivi avait retenti dans toute la cour et abouti au transfert du jeune Roméo à un autre poste, en dehors du palais. La femme de chambre s'en était rapidement remise en acceptant un rendez-vous avec un garde du palais. Son visage rayonnant de bonheur quand elle avait raconté leur premier baiser à ses copines avait hanté Olivia pendant des jours.

Elle s'immobilisa à côté de la fontaine, le cœur serré. Pouvait-elle vraiment renoncer à ce bonheur en acceptant un mariage sans amour ? Elle passa la main dans l'eau et regarda son reflet se troubler. Souvent dans les histoires d'amour on commençait par tomber amoureuse d'un homme indigne de confiance, on avait le cœur brisé, puis on finissait par rencontrer le prince charmant. Non qu'elle en ait déjà fait l'expérience. Mais elle avait vu suffisamment de vieux films pour savoir que c'était toujours le baiser final qui la faisait vibrer. Quand les amoureux se juraient un amour éternel et tombaient dans les bras l'un de l'autre... Elle voulait ressentir ça. Au moins une fois dans sa vie.

Elle avait déjà échangé quelques baisers. Après tout elle avait vingt-six ans. Mais jamais plus qu'un bref contact des lèvres. Les rares hommes qui avaient eu l'occasion de la côtoyer étaient de ceux qui étaient excités à l'idée de se montrer en public avec une vraie princesse au bras. Aucun n'avait jamais tenté de la connaître vraiment. Un frisson la parcourut au souvenir de deux yeux gris se promenant sur son corps. C'était incroyable les sensations qu'un simple regard avait déclenchées en elle. C'était ridicule. Mais le seul fait d'y repenser... Elle regarda ses bras. Elle avait la chair de poule. Pourquoi cet inconnu lui faisait-il un tel effet alors que jusque-là elle n'avait jamais éprouvé la moindre attirance pour les hommes qui l'avaient approchée ?

Avec un soupir de frustration, elle se détourna de la fontaine dans l'intention de regagner ses appartements. Mais une haute silhouette masculine lui barra le passage.

— Bonsoir, *printsessa*.

3

— Je vois qu'ils vous ont relâché, monsieur Lazarov, dit la princesse en écartant une mèche flamboyante de son visage.

Roman eut un pincement au cœur en l'entendant prononcer son nom, mais il s'empressa de l'ignorer pour scruter son visage. Dans quel état d'esprit était-elle exactement ? Elle semblait… éteinte. Comme si quelque chose l'avait privée de la fougue dont il avait été témoin à l'hippodrome puis au palais.

— Dès qu'ils ont constaté leur erreur, ils sont devenus très conciliants. J'espère que vous ne vous êtes pas inquiétée pour moi.

— Si j'avais eu voix au chapitre j'aurais ordonné qu'on vous garde prisonnier pendant plusieurs jours, rétorqua-t-elle en relevant le menton.

Cependant, elle semblait avoir un peu de mal à respirer. De toute évidence, elle était nerveuse. Il s'appuya nonchalamment à une colonne toute proche en arquant les sourcils. Loin de fuir son regard insistant, elle le soutint.

— Je suppose que vous êtes ici pour me présenter vos excuses ?

Il faillit pouffer.

— J'en ai vu d'autres, princesse ! Ce ne sont pas quelques heures de détention dans une pièce confortable d'un palais qui vont m'obliger à me mettre à genoux.

— Je ne vous demande pas de…

Elle s'interrompit et indiqua la sortie.

— Eh bien, allez-vous-en, puisque vous êtes libre.

Pour la première fois de sa vie, il ne sut pas quoi dire. En fait, il aurait dû s'en aller dès qu'il avait été libéré. Pourquoi s'était-il mis à sa recherche ? Il s'était dit qu'il lui devait des excuses. Mais à présent, au souvenir du trouble qu'il avait lu dans son regard quand il l'avait tenue contre lui, ce n'était plus des excuses qu'il avait à l'esprit... Il se redressa et prit un ton froid pour masquer son trouble.

— Au cas où vous envisageriez une nouvelle fugue, sachez que le tunnel a été obstrué.

— Vous ne perdez pas de temps, commenta-t-elle en s'appuyant au rebord de la fontaine. Mais il est vrai que vous travaillez pour le cheikh et qu'il vous a demandé de veiller à ce que je reste bien enfermée dans ma cage.

— Votre... cage ?

— Bien entendu, comme tout le monde il se moque éperdument que je sois adulte et responsable. Bientôt on fera installer des barreaux à mes fenêtres !

Roman se frotta la mâchoire.

— Vous semblez très contrariée.

— Le mot est faible ! Toute cette journée a été un véritable désastre !

Il la considéra avec inquiétude. Elle semblait à bout. Était-ce l'erreur qu'il avait commise qui en était la cause ? Peut-être lui devait-il vraiment des excuses. Même si ça lui coûtait de l'admettre...

— Princesse, sachez qu'il n'est pas dans mes habitudes de retenir une femme contre son gré. Tout à l'heure, quand je vous ai fouillée...

— Allez-vous raconter ça à votre redoutable cheikh ?

Roman réprima une moue contrite. Il se voyait mal expliquer à son meilleur ami qu'il avait malmené sa future épouse.

— Contrairement à ce que vous semblez croire, le cheikh n'est pas un monstre. Je ne connais personne qui soit plus loyal et plus dévoué.

— Eh bien, vous devriez peut-être vous marier, tous les deux.

— Je n'imaginais pas qu'une princesse pouvait être aussi... mordante, répliqua-t-il en prenant un air faussement blessé. Est-il si étonnant que je vous aie prise pour une vulgaire voleuse ?

Ce commentaire lui valut l'esquisse d'un sourire, et le regard de la princesse s'éclaira un peu. Pourquoi en éprouvait-il une telle joie ? Avec un petit sourire il s'appuya à son tour à la fontaine en prenant soin de laisser une bonne distance entre eux. Il y avait longtemps qu'il n'avait pas été aussi électrisé par la proximité d'une femme.

— Vous semblez un homme bien mystérieux, monsieur Lazarov. Très ami avec un cheikh, créateur d'une société de sécurité internationale...

— Vous vous êtes renseignée à mon sujet ?

— J'ai appris votre nom il y a seulement vingt minutes. Le cheikh vous emmène dans son jet privé quand il a besoin de ce genre de service ?

Roman sourit de nouveau. Il y avait longtemps également qu'il n'avait pas rencontré une femme qui ne cherchait pas à lui plaire.

— Non. J'ai mon propre moyen de transport.

— Laissez-moi deviner. Un véhicule imposant avec des vitres teintées ?

— Mon yacht peut être qualifié d'imposant, oui, rétorqua-t-il, de plus en plus amusé. Mais il n'a pas de vitres teintées. Je préfère la lumière.

Le sourire de la princesse s'éteignit, et son regard se perdit dans le vague.

— Un yacht de play-boy, bien sûr.

— Je ne suis pas né avec une cuillère en argent dans la bouche, si c'est ce que vous insinuez. J'ai beaucoup travaillé avant de pouvoir m'offrir ce genre de luxe.

— Ce n'est pas ce que je voulais dire... Je vous envie, c'est tout.

Il arqua les sourcils. Que se passait-il donc dans l'esprit de cette femme ? Ce n'était pas la première fois qu'il se posait cette question, et à vrai dire il était de plus en plus intrigué.

— Il y a une flotte entière de bateaux amarrés dans le port

avec le pavillon royal. Ne me dites pas que vous ne pouvez pas en choisir un quand vous en avez envie ?

— J'ai appris à naviguer à la voile pendant des années à l'école. Mais je ne suis encore jamais sortie seule en mer.

Elle le regarda dans les yeux pendant un instant avant de secouer la tête et de se détourner.

— C'est bizarre... Il y a longtemps que je n'ai pas parlé aussi franchement avec quelqu'un, et pourtant vous êtes un parfait inconnu.

Que répondre à cela ? Étrangement intimidé, Roman leva les yeux vers le deuxième étage, où un groupe de femmes de chambre parcourait la galerie extérieure en discutant. Lorsqu'il se tourna de nouveau vers la princesse, elle avait disparu. Il se leva, la chercha du regard et vit un bout de soie jaune disparaître sous la voûte qui conduisait aux appartements royaux. Il fit un pas en avant, puis se ravisa aussitôt. Elle était là où elle devait être, entourée de gardes et d'employés du palais.

Il était temps pour lui de retourner à sa propre vie.

Le soleil matinal était chaud sur sa nuque quand Roman finit par monter sur le pont de son yacht le lendemain. Dans le cadre de ses activités il n'était pas rare qu'il se couche au lever du soleil, mais la nuit agitée qu'il venait de passer n'avait rien à voir avec son travail. Rester seul pendant des heures dans une pièce, menottes aux poignets, lui avait laissé beaucoup trop de temps pour ruminer. Passe-temps dangereux pour un homme qui avait un passé comme le sien.

Une tasse de café à la main, il mit des lunettes de soleil et s'installa dans un transat. Ils allaient bientôt appareiller pour Isla Arista, et il n'était pas mécontent de quitter ce royaume et son apparat. Il contempla Puerto Reina, le port principal de Monteverre, où régnait une grande animation. Une foule bigarrée dans laquelle se mêlaient touristes et autochtones parcourait la promenade qui longeait le port, appelée Le Balcon de la Reine d'après ce qu'on lui avait dit. Sur chaque monument de la ville, sur chaque panneau, sur chaque coin de rue figurait une énorme couronne dorée. Comme si les gens risquaient d'oublier qu'ils vivaient dans une monarchie.

Il n'avait jamais vu un homme plus méprisant et vaniteux que Sa Majesté le roi Fabian. Khal avait insisté pour qu'ils se rencontrent deux soirs plus tôt afin de discuter tous les trois de la sécurité de la princesse. Dès le départ le roi l'avait traité comme le roturier qu'il était, si bien qu'il avait décidé de partir. Il ne tolérait pas d'être pris de haut. Apparemment, Sa Majesté lui en gardait rancune. En tout cas, c'était ce que semblaient indiquer les cinq heures pendant lesquelles il était resté enfermé, entre le moment où le roi avait été prévenu de l'incident au palais et celui où il avait donné l'ordre de le relâcher.

Roman crispa les poings. Il avait l'habitude de traiter avec des imbéciles imbus d'eux-mêmes. Il avait fait fortune en assurant la protection de personnages arrogants beaucoup plus riches qu'intelligents. Cependant, il était difficile de garder la distance professionnelle habituelle quand un de ces personnages était votre meilleur ami. Khal ne l'avait jamais traité comme un « inférieur ». Il ne s'y risquerait pas. Malgré tout, il ne lui avait même pas passé un coup de téléphone pour s'excuser du traitement qu'on lui avait infligé.

Son ami savait pourtant mieux que quiconque ce qu'il pouvait ressentir quand il était enfermé entre quatre murs.

Roman offrit son visage au soleil et ferma les yeux. À présent il n'était plus enfermé. Il se trouvait sur son yacht luxueux, qui prendrait la mer dès que le plein aurait été fait. Il inspira lentement, savourant à l'avance le plaisir de retrouver les eaux cristallines d'Isla Arista. Son paradis privé.

Quelques instants plus tard, sa rêverie fut interrompue par un coup de klaxon retentissant. Il ouvrit un œil et poussa un soupir à la vue d'une limousine noire qui arrivait par la rue principale, flanquée de quatre policiers monteverriens à Vespa.

Le cheikh du Zayyar ne pouvait pas se contenter de prendre un taxi, songea-t-il avec dérision avant de finir son café et de refermer les yeux. Quand il les rouvrit, Khal était debout devant lui, visiblement furieux.

— C'est sympa à toi de voler enfin à mon secours, *bratik*, railla-t-il sans se lever pour saluer son plus vieil ami.

Khal pinça les lèvres.

— Je croyais que l'invulnérable Roman Lazarov n'avait *jamais* besoin d'aide.

— Et *moi*, je croyais que notre amitié passait avant le besoin de faire des courbettes au roi de Monteverre, rétorqua Roman d'un ton glacial.

Vu la *dishdasha* blanche immaculée dont était vêtu Khal, une bonne vieille bagarre à coups de poing ne semblait pas la meilleure façon de commencer la journée... Dans les rues de Saint-Pétersbourg, c'était de cette manière que se résolvaient la plupart des différends. À une époque, se battre était parfois pour lui la seule solution pour ne pas mourir de faim. Roman réprima une moue irritée. Justement, il avait l'estomac vide, et ça ne risquait pas d'améliorer son humeur.

— Je n'ai su que ce matin que tu avais été retenu prisonnier, déclara Khal.

Roman posa une jambe sur la table basse située devant lui. En général, les gens traitaient le cheikh du Zayyar avec un minimum de déférence. Pas lui. Quand ils étaient seuls, il ne se gênait pas pour le remettre à sa place.

— Oh ! seulement cinq heures dans une pièce sans fenêtres, les mains menottées dans le dos. Rien de très grave...

— J'ai du mal à compatir, étant donné que tu as toi-même retenu ma future épouse en otage comme une vulgaire criminelle.

— Façon de parler intéressante, *Votre Majesté*, ironisa Roman.

Un silence tendu s'installa entre les deux hommes. Une amitié comme la leur n'obéissait pas à des règles bien définies étant donné leurs différences. Khal, qui descendait d'une longue lignée de monarques, avait toujours eu une existence privilégiée. Alors que Roman avait dû se battre avec acharnement pour sortir du caniveau dans lequel il avait été abandonné dans son enfance. Au fil des ans, il avait acquis des manières un peu plus raffinées et il avait appris à se comporter comme un gentleman. Cependant, il restait marqué à tout jamais par son passé. Marqué au fer rouge. Quelque chose dont son ami n'avait pas l'expérience.

Khal s'éclaircit la voix.

— Tu sais, je crois qu'en dix ans tu n'as pas changé d'un iota.

Mieux valait ignorer cette insulte à peine voilée, décida Roman en posant l'autre jambe sur la table.

— J'ai beaucoup plus d'argent.

— Et un ego encore plus démesuré.

— Dois-je te rappeler que je suis venu ici pour te rendre service ? Je n'étais pas *obligé* de me salir les mains pour toi, Khal. Quelles que soient mes dettes envers toi.

— Est-ce la seule raison pour laquelle tu es venu ? Et moi qui croyais que mon bonheur te tenait à cœur...

Khal pinça les lèvres.

— Quatre ans à ruminer ton sentiment de culpabilité ça fait beaucoup, Lazarov. Il serait temps de tourner la page.

Roman se leva et se dirigea vers le bastingage qui entourait le pont supérieur. Il était déjà perturbé par suffisamment de souvenirs douloureux aujourd'hui sans qu'on lui en rappelle encore d'autres...

— Je suis venu ici parce que tu avais besoin d'aide, *bratik*. Rien de plus.

Khal parut soudain très las et se passa une main sur le visage. Il s'assit dans le transat libéré par Roman et leva les yeux vers le ciel.

— Le contrôle de la situation est en train de m'échapper. Ce séjour était censé me permettre de tout régler en quelques heures, et voilà que je risque de perdre tout ce que je croyais acquis.

Roman plissa le front. Cet aveu de faiblesse ne ressemblait pas du tout à son ami.

— Ça va bien se terminer. Je vais présenter mes excuses à la princesse et tout arranger.

Khal lui lança un regard surpris.

— Tu n'es pas au courant ? La princesse a disparu. La moitié des gardes du palais sont à sa recherche.

— Disparue ? Je lui ai parlé hier soir.

— Tu as *parlé* avec elle ? s'exclama Khal. Qu'est-ce qui t'a pris de lui parler après ce que tu lui as fait subir ?

— Ce qu'elle m'a fait subir est encore pire, crois-moi.

— Alors tu es encore plus responsable de ce fiasco que je ne le pensais ?

— Khal, j'ai fait obstruer le tunnel, et sa garde a encore été renforcée. Comment a-t-elle pu s'échapper ?

— Apparemment, elle tenait tellement à fuir qu'elle était prête à se mettre en danger. Que lui as-tu dit ?

— On a à peine échangé deux mots. Elle m'a surtout insulté. Et ensuite elle est partie.

Les deux hommes restèrent silencieux pendant un long moment.

— Cette fille est irresponsable, finit par déclarer Roman. Tu es sûr de vouloir épouser quelqu'un d'aussi... imprévisible ?

— Mon royaume a besoin de ce mariage. Mais j'ai été maladroit. Je crains de l'avoir fait fuir définitivement.

— Comment ça ?

— J'ai imposé des mesures de sécurité encore plus strictes la concernant. J'avais besoin de faire en sorte qu'elle bénéficie d'une protection sans faille avant que son nom soit lié au mien. Au cas où...

Devant l'air hagard de son ami, Roman se maudit. Comment n'avait-il pas compris plus tôt ?

Il rejoignit son ami et posa la main sur son épaule.

— Khal... Je comprends pourquoi tu tenais à assurer sa sécurité... Crois-moi. Mais en surprotégeant quelqu'un on risque de l'étouffer.

— Tu sais aussi bien que moi quels sont les risques auxquels est exposée toute femme me côtoyant, répliqua Khal en se levant.

Le moment de faiblesse était terminé. Il était redevenu le redoutable cheikh du Zayyar. Malgré tout il restait tendu, constata Roman. Ce qui n'avait rien de surprenant étant donné les souvenirs qui le torturaient depuis quatre ans.

Rien ne ramènerait la femme de son ami. Sa mort soudaine

avait changé quelque chose dans l'amitié sereine qui les unissait. De son côté il regretterait toute sa vie de ne pas avoir été là pour Khal.

Roman s'éclaircit la voix.

— Je vais aller à la recherche de la princesse.

— Non. Surtout pas. Ta présence ne ferait qu'aggraver les choses.

— Si c'est mon comportement qui l'a poussée à changer d'avis sur le mariage, c'est à moi de lui présenter des excuses et de la ramener. C'est moi qui suis responsable.

— Sans doute. Et à mon grand regret je ne suis pas certain de pouvoir te faire confiance pour réparer ton erreur.

Roman crispa la mâchoire. Khal était comme un frère pour lui. Son *bratik*.

— Dans le passé tu m'as confié ta vie. Tu ne me crois pas capable de te ramener une petite princesse en fuite ?

— C'est très important pour moi, Roman.

— Je la ramènerai. Tu as ma parole.

C'était un très mauvais plan.

Olivia se tassa dans son siège et rentra une mèche folle dans son chapeau à large bord. Dieu merci, en raison de ses lunettes noires et de sa robe blanche droite assez ordinaire, personne ne l'avait remarquée jusque-là. Elle soupira. Avait-elle vraiment eu la naïveté de croire qu'elle pourrait embarquer sur un vol commercial ? Que lui avait-il pris ? Elle avait failli enfreindre la loi ! Paralysée par la peur, elle avait une conscience aiguë des mouvements de tous les gens qui se trouvaient dans le hall des départs. À chaque fois que le regard d'un agent de sécurité de l'aéroport l'effleurait elle retenait son souffle, attendant le moment où l'un d'eux allait la reconnaître et la ramener au palais. À son père.

Avait-elle vraiment espéré que son père aurait pitié d'elle parce qu'elle avait tenté de s'enfuir ? En réalité cette petite plaisanterie allait lui valoir d'être encore plus privée de liberté.

Fermant les yeux, elle renversa la tête en arrière contre le dossier de son siège. Pourquoi avait-elle eu cette idée stupide ? Elle sentit un mouvement à sa droite, suivi par des effluves étrangement familiers de bois de santal et de pin.

— C'est risqué de se cacher à la vue de tous.

La voix profonde à l'accent prononcé lui rappela des bras musclés et des yeux à l'éclat métallique. Roman Lazarov s'assit nonchalamment dans le siège voisin du sien.

— Vous n'avez pas assez bien préparé votre coup.

Sans tourner la tête vers lui elle ne voyait que deux cuisses puissantes et une paire de luxueuses chaussures en cuir. Elle expira lentement. Lui, en revanche, devait avoir la tête tournée vers elle. Pour guetter ses réactions. Et sans doute se félicitait-il de l'avoir trouvée aussi facilement, cette brute... Il s'éclaircit bruyamment la voix, attendant manifestement une réaction de sa part. Elle eut une moue dédaigneuse et garda les yeux fixés devant elle. Avec un peu de chance, si elle attendait assez longtemps il allait simplement se volatiliser...

— Vous avez dix secondes pour arrêter de jouer les muettes avant que j'annonce votre présence à tout l'aéroport, dit-il d'une voix sourde.

Elle se raidit.

— Vous bluffez.

— Regardez-moi.

Elle tourna la tête et prit conscience trop tard qu'elle lui avait obéi. Ses yeux étaient fixés sur elle. Gris acier, étincelants, juste comme dans son souvenir. Un sourire moqueur étirait imperceptiblement ses lèvres sensuelles.

— Je bluffais.

Son sourire s'élargit, accentuant la beauté insolente de son visage. La barbe naissante qui recouvrait sa mâchoire lui donnait un air un peu sauvage qui contrastait avec l'élégance de sa tenue. Et qui décuplait son charme ravageur... La gorge sèche, elle se maudit. Pourquoi avait-elle tourné la tête ?

— Si vous vous demandez comment je vous ai retrouvée,

sachez que j'ai simplement suivi la longue trace de miettes de pain que vous avez laissée sur votre passage, *printsessa*.

— Ne m'appelez pas comme ça ici, murmura-t-elle.

Le brouhaha du hall devait couvrir leurs voix, mais elle ne voulait pas attirer l'attention plus que nécessaire.

Elle inspira profondément.

— Si je vous demandais de vous en aller et de faire comme si vous ne m'aviez pas trouvée...

— Pas question.

Devant le demi-sourire qui creusa légèrement la joue de Lazarov, elle eut un pincement au cœur. Et en plus il avait des fossettes ? C'était vraiment injuste... Avant qu'elle ait le temps de réagir, il lui prit le petit document qu'elle serrait dans ses mains. Il le déplia, le lut, puis la regarda d'un air incrédule.

— Vous aviez l'intention d'utiliser ça ?

— À l'origine, oui. Mais ensuite j'ai changé d'avis.

— Sage décision, étant donné que l'usurpation d'identité est un délit très grave. Même pour une princesse.

Elle resta silencieuse, les doigts baissés sur les marques rouges laissées par le passeport de la femme de chambre, qu'elle avait serré si fort qu'il lui avait coupé la circulation. Le plan inconsidéré qu'elle avait prévu de suivre lui avait été inspiré par la colère et le désespoir. Si elle avait été prise... À cette pensée, sa gorge se serra. Heureusement, frauder n'était tout simplement pas dans sa nature. Arrivée à deux mètres du comptoir d'enregistrement, elle avait fait demi-tour. Puis elle s'était assise sur cette chaise et avait passé deux heures à se demander quoi faire. Mais pas question de s'apitoyer sur son sort. Il fallait qu'elle se ressaisisse, même si elle était épuisée physiquement et nerveusement. Non seulement elle avait très peu dormi, mais ses rares moments de sommeil avaient été perturbés par des rêves dans lesquels elle était prise au piège dans des tunnels sans issue tandis qu'une voix masculine l'appelait dans l'obscurité. Quand elle avait fini par se lever ce matin, c'était avec la ferme intention de partir aussi loin que possible de Monteverre. Et voilà qu'elle se retrouvait là, à moins d'une heure du palais, déjà capturée.

Son plan avait été stupide et irréaliste dès le départ. Franchement, où avait-elle pensé qu'elle irait une fois les grilles du palais franchies ? Elle n'avait même pas le droit d'avoir son propre passeport sur elle ! Tout dans sa vie était planifié et contrôlé par d'autres. Roman continuait de la fixer. Elle sentait son regard sur sa joue. Comme s'il la brûlait. Sa seule présence déclenchait en elle des sensations qu'elle avait envie à la fois de savourer et de fuir à toutes jambes.

— Ce n'est pas mon titre que je fuis, dit-elle d'un ton solennel tout en sachant qu'il ne pouvait pas comprendre.

— Dans ce cas, que fuyez-vous ?

Elle secoua la tête. Cette conversation ne devait pas se poursuivre. Il n'était pas de son côté, même s'il feignait la compassion.

— C'est dangereux de vous promener seule, ajouta-t-il. Je me sens responsable de votre décision de fuir le palais. Peut-être aviez-vous le sentiment que ce qui s'est passé hier risquait de nuire à la réputation de votre futur mari...

Encore des discours sur son « futur mari » ! Olivia se leva, au comble de la frustration. Roman lui saisit aussitôt la main pour l'obliger à se rasseoir. À voix basse mais le ton menaçant, il déclara :

— Évitez d'obéir à d'autres impulsions, *printsessa*. Je peux paraître conciliant, mais je vous assure que si vous essayez encore une fois de vous échapper je n'hésiterai pas à employer la manière forte. Ma voiture est garée dehors. À vous de choisir si vous préférez une sortie discrète ou un scandale. Pour le même résultat, puisque de toute façon je vous ramènerai chez vous.

Olivia réfléchit brièvement. Était-elle vraiment prête à se rebeller et à en subir les conséquences ? Le souvenir des bras puissants de Roman autour d'elle dans son dressing s'imposa à elle. Un long frisson la parcourut. De l'appréhension ? Ou quelque chose de beaucoup plus perturbant ? Elle soupira et se leva. Il l'imita aussitôt et la prit par le coude. Elle le suivit docilement jusqu'à la sortie, et il l'entraîna vers une luxueuse berline blanche aux vitres teintées. Pas le genre de voiture à laquelle elle s'attendait de la part d'un play-boy ayant le goût du risque. Il lui ouvrit la portière, puis il s'installa au volant. Tandis qu'il manœuvrait, elle l'observa à la dérobée. Le col de sa chemise noire était ouvert, et ses manches remontées jusqu'au coude dévoilaient des avant-bras musclés. D'étranges marques noires se devinaient juste au-dessus du coude, mais les revers de ses manches n'en laissaient voir qu'une infime portion.

Des tatouages, bien sûr… Elle se mordit la lèvre. Combien en avait-il ? Et où ?

— Pourquoi ce regard insistant ? Quelque chose à dire ?

Elle tressaillit et détourna les yeux.

— Je me demandais simplement si vous alliez me livrer à mon père ou au cheikh.

— Quel cinéma ! Digne d'une petite princesse gâtée. À vous entendre on croirait que vous êtes un colis.

— Je pourrais tout aussi bien en être un. C'est difficile de ne pas avoir l'impression d'être un objet ou une tête de bétail quand on est vendue par un barbare à un autre barbare.

— Je préférerais que vous évitiez d'insulter mon ami, répliqua-t-il d'un ton vif. « Barbare » n'est pas le terme approprié pour le décrire.

— Étant donné les circonstances, je peux vous dire que je m'en moque éperdument, monsieur Lazarov.

— Eh bien, je vous suggère de changer de point de vue.

Crispant la mâchoire, Roman quitta l'autoroute pour prendre la direction de la chaîne de montagnes qui les séparait du palais royal. S'il s'écoutait, il arrêterait la voiture et obligerait cette petite princesse élevée dans du coton à finir le trajet à pied. Cette rousse fougueuse était une véritable énigme. Dans une enveloppe un peu trop séduisante… Mais il n'avait pas l'intention de culpabiliser d'être attiré par la fiancée de Khal. Il faudrait être aveugle pour ne pas être sensible au charme d'Olivia Sandoval. Par chance, contrairement à elle il savait contrôler ses impulsions. Résister à l'attirance qu'elle lui inspirait n'était d'ailleurs pas trop difficile quand on savait que ce beau visage et ce corps sensuel appartenaient à une enfant gâtée à la recherche d'émotions fortes pour tromper son ennui.

— Votre père a demandé que vous soyez ramenée au palais le plus vite possible.

Elle se raidit à la mention du roi, constata-t-il avant d'ajouter :

— Mais il me semble qu'il serait bon que votre fiancé et vous puissiez discuter au préalable.

— Ce n'est *pas* mon fiancé.

— Ah, je vois. Vous avez décidé de rompre les fiançailles en prenant la fuite. Bravo pour cette preuve de maturité.

— Non, *je* n'ai rien décidé ! protesta-t-elle d'une voix tremblante. C'est là tout le problème.

Il lui jeta un coup d'œil et vit qu'elle avait enfoui le visage dans ses mains.

— Écoutez, petite princesse gâtée, si vous êtes victime du stress prénuptial je suis sûr que d'ici le mariage vous avez le temps de...

— Vous pensez vraiment que je risquerais ma réputation et ma sécurité pour un petit épisode de stress prénuptial ? coupa-t-elle avec feu.

Il haussa les épaules.

— Je ne vous connais que depuis hier.

C'était vrai après tout. Il ne savait presque rien d'elle à part qu'elle éprouvait une méfiance viscérale à l'égard des hommes et qu'elle avait une fâcheuse tendance à obéir à ses impulsions.

— Ce n'est pas le genre de choses dont vous devriez discuter avec un étranger.

— Peut-être, mais vous au moins vous m'écoutez... Plus ou moins. Même si vous me considérez comme une petite princesse gâtée.

Il resta silencieux et se concentra sur la route de montagne. Il aurait pu prendre le tunnel tout récent, mais il ne connaissait pas le pays et il aimait les routes pittoresques.

Olivia ajouta d'une voix morne :

— Comment peut-on se retrouver fiancée du jour au lendemain sans avoir été demandée en mariage ?

— Vous voulez dire que Khal n'a pas fait sa demande officielle ?

— Non. Nous avons à peine échangé deux mots. Je l'ai rencontré hier pour la première fois. À l'hippodrome. Cinq minutes après que mon père m'a annoncé que j'allais l'épouser.

4

Avait-il bien entendu ?

— C'est impossible, déclara Roman.

— Bienvenue dans ma vie. Et dans le Moyen Âge...

— Le cheikh m'a assuré que toutes les dispositions avaient été prises... Qu'il était ici uniquement pour l'annonce officielle de vos fiançailles.

— Les seules dispositions qui ont été prises concernent un accord entre nos deux pays. Ce mariage en fait partie, mais on n'a pas daigné en informer la future mariée. Et encore moins lui demander son avis, bien sûr...

La princesse eut un petit rire amer.

— J'ai vingt-six ans et je viens d'apprendre que je vais être liée à un étranger pour le reste de ma vie.

Roman était abasourdi. Khal n'avait pas été honnête avec lui. Et s'il y avait une chose qu'il ne supportait pas c'était d'être pris pour un idiot. En lui affirmant que la princesse était sa future épouse, Khal lui avait laissé entendre qu'il l'avait demandée en mariage et qu'elle avait accepté. Mais si ce n'était pas le cas...

On pouvait penser de lui ce qu'on voulait, mais il estimait que les femmes avaient le droit d'être libres. Ayant grandi dans les rues, il savait à quelles horreurs pouvait aboutir l'arrogance des hommes qui partaient du principe que le consentement des femmes était superflu. La princesse avait qualifié Khal de barbare, mais ça ne correspondait en rien à la réalité. Il le savait. Il y avait certainement un malentendu. Le roi avait sans doute laissé croire à Khal que sa future épouse était consentante. Cependant... il savait que le cheikh pouvait se montrer impitoyable quand l'avenir de son pays était en jeu. Ne lui avait-il pas dit que ce mariage était vital pour le Zayyar ? Assez vital pour ne pas tenir compte des réticences de sa future épouse ? Roman réprima un juron.

Après un virage particulièrement serré, la route commença à descendre vers une vallée verdoyante, et la mer apparut à l'horizon. Une petite aire de stationnement avait été aménagée sur le bas-côté, où les gens pouvaient se dégourdir les jambes et prendre des photos en toute sécurité. Il ralentit et s'arrêta.

— Que faites-vous ? demanda la princesse.

— J'ai besoin de faire une pause, dit-il en prenant les clés avant de descendre de voiture.

L'aire de stationnement était déserte et la montagne trop escarpée pour qu'elle puisse s'enfuir à pied, mais mieux valait rester prudent. S'appuyant au muret de pierre qui bordait la plate-forme, il aspira une grande bouffée d'air pur. La vue de la nature avait sur lui un effet apaisant. Dans sa jeunesse, il avait passé trop de temps entouré de béton dans une atmosphère polluée. La mer au loin semblait lui faire signe. Son yacht était prêt à appareiller dès son retour. Une fois au large, il serait enfin débarrassé de cette famille royale dysfonctionnelle.

Il ne lui restait plus qu'à déposer la princesse au palais, et il pourrait mettre le cap sur son île.

Alors pourquoi était-il aussi indécis, tout à coup ? Quelque chose l'empêchait de terminer sa mission sans la remettre en question. Il entendit une portière claquer et se tourna vers la princesse, qui le rejoignait.

— C'est mon point de vue favori de tout Monteverre, dit-elle.

Il n'y avait pas la moindre trace de tristesse dans sa voix. C'était juste un fait, énoncé sans émotion.

D'ailleurs, depuis l'instant où il l'avait capturée à la sortie du tunnel elle n'avait pas versé une seule larme. Il aurait pourtant été compréhensible qu'elle s'effondre devant un ravisseur inconnu. Il fallait reconnaître qu'elle avait du cran et une volonté de fer. Pourtant elle n'avait pas pu se résigner à utiliser un passeport ne lui appartenant pas. De toute évidence, elle se refusait à enfreindre la loi et elle restait fidèle à ses principes même en plein désarroi.

— Qu'espériez-vous exactement en prenant la fuite ?

— Je ne sais pas, répondit-elle en gardant les yeux fixés devant elle. J'avais juste besoin d'un peu de temps pour réfléchir avant de prendre une décision. Je n'ai jamais vécu sans gardes ni responsabilités et je me retrouve du jour au lendemain obligée d'échanger les murs d'un palais pour ceux d'un autre. C'est difficile à accepter.

Il hocha la tête. Comment ne pas la comprendre ?

— Quand j'ai accepté d'exécuter l'opération d'hier, j'étais persuadé que votre mariage avait déjà été arrangé. Si j'avais su que ce n'était pas le cas, j'aurais refusé. Je vais vous conduire auprès de Khal. Vous pourrez lui faire part directement de vos réserves.

— À quoi bon discuter avec un homme que je ne connais pas et qui a décidé de m'épouser sans me demander mon avis ? Vous croyez que j'aurais pris la fuite si je n'étais pas persuadée qu'exprimer ma volonté ne servirait à rien ?

Roman laissa échapper un grognement de frustration.

— Il va bien falloir trouver une solution ! Je n'ai pas tout mon temps, moi ! Je devrais déjà être au milieu de la Méditerranée.

— Je suis navrée que mes petits problèmes retardent de quelques heures votre retour à votre vie de play-boy, monsieur Lazarov, ironisa-t-elle.

Puis elle se tourna vers lui, les poings sur les hanches.

— Vous savez quoi ? Moi aussi, j'en ai assez ! Conduisez-moi auprès du cheikh pour que je puisse lui signifier mon refus de vive voix. À en juger par les amis qu'il se choisit, ce n'est pas du tout le genre d'homme que je souhaite épouser !

— Vous avez enfin décidé de cesser vos enfantillages et de vous conduire en adulte ? Miracle ! s'exclama-t-il, piqué au vif.

Mais, devant son regard blessé, il s'en voulut aussitôt.

— Je ne sais pas quoi faire, avoua-t-elle avec une franchise désarmante. Me marier avec un inconnu me répugne, mais il est certain qu'épouser le cheikh est le bon choix pour mon peuple. Contrairement à ce que vous pouvez penser, vous qui me prenez pour une petite princesse gâtée, le sort de ce royaume me tient à cœur. Énormément. Sinon j'aurais déjà dit non.

Dans l'air fraîchissant du soir qui tombait, un silence tendu s'installa entre eux. Roman réprima un soupir. Hier elle l'avait accusé de travailler à ce qu'elle soit bien enfermée dans sa cage, or ça n'avait jamais été son intention. Et cette histoire de mariage imposé était pour le moins déplaisante. Prétendre qu'il ne l'avait pas trouvée ? C'était tentant… Pour lui ce serait la manière la plus simple d'en finir avec cette histoire. Mais pour elle ce serait trop dangereux. Il était bien placé pour savoir quels risques guetteraient une princesse livrée à elle-même dans un monde où les criminels couraient les rues. Protéger les gens riches était son métier, après tout.

— Je n'ai jamais passé autant de temps hors du palais sans gardes du corps, reprit-elle d'une voix teintée de nostalgie. Ça fait un bien fou…

— Vous avez envie de goûter un peu à la liberté.

Rien d'étonnant pour quelqu'un qui vivait enfermé dans une cage. Dorée, d'accord, mais une cage malgré tout…

— N'est-ce pas ce que veulent tous les gens qui prennent la fuite ? demanda-t-elle avec un sourire triste. Mais vous voyez le résultat…

— Je ne peux pas vous laisser vous en aller, princesse. Vous le savez.

Il réfléchit. Khal avait besoin de ce mariage. C'était pour ça qu'il lui avait demandé de retrouver la princesse. La lui ramener pour qu'elle lui dise qu'elle refusait de l'épouser ne servirait à rien. Cependant, il y avait peut-être une solution qui bénéficierait à tout le monde.

Enfin, à tout le monde sauf à lui.

Il plissa le front. Envisageait-il sérieusement de lui proposer de… ? C'était de la folie. Et pourtant, quelque chose lui disait qu'il devait suivre son instinct.

— Que diriez-vous si je vous offrais une sorte de liberté temporaire ?

Elle le regarda d'un air soupçonneux.

— Je vous demanderais ce que vous entendez par là.

— Je peux vous offrir un peu de temps et de solitude pour que vous réfléchissiez avant de prendre une décision à propos de votre mariage.

— Comment feriez-vous cela ? Et surtout, pourquoi ?

— Ne vous inquiétez pas pour le comment. Sachez juste que je suis un homme de parole. Si je vous assure que personne ne viendra vous déranger, vous pouvez me croire. Mais vous devriez prendre vous aussi un engagement.

— Je vous écoute.

— Tout ce que je vous demande, c'est de prendre le temps de considérer tous les aspects de cette union. Je pense que vous commettriez une erreur en refusant ce mariage. Khal est un homme fantastique.

Il attendit, pendant qu'elle réfléchissait en se mordant la lèvre. Sa bouche était rose cendré. Sans rouge à lèvres ni gloss. Naturellement rose et pulpeuse… Elle lui jeta un coup d'œil, et il s'empressa de reporter son attention sur le paysage. En se maudissant. Que lui avait-il pris de faire cette proposition insensée ? Il avait l'impression de s'être avancé volontairement sur la corde raide d'un funambule et d'être en équilibre précaire au-dessus du vide. Il n'eut pas le temps de ruminer plus longtemps ses regrets. Elle hocha lentement la tête en murmurant qu'elle acceptait, et l'accord fut conclu.

Il n'était jamais revenu sur un engagement, et ce n'était pas aujourd'hui qu'il allait commencer. Il n'était pas du genre à douter de lui-même. Son self-control et sa loyauté étaient à toute épreuve. Cette proposition ne posait aucun problème. Il regagna la voiture en évitant soigneusement de regarder les courbes délicieuses de la princesse qui marchait devant lui.

— Je ne comprends pas pourquoi vous faites ça pour moi, dit-elle quand ils furent installés dans leurs sièges.

Elle le regardait à travers ses longs cils couleur tabac, et quelques taches de rousseur apparaissaient sur ses joues dans la lumière déclinante.

— Considérez ça comme un cadeau de mariage, répliqua-t-il en claquant la portière d'un geste plus vif qu'il ne l'aurait voulu.

Olivia sortit sur le pont désert et regarda la terre de plus en plus proche, baignée par la lumière orangée du crépuscule. Elle ignorait où l'emmenait Roman, et ça devrait sans doute l'inquiéter. Mais, en réalité, la destination importait peu. Du moment que c'était assez loin du palais pour qu'elle puisse enfin respirer un peu. Au fil des miles parcourus depuis qu'ils avaient quitté Puerto Reina, elle avait senti l'étau qui lui comprimait la poitrine se desserrer, tandis qu'un immense soulagement l'envahissait peu à peu. Cependant ce tout nouveau sentiment de liberté était teinté de remords. C'était comme si un gros nuage noir flottait au-dessus d'elle, prêt à déverser des trombes d'eau et à réduire à néant sa sérénité naissante.

Avait-elle eu raison d'accepter cette proposition ? Oui, sans aucun doute. Prendre le temps de réfléchir hors de la bulle du palais était une démarche raisonnable. Après tout, la décision qu'elle devait prendre était vitale. Il ne s'agissait pas seulement de choisir la meilleure solution pour elle-même. Ce n'était pas aussi simple que ça. Son éducation l'avait formée à faire passer Monteverre avant sa petite personne. À attacher plus d'importance au bien du peuple qu'à celui de sa propre famille. Mais était-il juste que sa famille n'accorde aucune importance à ce qu'elle pouvait penser ?

Elle jeta un coup d'œil à son sac à main posé sur un transat. Il contenait toutes les informations qu'elle avait pu trouver sur la fondation que sa grand-mère lui avait léguée. Sur tout le travail accompli depuis sa mort dix ans plus tôt.

Mais elle n'était pas tout à fait prête à partager ce qu'elle avait découvert avec qui que ce soit.

Pour l'instant, le problème était clair. Son père lui avait dit qu'elle n'avait pas d'autre choix que d'épouser le cheikh. S'opposer à une union arrangée par le roi aurait de lourdes conséquences. Quelle que soit sa décision, sa vie était sur le point de changer radicalement.

Elle réprima une bouffée de panique. Soit elle sacrifiait sa vie de femme pour sauver son royaume en acceptant un mariage sans amour, soit elle perdait son titre à tout jamais.

Elle ferma les yeux et respira à fond l'air marin. Il faudrait qu'elle parvienne à faire le vide dans son esprit pendant quelque temps. Elle ressassait les mêmes pensées depuis deux jours et elle avait l'impression que son crâne allait exploser. Pas étonnant qu'elle ait commis la folie de s'enfuir...

Elle expira lentement et rouvrit les yeux. Le yacht longeait à présent l'île apparemment déserte sur laquelle il avait mis le cap. L'endroit semblait complètement sauvage. Au détour d'une pointe rocheuse elle vit apparaître une anse de sable doré et de roches noires, au fond de laquelle était nichée une petite marina. Au loin, un grand phare blanc se dressait en haut d'une falaise, entouré de verdure.

Le yacht ralentit peu à peu et s'immobilisa au bout d'un ponton blanc.

Elle jeta un coup d'œil vers les ponts supérieurs. Roman n'avait toujours pas réapparu. Le yacht était énorme, et il avait disparu presque tout de suite après l'avoir conduite dans un des salons du pont inférieur. Pourquoi avait-il décidé de lui accorder ce répit ? Sans doute pas par pitié, étant donné qu'il l'avait traitée avec dédain de « petite princesse gâtée ». Cependant, il avait paru sincèrement surpris en apprenant que le mariage avait été décidé sans son accord.

Elle n'était pas assez naïve pour croire qu'il était passé de son côté, mais peut-être comprenait-il un peu mieux ses motivations. Malgré tout, elle ferait bien de ne pas oublier pour qui il travaillait. Il était déterminé à la voir accepter la demande du cheikh. Il n'y avait aucun doute là-dessus. Roman Lazarov ne devait pas être du genre à renoncer à un objectif avant de s'être battu avec acharnement pour l'atteindre.

Curieusement, il lui était plus facile de discuter de son avenir avec lui qu'avec son père. Sans doute parce qu'il lui parlait comme à une adulte. Pas comme à une gamine. Ni, pire encore, comme à une princesse. Il n'avait pas peur de la regarder dans les yeux quand il lui parlait, contrairement à la plupart des gens qui s'adressaient à elle. Et aujourd'hui, il l'avait écoutée. Elle ne lui avouerait jamais à quel point ça l'avait réconfortée. Ce n'était pas un ami. Elle en était consciente. Mais peut-être n'était-il pas son ennemi non plus.

Comme par enchantement, Roman émergea soudain d'une porte sur sa droite. Il discutait au téléphone dans une langue étrangère. Sans doute le russe, sa langue maternelle. Il semblait fatigué, mais sa chemise et son pantalon noirs étaient à peine froissés. Alors que de son côté elle devait avoir l'air d'une clocharde avec sa robe toute chiffonnée. Sans compter qu'elle avait besoin d'une douche et d'une bonne nuit de sommeil. Elle se tourna vers lui en lissant machinalement sa robe, un peu embarrassée.

Il mit fin à sa communication, puis il contempla la baie. Ses traits s'adoucirent, et ses yeux gris étincelèrent dans la pénombre. C'était la première fois qu'elle le voyait aussi détendu. Et il fallait reconnaître qu'il avait une bouche très tentante quand il ne faisait pas la moue ou qu'il ne l'insultait pas.

— Il reste encore un bref trajet en voiture, dit-il en consultant sa montre avant de faire signe à un membre de l'équipage de s'occuper de leurs bagages.

Puis il descendit la passerelle et s'éloigna sur le ponton. Elle s'empressa de le suivre et fut presque obligée de courir sur les planches blanchies à la chaux pour le rattraper.

— Où sommes-nous ?

— Sur mon île, répliqua-t-il sans ralentir.

Au bout du ponton, une petite jeep ouverte blanche était garée à l'entrée d'un chemin de terre. Roman ouvrit une portière maculée de boue.

— Sautez, princesse, dit-il en esquissant une moue sarcastique.

De toute évidence, il s'attendait à ce qu'elle exige un moyen de transport plus digne de son rang. Elle lui adressa un sourire angélique, puis elle releva légèrement sa robe avant de se hisser sur le siège passager sans une récrimination. Quelques secondes plus tard, le moteur rugit, et le véhicule démarra dans un nuage de poussière.

— Quand vous m'avez assuré que personne ne viendrait me déranger, je ne me suis pas doutée que vous aviez l'intention de m'abandonner sur une île déserte, plaisanta-t-elle.

Il ne répondit pas. Tandis qu'ils montaient toujours plus haut, elle meubla le silence avec des commentaires sur le paysage. Lors d'un cahot plus violent que les autres, elle se cogna l'épaule contre l'encadrement de la portière et laissa échapper un petit cri. Elle jeta un coup d'œil à Roman et serra les dents. Encore cette petite moue sarcastique... Il mériterait un bon coup de poing dans le biceps !

— Après ce trajet... mouvementé, dois-je m'attendre à loger dans une hutte en terre ?

— Je ne suis pas là pour vous servir de guide touristique. Mais, si vous y tenez, je veillerai à ce qu'il n'y ait pas de cafards dans votre tente.

Elle n'avait jamais dormi sous une tente... Ce serait un changement radical par rapport à sa chambre au palais, mais à vrai dire cette perspective était plutôt agréable. Alors qu'elle s'apprêtait à le dire à Roman, elle aperçut des lumières. La route redescendait en direction d'une grande villa ultramoderne. Quelques instants plus tard, elle eut le souffle coupé par la vue. Toute l'île s'étalait sous ses yeux, baignée de la lumière rose orangée du soleil couchant qui descendait vers une mer vert jade.

— Waouh...

Elle était si éblouie que ce fut tout ce qu'elle trouva à dire.

Lorsqu'ils descendirent de voiture, un petit homme aux cheveux blancs apparut sur le seuil de la villa. Il regarda Roman et arqua les sourcils.

— Vous n'aviez pas mentionné d'invitée, monsieur, dit-il avec un sourire contraint.

— Jorge, combien de fois devrai-je te dire de ne pas m'appeler « monsieur » juste parce que nous ne sommes pas seuls ?

— C'est plus professionnel, répliqua Jorge en haussant les épaules.

— Tu es loin d'être professionnel.

Roman donna une tape affectueuse sur l'épaule de l'autre homme.

— Incroyablement efficace et compétent ? Bien sûr. Mais pas du tout professionnel. C'est pour ça que je t'ai engagé.

Les deux hommes se tournèrent vers Olivia, qui regardait leur échange avec intérêt.

— Olivia, je vous présente mon bras droit, Jorge. Il m'accompagne dans mes différentes propriétés en tant que majordome.

L'air soudain préoccupé, Roman sortit son téléphone de sa poche et appuya sur quelques touches.

— Fais-lui visiter les lieux et installe-la dans la chambre d'amis blanche.

Sur ces mots il s'éloigna.

— Vous voulez dire que vous n'allez pas me faire les honneurs de la maison vous-même ?

Elle avait parlé sur le ton de la plaisanterie, mais elle ne pouvait pas s'empêcher d'être choquée.

Il s'esclaffa tout en continuant de s'éloigner dans le couloir.

— Je ne travaille pas dans le tourisme. J'aurais cru que vous l'aviez remarqué.

Sur ces mots il disparut derrière une porte, la laissant seule avec son majordome visiblement contrit.

Roman raccrocha et posa son téléphone sur la table en marbre du patio. Depuis presque dix ans qu'ils étaient amis, il n'avait jamais entendu Khal jurer. Ce dernier avait été stupéfait d'apprendre que leur mariage était imposé à la princesse par son père. Mais toujours pragmatique, il avait demandé s'il y avait une chance qu'elle accepte. Il lui avait expliqué avec franchise qu'il pensait qu'elle avait juste besoin de prendre l'air à cause des mesures de sécurité renforcées.

— Laisse-lui un peu de temps. Je vais faire en sorte qu'à son retour elle accepte de t'épouser.

Khal lui faisait confiance pour veiller sur sa future épouse. Roman soupira. Il n'y avait personne d'autre au monde pour qui il serait prêt à faire ça. Il n'était pas garde du corps. Sa spécialité c'était les systèmes électroniques high-tech. L'évaluation des risques, la prévention des intrusions et tout ce genre de choses. Il n'avait pas les qualités requises pour la protection rapprochée.

Et pourtant, il se retrouvait à jouer les baby-sitters auprès d'une princesse en fuite, sur l'île qu'il gardait jalousement à l'abri des indésirables. S'il avait un penchant pour la boisson, ce serait le moment de noyer son humeur massacrante dans un flot d'alcool. Il s'appuya à la balustrade du balcon de sa chambre et regarda le soleil s'enfoncer dans la Méditerranée à l'horizon.

Un grand plouf lui fit baisser les yeux vers la piscine. Une silhouette crémeuse fendait l'eau avec grâce. Apparemment, elle avait commencé ses vacances sans attendre... Inspirant profondément, il crispa les poings sur la balustrade. La tête d'Olivia émergea de l'eau lorsqu'elle atteignit un bord de la piscine. Sa longue chevelure cuivrée qu'elle n'avait pas pris la peine d'attacher tombait lourdement sur ses épaules nues. Sous la surface de l'eau on distinguait un maillot une pièce rouge et une paire de longues jambes fines.

Roman étouffa un grondement furieux.

Il avait envie d'elle.

Pivotant sur lui-même, il traversa sa chambre jusqu'à la salle de bains. Le miroir qui tapissait le mur du sol au plafond lui renvoya son reflet, image même de la frustration. Pupilles dilatées, mâchoire crispée, narines frémissantes. Il commença à déboutonner sa chemise avec des gestes rageurs. Il y avait trop longtemps qu'il n'avait pas couché avec une femme. C'était ça le problème. Son corps réagissait instinctivement au manque. Il n'avait jamais été très doué pour se refuser quelque chose qu'il désirait avec une telle intensité.

Certains diraient que c'était lié aux multiples frustrations de son enfance. Mais ça n'avait rien à voir. Il le savait. C'était simplement dans sa nature. Un appétit féroce le poussait à en vouloir toujours plus. C'était à lui qu'il devait sa réussite et sa fortune. Une fortune qui à son tour lui permettait de satisfaire instantanément chacun de ses caprices. Que ce soit une nouvelle voiture ou une belle femme, il obtenait toujours ce qu'il voulait avec un minimum d'efforts.

Sauf elle.

Elle était taboue. Pas question de la regarder ni de la convoiter. Pas question même de fantasmer sur elle.

Son passé de voleur était loin derrière lui, songea-t-il avec dérision en finissant de se déshabiller. Il entra dans la douche et savoura la chaleur du jet sur ses épaules et son dos. Certains hommes opteraient pour une douche froide, mais il avait passé une trop grande partie de sa vie dans le froid. Et tant pis si la chaleur de l'eau attisait sa rage.

Était-il furieux contre son ami pour sa confiance aveugle ou bien contre lui-même parce qu'il n'était pas certain de pouvoir se faire confiance ? Il était parfaitement capable de se contrôler, et pourtant il éprouvait le besoin de garder ses distances avec la princesse à la chevelure flamboyante, avec son esprit caustique et son caractère imprévisible.

Il avait bâti sa fortune en se fiant à son instinct. Or tout chez Olivia Sandoval indiquait qu'elle était dangereuse.

5

Comme à son habitude quand il séjournait à Isla Arista, Roman avait demandé à Jorge de servir le dîner sur la terrasse. Une odeur alléchante de poulet au romarin aiguisa son appétit lorsqu'il franchit la baie vitrée.

Olivia l'attendait, déjà assise à table. Curieusement, elle ne s'était pas changée après son bain et elle était juste enveloppée dans un peignoir en éponge blanc qu'elle avait trouvé dans la cabine de la piscine.

— Je vois que vous prenez vos vacances très au sérieux.

Elle jeta un coup d'œil embarrassé à sa chemise blanche et se leva.

— Votre majordome m'a dit que c'était juste un repas léger. J'ignorais que nous dînerions ensemble.

— Asseyez-vous, dit-il en soupirant.

Mais elle secoua la tête et se précipita dans la maison en lançant qu'elle n'en avait que pour quelques minutes. Il réprima un petit rire narquois. Quelle ironie ! Des deux, c'était la princesse qui avait le sentiment de manquer à l'étiquette. Comme promis, elle revint moins de dix minutes plus tard. Il fut soulagé de voir qu'elle n'avait pas mis une robe et amusé de constater qu'elle avait de nouveau choisi du blanc. Son pantalon de lin blanc moulait autant ses hanches que la robe qu'elle portait à leur arrivée, mais heureusement son corsage à boutons la couvrait presque jusqu'au cou. Malgré tout ses épaules étaient nues, ce qui mettait en valeur sa peau d'albâtre.

Il détourna les yeux et remplit leurs verres d'eau sans dire un mot. Il avait faim et il était fatigué. Il n'était pas d'humeur à lui faire la conversation pour la mettre à l'aise. En fait, il préférait qu'elle ne soit pas complètement à l'aise. Comme ça, ils étaient deux.

Très vite, la table fut couverte de plats très appétissants. Roman prit un morceau de poulet, des petites pommes de terre rôties à l'ail et des légumes grillés. Quel que soit l'endroit où ils se trouvaient – New York, Moscou ou cette île minuscule – Jorge parvenait toujours à dénicher des produits ultra-frais. Il mériterait une autre augmentation...

Roman mangea comme à son habitude. Jusqu'à ce qu'il soit rassasié. Ce qui signifiait qu'il se resservait au moins une fois et qu'il arrosait son dîner d'un unique verre d'un vin provenant de sa *cantina* locale favorite.

— Où mettez-vous toute cette nourriture ?

Il leva les yeux. Olivia le regardait d'un air fasciné tout en picorant les pommes de terre qu'elle avait mises dans son assiette dix minutes plus tôt.

— Dans mon estomac, répondit-il d'un ton neutre. Vous feriez bien d'en faire autant sinon vous allez offenser le chef.

— Tout le monde n'a pas le même métabolisme.

Avec un sourire crispé, elle reposa sa fourchette et s'essuya délicatement la bouche avec sa serviette.

— Je fais beaucoup de sport afin de pouvoir bien manger. Il faut apprécier la bonne nourriture.

À son grand agacement elle recula son siège et se cala dedans. De toute évidence, elle avait terminé son repas.

— Le dîner était excellent, merci, déclara-t-elle, confirmant sa pensée.

— Si vous le dites, *printsessa*...

Elle avait mangé à peine plus qu'une enfant. Mais, au moins, elle ne semblait pas compenser ce régime auto-infligé par une consommation excessive de vin.

— Pourquoi m'appelez-vous comme ça ? *Printsessa* ? Je suppose que c'est du russe ?

— Toutes mes excuses. Vous préférez le terme utilisé par vos sujets ? Votre Altesse ?

Elle fronça le nez.

— Ça vous amuse de vous moquer des gens sans raison ?

— Rien ne m'amuse dans cette situation, Olivia, répliqua-t-il en détachant délibérément chaque syllabe de son prénom.

— Je ne comprends pas, dit-elle en se penchant en avant, les sourcils froncés. C'est vous qui m'avez proposé de m'amener ici, vous vous souvenez ? Personne ne vous y a obligé. Nous nous connaissons à peine, et pourtant vous êtes ouvertement hostile avec moi depuis l'instant où nous nous sommes rencontrés.

— Je vous ai proposé de vous amener ici pour que vous arrêtiez de fuguer comme une adolescente. Ce ne sont pas des vacances. Et je ne suis pas là pour divertir une petite princesse gâtée à la recherche de sensations fortes avant le mariage.

Les yeux turquoise de la princesse étincelèrent.

— Vous faites beaucoup d'hypothèses sur mon caractère depuis vingt-quatre heures.

— Je ne fais que tirer des conclusions de ce que j'observe.

— Vous croyez me connaître ? Eh bien, éclairez-moi, s'il vous plaît.

Elle se cala de nouveau dans son siège et croisa les jambes. Il ne put s'empêcher de laisser glisser le regard depuis sa cuisse jusqu'à la sandale à talon argentée qui dévoilait une cheville très fine et un pied délicat. S'efforçant de réprimer son trouble, il se cala à son tour dans son siège.

— Je ne prétends pas savoir qui vous êtes, mais je connais assez bien le genre de femme auquel vous appartenez.

Un visage familier s'imposa à l'esprit de Roman, le prenant par surprise. Cette paire d'yeux bleu pâle le hantait depuis presque deux décennies... Les cinq heures pendant lesquelles il avait été retenu prisonnier avaient dû l'affecter davantage qu'il ne le pensait. D'ailleurs, le souvenir des menottes lui donnait de nouveau des sueurs froides malgré la douche brûlante et le dîner qu'il venait de déguster. Oui, c'était sans doute cet épisode très fâcheux qui avait réveillé ses démons. Parce que depuis quelque temps il ne pensait que rarement au passé. Et encore plus rarement à Sofiya.

Il s'éclaircit la voix, irrité contre lui-même pour ce moment de faiblesse.

— Vous êtes jeune, belle et privilégiée. Mais également frustrée par les règles strictes qui vous sont imposées pour votre sécurité. Alors vous avez soif d'aventure. D'un peu de danger pour rompre la monotonie.

— Je ne suis qu'une enfant gâtée qui a envie de s'amuser, c'est ça ?

Il haussa les épaules et vida son verre de vin.

— Vous voudriez me faire croire que votre fuite n'est pas un acte de rébellion ?

Il avait touché un point sensible, comprit-il lorsqu'elle détourna les yeux pour regarder vers la mer, plongée dans l'obscurité.

— Vous savez, ce n'est pas en m'insultant que vous allez m'inciter à rentrer chez moi et à accepter d'épouser votre ami.

— Si vous vous sentez insultée c'est parce que vous avez sans doute l'habitude qu'on ne vous dise que ce que vous avez envie d'entendre.

Olivia soupira et pencha la tête en arrière un instant.

— Je m'accorde simplement un bref répit avant de prendre une des décisions les plus importantes de ma vie. Ça n'a rien d'extraordinaire.

— Désolé de vous décevoir, mais en disant cela vous embellissez juste la réalité. Et la réalité c'est que vous fuyez.

Elle croisa les bras et plongea le regard dans le sien.

— Vous avez tout compris de moi, n'est-ce pas ? Ça doit être fantastique d'être aussi perspicace.

— Ce n'est pas ma faute si vous n'aimez pas qu'on vous dise la vérité.

— Ce que je n'aime pas, monsieur Lazarov, c'est que vous mettiez tous les gens de ma condition dans le même panier, uniquement parce que nous sommes nés avec de l'argent. De mon point de vue, ça en dit bien davantage sur vous que sur moi.

— Vraiment ?

— Oui. Je suis peut-être née avec de la fortune, mais ça ne m'empêche pas d'être humaine.

Olivia se leva et se dirigea vers la balustrade en pierre.

— Vous ne savez rien de ma vie. Comme je ne sais rien de la vôtre.

Les yeux dans le vague, elle regardait la mer qu'on devinait dans l'obscurité. Avec le même air triste que la veille sur l'aire de stationnement. Il se sentit presque coupable de sa franchise.

— Nous nous égarons. Le but de cette pause c'est de corriger la mauvaise opinion que vous avez du cheikh Khal. Ce qui ne devrait pas poser de problème. Khal est un homme bien.

— Merci pour cette plaidoirie, mais je considère que le but de cette pause est de me permettre de prendre une décision seule.

— Personne ne le connaît mieux que moi. Laissez-moi vous rassurer.

— Vous n'êtes pas mon ami, et je ne l'oublie pas. Je compte profiter de ce répit pour m'éclaircir les idées. Rien de plus. Je n'ai pas l'intention de discuter davantage de cette affaire avec vous.

Il se leva et la rejoignit.

— Affaire… C'est un choix de mot intéressant.

Elle haussa les épaules sans le regarder.

— Il reflète la réalité.

— C'est un arrangement très complexe, d'après ce que je sais. Il ne concerne pas que vous.

Olivia serra les dents. On aurait pu croire qu'il lisait un script écrit par son père. Elle n'avait pas besoin qu'on lui rappelle le dilemme devant lequel elle se trouvait. Ce dont elle avait besoin dans l'immédiat c'était tout l'inverse. Faire le vide dans son esprit. Elle était si tendue qu'elle avait envie de hurler. Non seulement elle n'avait pratiquement pas dormi depuis vingt-quatre heures, mais la présence de cet homme lui faisait un effet très perturbant.

Elle sentit sa gorge se serrer.

— J'ai peut-être une existence plus protégée que la moyenne des femmes de vingt-six ans, mais je sais parfaitement dans quelle situation je me trouve.

Elle s'éclaircit la voix. Pas question de montrer le moindre signe de faiblesse.

— Mon point de vue ne compte pas. Il n'a jamais compté.

— Vous voulez dire que vous n'avez absolument pas voix au chapitre en ce qui concerne ce mariage ? demanda Roman, l'air soudain très sérieux. Parce que je sais qu'un mariage imposé à une femme contre sa volonté est quelque chose que Khal n'admettrait en aucun cas. Moi non plus, d'ailleurs.

Olivia leva les yeux vers lui. Oui, il semblait très sérieux. Bien sûr, elle savait que s'il était préoccupé ce n'était pas pour elle mais pour son ami. Mais comment ne pas être tentée d'imaginer pendant un instant quelle serait sa vie auprès d'un homme comme lui ? Quand un homme comme Roman Lazarov tenait à une femme il devait être prêt à tout pour elle.

Elle s'efforça de chasser ces pensées de son esprit, soudain très consciente de sa proximité et des effluves de bois de santal et de pin qui flottaient dans l'air. C'était le genre de parfum qui donnait envie de se rapprocher de celui qui le portait pour mieux le humer. Il était dangereux, ce parfum. Il lui donnait envie de faire des choses inconvenantes.

— Votre silence ne m'éclaire pas beaucoup.

Il se tourna vers elle et s'appuya contre la balustrade. Dans la lumière douce des lampes de la terrasse ses yeux brillaient d'un éclat étrange. Elle haussa les épaules en feignant l'indifférence. Comment lui dire qu'elle n'avait que deux solutions, accepter ce mariage ou s'en aller et perdre tout ce à quoi elle s'était attachée au fil des années ?

— Je ne vais pas être menottée et mariée de force, si c'est ce que vous voulez dire.

— Mais il y aurait des conséquences si vous refusiez ?

Elle hocha la tête. Pas question de discuter de ces conséquences avec un homme qui lui avait fait clairement savoir qu'il était dans le camp adverse. Et dont le regard pénétrant était très déstabilisant… Elle avait fui la présence impérieuse de son père, mais apparemment c'était pour tomber sur un autre despote aux jugements péremptoires. Et elle se sentait plus seule que jamais… Incapable de rester en place sous le regard des yeux gris acier, elle se dirigea vers le bout de la terrasse, où les dalles en pierre laissaient place à de l'herbe.

— Je ne sais pas depuis quand je n'ai pas marché pieds nus dans l'herbe, dit-elle plus pour elle-même que pour lui en enlevant ses sandales.

Elle fit quelques pas dans l'herbe et poussa un petit soupir d'aise avant de jeter un coup d'œil par-dessus son épaule. Il la fixait toujours avec la même intensité. Comme s'il tentait de lire en elle à la recherche des réponses dont il avait besoin pour résoudre le problème qu'elle représentait. Il avait dit que le cheikh lui faisait confiance pour résoudre les problèmes. Or elle n'était rien d'autre qu'un problème pour lui. Comme pour tout le monde ces jours-ci. Pour ne plus en être un il faudrait qu'elle se taise et qu'elle fasse ce qu'on lui demandait.

— Olivia, revenez sur la terrasse. À cette heure de la nuit, il y a…

— Si j'ai envie de marcher dans l'herbe, je ne vois pas pourquoi je me priverais, coupa-t-elle avec irritation. Je n'ai pas besoin que quelqu'un organise chaque seconde de ma vie.

— Comme vous voulez. Mais vous allez regretter de ne pas être restée en maillot de bain.

Elle arqua les sourcils avec perplexité. Pourquoi cette remarque ? Alors qu'elle s'apprêtait à lui demander une explication, le ciel parut se déverser sur elle. Une pluie glacée s'abattit sur elle, et en quelques secondes elle fut entièrement trempée. Le souffle coupé par la surprise et le froid, elle mit encore quelques secondes supplémentaires à réagir et à courir vers la terrasse. Elle avait à peine fait quelques pas que la pluie cessait brusquement. Non loin d'elle, Roman était hilare.

— Je vous aurais bien prévenue pour l'arrosage automatique, mais je ne voulais pas organiser chaque seconde de votre vie.

Elle frissonna dans l'air frais de la nuit et baissa les yeux sur ses pieds trempés. Contre toute attente, elle fut prise d'un fou rire nerveux.

— Quoi ? Pas de tirade outrée sur mon manque de considération inqualifiable ?

— J'ai été suffisamment en colère comme ça aujourd'hui. Si je ne ris pas je vais pleurer. Or je mets un point d'honneur à ne jamais le faire.

Dans un nouvel éclat de rire, elle se mit à essorer ses cheveux. Prise d'une impulsion, elle recueillit de l'eau au creux de ses mains et la jeta en direction de Roman. À sa grande satisfaction, elle lui éclaboussa le visage.

— Je suis désolée, lâcha-t-elle aussitôt en s'efforçant de réprimer son fou rire devant son regard noir.

Il fit un pas vers elle, et son cœur fit un petit bond dans sa poitrine.

— Vous ne pouvez pas donner le premier coup, puis battre en retraite en présentant des excuses, dit-il d'une voix profonde. Et bravo pour votre adresse. C'était très bien visé.

— Alors je ne suis pas désolée.

Elle esquissa un sourire mutin et prit brusquement conscience qu'elle flirtait avec lui. Et il entrait dans son jeu... Sous son regard étincelant, avec la nuit et le silence tout autour d'eux, elle aurait presque pu croire que les circonstances étaient différentes. Qu'ils n'étaient pas juste deux étrangers obligés de passer quelques jours au même endroit pour des raisons indépendantes de leur volonté. Les gens normaux devaient rire et se taquiner de cette manière. Ça faisait du bien de se sentir normale.

— Vous avez un caractère fougueux sous vos bonnes manières de princesse.

Il fit un autre pas vers elle.

— La plupart du temps j'arrive à le contrôler.

— Mais pas quand vous êtes avec moi.

— Ne vous flattez pas.

Elle eut un sourire nerveux. Il était tout près d'elle, à présent. Elle avait l'impression d'être enveloppée dans son parfum. Elle était trempée, mais elle n'avait pas envie de partir. Pas tout de suite. Elle n'avait pas envie de mettre fin à ce qui était en train de se passer entre eux, même si elle ne savait pas très bien ce que c'était. Après avoir été sur la défensive toute la journée, c'était agréable de perdre son sérieux. Même quelques instants.

Elle frissonna et croisa les bras. L'air frais de la nuit lui donnait la chair de poule.

— *Khristos*, pourquoi n'avez-vous pas dit que vous étiez gelée ? s'exclama-t-il en posant la main sur son bras.

Ils tressaillirent tous les deux, et leurs regards se croisèrent. Ce geste allait un tout petit peu trop loin. Ils en étaient conscients tous les deux. Et pourtant, la main de Roman resta sur son bras, juste au-dessus du coude. Elle frissonna de nouveau, mais cette fois le froid n'y était pour rien.

Une ombre passa sur le visage de Roman. L'air autour d'eux parut se charger d'électricité, et ses doigts se crispèrent imperceptiblement sur sa peau. Ce n'était plus son visage qu'il regardait, constata-t-elle soudain. Elle baissa les yeux et crut que son cœur s'arrêtait de battre.

Son corsage blanc. Tout mouillé. Elle aurait aussi bien pu être nue devant lui... Parce que *bien sûr* c'était le soir où, dans sa hâte à se changer, elle avait décidé exceptionnellement de se passer de soutien-gorge. Et *bien sûr*, sous l'effet de l'eau et de l'air frais les pointes de ses seins étaient si hérissées qu'on ne voyait qu'elles.

— Oh ! mon Dieu...

Elle déglutit péniblement, puis tenta d'émettre un petit rire désinvolte pour minimiser l'incident, mais elle en fut incapable. L'éclat des yeux de Roman était plus troublant que jamais. Aucun doute possible, il y avait bien de l'électricité dans l'air. C'était très étrange. Elle avait à la fois envie de fuir ce regard brûlant et de savourer la chaleur qu'il faisait naître dans tout son corps. Il était très tentant de franchir l'espace qui les séparait... Et si c'était lui qui le franchissait ? S'il la prenait dans ses bras et l'embrassait ? Serait-ce aussi bon qu'elle le pressentait ?

Le temps parut s'arrêter. Sur son bras, la main de Roman était aussi brûlante que son regard. Quand il finit par tourner la tête, elle faillit se rapprocher de lui. De prolonger ce moment. Mais elle suivit son regard et vit le majordome qui débarrassait silencieusement la table. Reculant d'un pas, elle croisa les bras pour couvrir ses seins. La main de Roman quitta son bras, et les flammes qui dansaient dans ses yeux s'éteignirent. Il semblait à la fois furieux et écrasé de remords. Que se serait-il passé si elle avait cédé à l'envie de se blottir contre lui et de lui offrir sa bouche ?

— Jorge, apporte une serviette pour Mlle Sandoval avant qu'elle tombe malade, lança-t-il d'un ton froid.

Puis, sans un mot ni même un seul regard pour elle, il quitta la terrasse.

Quand Roman se réveilla, les murs de sa chambre étaient baignés par la lumière bleutée qui précède l'aube. Il avait eu beaucoup plus de mal à s'endormir que d'habitude et, quand il avait enfin réussi, il avait eu un sommeil agité. Comme si son corps vibrait d'une telle énergie que le repos lui était inaccessible. N'étant pas du genre à traîner au lit une fois les yeux ouverts, il se leva et mit son short de jogging. Moins de cinq minutes plus tard il s'échauffait sur les marches conduisant à la plage. Encore dix minutes plus tard, il avait parcouru dans les deux sens la crique sablonneuse d'un kilomètre et demi. Il courut pieds nus sur le sable humide jusqu'à avoir les muscles douloureux. Puis il courut encore.

En général, un bon jogging suffisait à le débarrasser de toute pensée assez perturbante pour affecter son sommeil. C'était une sorte de punition qu'il s'infligeait à lui-même quand il sentait que sa fermeté de caractère habituelle menaçait de lui faire défaut. Dans son domaine d'activité il ne pouvait pas se permettre le moindre instant de faiblesse. Il se targuait de toujours séparer sa vie personnelle et sa vie professionnelle. Surtout en ce qui concernait ses aventures avec des femmes. Le désir ne mettait jamais sa volonté en échec. Ses maîtresses étaient généralement des femmes qui faisaient passer leur carrière avant tout le reste, comme lui. Des femmes indépendantes et expérimentées, qui n'avaient pas besoin qu'on leur murmure des mots tendres une fois leur désir mutuel assouvi.

Or il avait la nette impression qu'une jeune princesse surprotégée risquait de ne pas être aussi partante pour une aventure sans lendemain.

Il accéléra encore sa course en se fustigeant. Que lui prenait-il ? L'idée d'une aventure sans lendemain avec Olivia n'aurait même pas dû l'effleurer. Pourtant, hier soir il avait été très tenté d'embrasser la future épouse de son ami. *Pauvre imbécile !* Il acheva de s'épuiser en forçant encore l'allure dans un sprint final.

Il avait toujours été persuadé qu'il méritait d'être puni pour la multitude de méfaits commis pendant sa jeunesse. Que, malgré sa réussite éclatante, il restait en lui une force obscure qui attendait son heure pour tout gâcher. Il semblait qu'Olivia avait été mise sur son chemin pour tenter le démon tapi au plus profond de lui. Un certain nombre de principes régissaient sa vie. Il y avait des gens qu'il s'interdisait de trahir et des actions qu'il s'interdisait de commettre. Un code de conduite qui le maintenait dans le droit chemin quand ce démon menaçait de se réveiller.

Khristos...

Il expira lentement. Il n'avait jamais été aussi tenté d'enfreindre ses propres règles que ces deux derniers jours... Olivia lui rappelait un de ces gâteaux terriblement appétissants qui étaient en vitrine dans la boulangerie de son quartier quand il était enfant. Combien de fois était-il resté dans le froid à rêver de briser cette vitrine pour goûter enfin à ces merveilles ? Hier soir il avait eu l'impression de se retrouver devant cette vitrine. Tenaillé par la faim et la frustration, incapable de ne pas imaginer le goût de la pâtisserie somptueuse qu'il dévorait des yeux.

Une torture délicieuse.

Le souffle court, il se tourna vers l'horizon pour contempler le ciel, qui se teintait de rose orangé. Une des choses qui lui plaisait le plus à Isla Arista c'était la vue panoramique sur le lever et le coucher du soleil dont on bénéficiait depuis plusieurs points d'observation. Pendant les mois sombres qui avaient suivi la tragédie survenue au Zayyar, il avait souvent passé des journées entières à parcourir l'île à pied. Il pouvait en faire le tour en quelques heures parce qu'il connaissait les chemins à prendre. C'était une île aux multiples facettes. Avec des coins accueillants et faciles d'accès et d'autres sauvages et impraticables.

Alors qu'il reprenait le chemin de la villa, il s'immobilisa à la vue d'une silhouette féminine sur la terrasse.

Olivia avait regardé Roman courir sur la plage, fascinée par sa silhouette athlétique et le manque d'effort apparent avec lequel il enchaînait les allers-retours. Elle avait envisagé de l'éviter au petit déjeuner et de rester cachée dans sa chambre toute la journée. Mais c'était une réaction qu'aurait eue l'ancienne Olivia.

Plus question de continuer à éviter les conflits et de se contenter de rêver à ce qu'elle pourrait dire dans certaines situations si elle en avait le courage. C'était une époque révolue. Elle allait s'installer à table en face de lui et lui montrer qu'elle n'avait pas été affectée le moins du monde par ce qui s'était passé hier soir. Ou plutôt, ce qui s'était presque passé. Elle voulait se prouver qu'elle en était capable, mais ce n'était pas la seule raison. Il fallait être honnête. Elle avait également très envie de discuter de nouveau avec lui. Il était si différent des hommes qu'elle avait rencontrés jusque-là... Parler avec lui était un plaisir immense dont elle n'avait aucune envie de se priver.

Et, pour être honnête jusqu'au bout, il fallait reconnaître qu'elle avait mis un peu plus de temps que d'habitude à se préparer et à se coiffer. Et qu'elle avait essayé trois des cinq robes se trouvant dans sa valise avant d'en choisir une...

En lin rose pâle, elle était pincée à la taille et tombait en plis souples jusqu'à ses genoux. Certes, elle était peut-être un peu trop habillée pour le petit déjeuner, mais ainsi elle se sentait féminine et sûre d'elle. Par ailleurs, c'était fantastique de se préparer sans être entourée par une armée de conseillères en style, coiffeuses, maquilleuses et autres. Comment ne pas avoir envie de faire durer le plaisir ?

Après avoir attendu pendant vingt minutes en résistant avec peine à la tentation de goûter les pâtisseries et les fruits frais étalés devant elle sur la table du petit déjeuner, elle fut informée par Jorge que M. Lazarov travaillerait toute la journée et qu'il avait demandé à être servi dans son bureau.

Ça n'avait aucune importance, se dit-elle fermement en se servant du café avant de mordre dans un morceau de melon. Il avait décidé de l'éviter ? Elle s'en moquait. En fait, c'était mieux comme ça. Elle était beaucoup plus tranquille. Pas de remarques désagréables pour l'obliger à penser à des choses qu'elle préférait oublier pour l'instant. Et pas d'yeux gris acier au regard pénétrant pour la perturber. Oui, c'était beaucoup mieux comme ça.

Affamée, elle finit par céder à la tentation. Elle prit un croissant recouvert de sucre glace, le fendit en deux puis le remplit de beurre et de confiture de fraise. Les pâtisseries figurant en tête de la liste des aliments qui lui étaient interdits, elle savoura cette transgression avec délectation.

Mais les regrets suivirent presque aussitôt. En tant que princesse elle se devait de soigner son image, et par conséquent de rester mince, belle et élégante en toutes circonstances. Depuis toujours elle enviait ses sœurs, qui ne semblaient pas subir la même pression de la part des médias. Eleanor, l'aînée, qui deviendrait reine un jour et prenait son rôle très au sérieux, était naturellement mince et toujours tirée à quatre épingles. En ce qui la concernait, les médias se limitaient à des conjectures sur les héritiers qu'elle donnerait un jour à la Couronne. Ce qu'elle prenait avec une sérénité à toute épreuve. Cressida, de son côté, apparaissait très rarement dans les médias. Très douée dans son domaine, elle avait été autorisée à faire ses études à Londres, où elle menait une vie presque normale avec des mesures de protection minimes.

Olivia soupira. Pour sa part, elle avait un seul don. Celui de s'imaginer en train de vivre des aventures rocambolesques. Au cinéma sa préférence allait aux drames sentimentaux, dans lesquels l'héroïne vivait un enfer avant de trouver le bonheur.

Peut-être la situation dans laquelle elle se trouvait aujourd'hui était-elle sa punition pour refuser de s'adapter pleinement à la vie réelle ?

Les informations contenues dans le dossier qu'elle avait laissé dans sa chambre pouvaient changer sa vie. Lui apporter la liberté dont elle rêvait depuis plus de dix ans. Mais, si elle faisait le choix de s'en servir, il y aurait des conséquences qui affecteraient les gens de son pays pendant des années.

Roman lui avait reproché d'être égoïste et gâtée. Si ça avait été vrai, elle aurait quitté le palais dès sa majorité. Ou trois ans plus tôt, quand elle avait découvert l'existence de l'héritage qui lui avait été laissé.

C'était la carte qui lui ouvrirait les grilles de sa prison. Un ticket en or pour une vie normale. Mais elle était profondément attachée au royaume, et son père le savait. Il n'hésitait pas à tirer parti de sa loyauté pour la plier à sa volonté.

Elle savait qu'il ne mentait pas quand il disait que ce mariage permettrait de résoudre tous les problèmes de Monteverre.

Pouvait-elle réellement s'y opposer ?

6

Olivia se redressa brusquement dans le lit. Une vive douleur dans le cou venait de la réveiller. Elle était si fatiguée qu'elle avait dû s'endormir dans une mauvaise position.

Elle se leva et se dirigea vers la fenêtre. La lune, qui était haut dans le ciel au-dessus de la baie, projetait des ombres sur les jardins qui entouraient la villa. L'heure du dîner devait être passée depuis un moment. Elle jeta un coup d'œil au réveil et écarquilla les yeux. Presque minuit !

Désorientée, elle se brossa rapidement les cheveux et descendit au rez-de-chaussée. La villa semblait complètement vide. La fraîcheur de l'air sur la terrasse lui fit regretter de ne pas avoir pris un pull. D'où elle se tenait, elle avait une vue spectaculaire sur la villa avec ses grandes baies vitrées. De nuit, éclairée de l'intérieur par une lumière douce, elle paraissait encore plus belle que pendant la journée. Des petits spots qui semblaient flotter dans l'air parsemaient le jardin de points lumineux. En revanche, des arbustes lui masquaient la lune et ses reflets argentés sur la mer. Soudain pleine d'énergie, elle fut prise d'une envie irrésistible d'aller marcher sur la plage.

En arrivant à la limite de la partie éclairée du jardin, elle fit une pause. Était-il prudent de s'aventurer hors de la villa en pleine nuit ? L'île étant privée, elle ne devrait pas courir de danger du moment qu'elle ne s'aventurait pas dans des zones complètement plongées dans l'obscurité. Ce qui ne signifiait pas que son gardien apprécierait qu'elle explore les lieux sans son autorisation… Mais quelle importance ? Après tout il s'était barricadé dans son bureau toute la journée, et elle ne l'avait pas aperçu une seule fois après l'avoir vu courir sur la plage.

Croisant les bras pour se protéger de la fraîcheur de la brise, elle descendit les marches qui conduisaient à la plage. Pour qui se prenait-il, de toute façon ? S'imaginait-il qu'elle allait lui courir après ? Faire des efforts pour attirer son attention ?

Elle avait à l'esprit des choses bien plus importantes qu'un Russe maussade à l'ego démesuré.

L'escalier était plus raide qu'elle ne le pensait. Elle envisagea un instant de rebrousser chemin, mais l'entêtement et la curiosité la poussèrent à continuer. Il y avait une rampe de chaque côté et des petits spots qui éclairaient le chemin. Ce n'était pas réellement dangereux… La semelle d'une de ses sandales glissa sur la surface d'une pierre, et elle faillit perdre l'équilibre. Le cœur battant à tout rompre, elle s'agrippa à la rampe. Puis elle enleva ses sandales et les laissa sur une marche avant de continuer pieds nus d'un pas beaucoup plus sûr. En bas, le sable était froid et humide mais l'air plus doux. Elle s'arrêta un moment pour savourer le calme et la beauté de la crique.

Ça lui rappelait les nuits chaudes qu'il lui était arrivé de passer avec sa famille sur la terrasse de leur résidence d'été. Le manoir situé en pleine campagne dans le sud de la péninsule de Monteverre était le décor de la plupart de ses meilleurs souvenirs d'enfance. À l'époque où c'était sa grand-mère qui régnait et où son père n'était que le jeune et séduisant héritier de la Couronne.

Les trois jeunes princesses ne vivaient pas au palais et elles n'étaient pas accompagnées de gardes du corps vingt-quatre heures sur vingt-quatre. Sa grand-mère tenait à ce qu'elles aient une enfance aussi normale que possible. Et, même quand son père était devenu de plus en plus aventureux et que sa mère s'était réfugiée dans son verre de cognac, Mimi était là.

Jusqu'au jour où tout à coup elle n'avait plus été là.

Olivia frissonna et marcha à grands pas sur le sable jusqu'au ponton blanc sur lequel ils avaient débarqué à leur arrivée. Dans la pénombre, éclairé seulement par quelques projecteurs, il n'avait pas le même aspect. La lune faisait briller la coque du yacht de Roman, aussi beau et impressionnant que son propriétaire. D'autres bateaux étaient amarrés dans le petit port. Deux hors-bord, un zodiac et celui qui avait attiré son regard dès qu'elle était descendue du yacht. Un magnifique voilier ancien en bois. Elle s'en approcha et effleura du bout des doigts les lettres argentées peintes sur la coque.

— « Sofiya », lut-elle à haute voix. De qui tiens-tu ton nom, beau bateau ?

— Ça ne vous regarde pas.

Elle sursauta et perdit l'équilibre. Des mains puissantes la retinrent par la taille et la remirent sur ses pieds.

— On prépare une fuite nocturne ?

La voix profonde était étrangement réconfortante après le silence dans lequel s'était déroulée sa journée.

— Vous... Vous m'avez fait peur, dit-elle dans un souffle.

Les mains de Roman étaient toujours sur sa taille, et elle sentait leur chaleur à travers le tissu de sa robe. Elle posa les siennes dessus et les y laissa un instant avant de les écarter et de faire un pas en arrière. Leur contact lui manqua aussitôt.

— Si vous persistez à vous esquiver dans le noir, je vais peut-être être obligé de revoir les conditions de votre séjour ici.

— Quelles conditions ? Je croyais être livrée à moi-même.

— Bien, mettons les choses au clair. Vous ne quitterez la maison que pendant la journée et après m'avoir demandé mon accord.

— Vous voulez que je passe mes journées à tourner en rond dans la villa ? s'exclama-t-elle avec indignation. Nous sommes sur une île ! Où voulez-vous que j'aille ?

— J'ai appris à ne pas vous sous-estimer.

Roman croisa les bras, et ce mouvement attira son attention sur sa tenue. Un sweat-shirt sans manches et un short. Elle ne put s'empêcher d'admirer ses épaules et ses bras musclés. Son regard s'attarda sur l'étrange tatouage noir qui faisait le tour de son bras gauche, juste au-dessus du coude. Le dessin semblait très élaboré… Prenant conscience qu'elle le fixait de manière indiscrète, elle reporta son attention sur son visage.

— C'est compris ? insista-t-il.

Elle réprima l'envie de rouler les yeux. Ne souriait-il donc jamais ? La lune projetait des ombres sur son visage, sculptant ses traits et accentuant leur beauté. Oui, il était vraiment superbe. Mais le physique le plus séduisant ne compenserait jamais une absence totale de sens de l'humour.

— Vous êtes comme ça tout le temps ou juste avec moi ? demanda-t-elle avant de tourner les talons et de s'éloigner.

— Oh ! vous analysez ma personnalité, à présent ? rétorqua-t-il d'un ton narquois en la rattrapant. Éclairez-moi, je vous en prie.

— Vous êtes despotique, donneur de leçons, arrogant, trop sérieux…

— Moi, despotique ?

Il porta une main à son cœur comme s'il était mortellement blessé. Elle s'arrêta au bout du ponton et se tourna vers lui dans la lumière d'un projecteur.

— Vous venez de m'interdire de quitter la villa sans votre autorisation.

— Olivia, quand quelqu'un dont j'assure la protection risque de se mettre en danger, je suis obligé de lui imposer des mesures de sécurité strictes. Il se trouve que c'est votre cas. Et je n'ai pas l'intention de rester toute la journée derrière vous pour vous faire faire du tourisme.

— Vous êtes en train de me dire que je suis assignée à résidence parce que vous avez décidé de m'éviter ?

— Il vaut mieux que nous gardions nos distances. Pour des raisons évidentes.

Elle le regarda un instant en silence. Faisait-il vraiment allusion à ce qui s'était passé sur la terrasse ?

— Vous n'êtes pas capable de lutter contre une vague attirance ?

Avait-elle vraiment osé poser cette question ? se demanda-t-elle aussitôt avec incrédulité.

— Voyons, Olivia, j'ai au moins dix ans de plus que vous…

— Je ne vois pas ce que l'âge vient faire là-dedans.

— Je ne suis pas un adolescent incapable de se contrôler.

— Alors où est le problème ? Je ne vais pas vous sauter dessus non plus.

Il eut un sourire amusé.

— Je suis prêt à parier que vous n'avez jamais sauté sur personne ni été touchée par personne, *printsessa*.

— Je n'ai pas l'intention de partager ce genre d'information avec vous, rétorqua-t-elle d'un ton moins léger qu'elle ne l'aurait voulu.

Pourquoi se laissait-elle déstabiliser par cet homme ? Se maudissant pour son inexpérience, elle s'écarta de lui et s'éloigna d'un pas aussi nonchalant que possible en direction de la villa.

— Je ne voulais pas vous offenser, dit-il derrière elle alors qu'elle commençait à monter les marches. Je suis sûr que vous êtes parfaitement capable de me sauter dessus.

— Ne vous croyez pas plus irrésistible que vous ne l'êtes.

Elle inspira profondément. Ce que cet escalier était raide... À moins d'un quart de sa hauteur elle était déjà essoufflée. Et en plus, aujourd'hui elle n'avait pas assez mangé. Elle n'avait aucune énergie... Une main sur la rampe, elle fit une pause pour reprendre son souffle.

— Un problème ? demanda-t-il en s'arrêtant à côté d'elle.

Il respirait tout à fait normalement, bien sûr... Serrant les dents, elle secoua la tête. Pas question de reconnaître qu'elle s'était morfondue toute la journée et qu'elle avait refusé le déjeuner et le dîner que Jorge lui avait proposés.

Redressant les épaules, elle recommença à grimper en implorant les dieux des escaliers interminables d'avoir pitié d'elle. Finalement, elle arriva en haut. Juste à temps. Les lumières de la villa venaient d'apparaître dans son champ de vision quand ses oreilles se mirent à bourdonner et ses jambes à trembler. Elle vacilla, et bien sûr Roman le remarqua aussitôt.

— La montée était si rude que ça ? demanda-t-il d'un ton narquois.

Avec un vague grognement, elle se laissa tomber assise dans l'herbe.

— Ça n'a pas l'air d'aller.

Toute trace de moquerie avait disparu de la voix de Roman, et il s'accroupit devant elle.

— Olivia ?

— Il me faudrait de l'eau, parvint-elle à lâcher en levant les yeux vers son visage flou. Je suis juste un peu étourdie.

Roman étouffa un juron. Elle était livide...

— Quand avez-vous mangé pour la dernière fois ? demanda-t-il, à la fois irrité et inquiet.

Olivia détourna les yeux d'un air embarrassé.

— Laissez-moi juste le temps de reprendre mon souffle.

— Non. Ce dont vous avez besoin c'est un sandwich et un peu de bon sens. Vous pouvez marcher ?

Roman réprima une moue dubitative quand elle hocha la tête. De toute évidence, elle présumait de ses forces. Ses yeux étaient toujours dans le vague et son visage aussi pâle que la lune. Mais elle était têtue. Elle se hissa sur ses pieds, tenta de faire un pas et s'affaissa dans ses bras.

— C'est très gênant ! marmonna-t-elle, le visage contre son torse.

S'efforçant d'ignorer les sensations beaucoup trop agréables que déclenchait ce corps souple pressé contre le sien, il la souleva de terre et la porta jusqu'à la villa. Après l'avoir déposée sans douceur sur le banc de la cuisine, il lui prépara un sandwich à la viande et un verre de jus d'orange glacé. Elle but à grandes gorgées, et ses joues reprirent vaguement des couleurs. Elle mordilla ensuite dans le sandwich.

— Vous mangez comme un lapin, commenta-t-il au bout de cinq minutes, alors qu'elle n'avait avalé que quelques bouchées minuscules.

— Je mange assez.

Il n'insista pas et attendit. Une fois son sandwich enfin terminé, elle soupira.

— J'ai un faible pour le pain blanc. Mais, si elle me voyait, ma conseillère en style serait horrifiée.

— Excusez-moi de ne pas vous avoir demandé si vous suiviez un régime sans gluten, mais la vraie faim n'autorise pas à être difficile.

Elle arqua les sourcils.

— Que savez-vous de la vraie faim ? Vous mangez suffisamment pour nourrir une armée entière.

— J'ai pris l'habitude de manger tout ce que je pouvais avaler quand je suis sorti de prison, répondit-il sans réfléchir.

À la vue de l'air consterné qu'elle affichait, il le regretta aussitôt et ajouta avec un haussement d'épaules désinvolte :

— Une vieille habitude, je suppose.

— Je n'imaginais pas... Je suis désolée.

— Vous êtes désolée que j'aie fait de la prison ? demanda-t-il en prenant son assiette pour la déposer dans l'évier. Il ne faut pas. J'ai mérité chaque année que j'y ai passée. Croyez-moi.

— Non, je suis désolée que vous ayez connu la vraie faim. J'ai parlé sans savoir... Juste pour râler.

— Ne vous en faites pas pour ça.

Au cours de toutes les années écoulées depuis sa sortie de prison, personne n'avait jamais manifesté la moindre compassion à son égard. Elle ne savait même pas ce qui lui avait valu d'être emprisonné. Elle ne savait rien de l'homme qu'il avait été. Non, du *gamin* qu'il avait été.

— Vous n'êtes pas un sale type.

Il leva la tête et la regarda sans masquer sa surprise.

— Bien sûr, je ne vous connais que depuis quelques jours...

Elle rougit légèrement.

— Mais, pour commencer, un sale type ne m'aurait pas amenée ici. Et il ne me préparerait pas des sandwichs en pleine nuit pour m'empêcher de m'évanouir comme une damoiselle en détresse.

— Ne me prenez pas pour un héros, Olivia. Vous ne savez pas à quel point c'est éloigné de la réalité.

Elle ouvrit la bouche, mais il l'arrêta d'un geste.

— J'ai eu une longue journée et je vous serais reconnaissant si demain vous réfléchissiez aux règles que je vous ai demandé de respecter.

— J'y réfléchirai.

Haussant les épaules, elle se leva, sortit dans le couloir et commença à monter l'escalier.

— Ça ne ressemblait pas à un oui, dit-il en s'efforçant en vain de ne pas admirer ses jambes.

— Parce que ça n'en était pas un.

Sur ces mots, elle disparut de sa vue.

Olivia se protégea les yeux tandis que le vent faisait voler ses cheveux autour de son visage. À cette altitude il était cinglant, mais l'heure de marche qui lui avait permis d'arriver jusque-là valait vraiment la peine. Elle inspira profondément avant de franchir la porte et d'avancer sur le balcon de veille du phare. Elle n'avait jamais souffert du vertige, mais il est vrai qu'elle ne s'était jamais retrouvée seule sur une plate-forme balayée par un vent aussi violent... Toute appréhension la quitta dès qu'elle sentit le soleil sur son visage. Devant elle la mer s'étendait à perte de vue. Elle se retourna et découvrit l'île tout entière, verdoyante et splendide. Un petit soupir lui échappa, et elle s'accouda à la balustrade. La villa, en partie cachée par les arbres, n'était qu'une petite tache blanche. Roman était sans doute toujours enfermé dans son bureau, déterminé à passer aussi peu de temps que possible en sa compagnie. Elle avait failli lui demander de lui montrer le phare. Mais, une fois devant son bureau prête à frapper à la porte, elle s'était souvenue de son ton impérieux quand il lui avait interdit de quitter la villa sans son accord. Elle n'avait pas accepté de se plier à cette règle. Par conséquent, elle n'était pas en train de rompre un engagement.

Cette marche lui avait permis de dépenser l'énergie dont elle avait débordé toute la matinée. Elle avait pris soin de manger un petit déjeuner équilibré avant de partir afin de ne pas risquer d'avoir un malaise comme la veille. À présent elle avait mal dans les jambes et chaud aux joues. Elle avait enfin l'impression de *faire* quelque chose. Et le plus réjouissant de tout c'était d'être enfin complètement seule.

Un cri furieux la fit tressaillir. Elle regarda en bas et écarquilla les yeux. Roman arrivait à grands pas. Il s'immobilisa au pied du phare et leva la tête vers elle, visiblement hors de lui. Il cria de nouveau, mais sa voix était couverte par le bruit des vagues et du vent. Elle ne put s'empêcher de pouffer, ce qui parut décupler sa colère. Il disparut à l'intérieur du phare. Il y avait trois étages à monter par un escalier en colimaçon particulièrement raide. Et pourtant, elle eut l'impression qu'il s'était écoulé à peine une minute quand elle l'entendit arriver derrière elle.

— Que faites-vous ici ? s'exclama-t-il.

Elle lui jeta un coup d'œil par-dessus l'épaule.

— J'admire la vue.

— Oh ! bien sûr. Il fallait que vous veniez vous percher à plus de cent mètres au-dessus du sol. Vous ne pouviez pas rester au pied du phare, comme tout le monde.

— La porte n'était pas verrouillée, et je n'avais jamais vu l'intérieur d'un phare. Ce n'est pas aussi pittoresque que je l'imaginais.

La colère laissa place à l'incrédulité sur le visage de Roman.

— Ce n'est pas un jeu, Olivia. Et si vous étiez tombée ?

— Je suis capable d'utiliser un escalier sans supervision. Arrêtez de me traiter comme une enfant.

— Eh bien, arrêtez de vous conduire comme si vous en étiez une !

Elle le contourna, franchit la porte et commença à redescendre rapidement. Il la suivit aussitôt.

— Vous êtes la cliente la plus imprudente et la plus pénible que j'aie jamais eue.

— Parce que j'ai envie d'explorer un peu l'île ?

Elle s'immobilisa et se tourna vers lui.

— Cette île est plus sûre que les coffres royaux. Vous saviez exactement où j'étais… Comme le prouve votre présence ici.

— J'avais au moins dix minutes de retard sur vous.

— Vous réagissez de manière excessive, et j'aimerais savoir pourquoi.

— Je réagis comme le ferait n'importe qui en découvrant que la personne qu'il est chargé de protéger se promène sur un balcon à cent mètres au-dessus du sol.

— Si je tombais, vous ne seriez pas responsable, il me semble.

Haussant les épaules, elle reprit sa descente.

— Je suis sûre que votre cher Khal trouverait sans peine une princesse de rechange.

Il la saisit par les épaules et la fit pivoter sur elle-même.

— Vous êtes suicidaire ?

L'anxiété qu'elle lut sur son visage la déconcerta.

— Je... Non, bien sûr que non.

— Vos yeux me disent le contraire.

— Ce n'est pas contraire aux règles de me regarder dans les yeux ?

Était-ce bien elle qui venait de parler ? Ce murmure rauque, c'était sa voix ? Elle déglutit péniblement.

— J'ai toujours détesté les règles, répliqua-t-il.

Elle sentit ses doigts se resserrer sur ses épaules. Parcourue de frissons, elle se mordit la lèvre inférieure. Aussitôt, les yeux gris se posèrent sur sa bouche. Elle retint son souffle. Allait-il l'embrasser ? En tout cas, il semblait en avoir envie... Avec un pincement au cœur elle vit son regard changer, puis il crispa la mâchoire et détourna les yeux. Et si c'était elle qui l'embrassait ? Était-elle capable de commettre une folie sans se soucier des conséquences ?

Elle se rapprocha de lui et posa les lèvres sur les siennes.

Il était vaincu.

Il n'y avait rien à faire.

Dès l'instant où les lèvres d'Olivia se posèrent sur les siennes, Roman sentit une force irrésistible s'éveiller en lui, le privant de sa volonté. Ses mains s'enfoncèrent d'elle-même dans les cheveux d'Olivia et ouvrirent la barrette qui les retenait sur sa nuque.

Impossible de lutter.

Il en avait trop envie, depuis trop longtemps. Tellement envie qu'il en devenait fou.

Les mains d'Olivia se promenèrent sur ses épaules, puis elles descendirent jusqu'à sa taille. Ses ongles s'enfoncèrent dans sa peau à travers sa chemise, décuplant son désir. Il fallait tout arrêter... À peine cette pensée l'eut-elle effleuré qu'elle s'évanouit. Olivia se pressa contre lui, plaquant son bassin contre le sien. Loin d'être choquée par le contact de son sexe durci contre son ventre, elle mit encore plus d'ardeur dans son baiser. Lorsqu'il finit par s'arracher à sa bouche, ce fut pour l'embrasser dans le cou avant de déboutonner son chemisier. Il laissa échapper un grognement à la vue de ses petits seins ronds et fermes, dont les pointes semblaient prêtes à transpercer la dentelle blanche qui les enveloppait. D'une main, il dégrafa son soutien-gorge. Elle se mordit la lèvre tandis qu'il libérait ses seins et se penchait sur l'un d'eux pour le parsemer de baisers. Sa peau veloutée était d'une douceur incroyable. Lorsqu'il referma les lèvres sur un bourgeon hérissé, elle laissa échapper un gémissement.

— Roman...

Elle enfonça les doigts dans ses cheveux tandis qu'il dégustait tour à tour les deux pointes durcies. Leur position sur les marches était précaire. Il était très tentant de la porter jusqu'au palier et de lui faire l'amour par terre avec fougue. Elle était prête. Ses réactions le prouvaient. Elle était à lui... Il tressaillit.

Non, justement.

Elle n'était pas à lui.

Il s'écarta d'elle d'un mouvement vif, comme s'il venait de se brûler. Un juron lui échappa tandis que tout son corps se révoltait. Olivia le regarda d'un air interrogatif, les joues en feu.

— Ça n'aurait jamais dû arriver, dit-il dans un souffle en se forçant à détourner le regard de ses seins nus.

Avant de se tourner complètement il eut juste le temps de voir du coin de l'œil qu'elle reboutonnait son chemisier avec des doigts maladroits. Quand il finit par faire volte-face, ce fut pour la voir disparaître dans l'escalier vers le haut du phare. Il la suivit et sortit sur le balcon derrière elle.

— Olivia...

— Quoi que vous soyez sur le point de dire, abstenez-vous, coupa-t-elle d'un ton crispé.

— Ça n'arrivera plus, dit-il, autant pour lui-même que pour elle. Et je n'aurais pas dû vous amener ici. Ça prouve juste ce que je sais déjà.

— C'est-à-dire ?

— Que vous êtes incapable de contrôler vos impulsions.

— Vous êtes l'homme le plus arrogant que j'aie jamais rencontré.

Elle se tourna vers lui.

— Vous comptez vraiment me rendre responsable de ce qui s'est passé ? Je vous ai embrassé la première, mais au moins je suis assez honnête pour reconnaître que c'est parce que j'en avais envie.

— Pardon ?

— J'en avais envie, répéta-t-elle en détachant chaque syllabe.

Au soleil, ses yeux étincelants viraient au vert émeraude.

— J'avais envie de savoir ce que ça me ferait d'être embrassée par vous. Je n'ai peut-être aucune expérience dans ce domaine, mais je sais que vous en aviez envie vous aussi.

Aucune expérience ? Effaré, il resta bouche bée. Prenant visiblement conscience de ce qu'elle venait de révéler, elle s'empourpra.

— Je voulais simplement dire que je n'ai pas l'habitude de faire le premier pas, rectifia-t-elle, l'air mortifié.

Quel crétin ! Il jura à mi-voix.

— *Chert voz'mi*. Vous n'avez jamais eu d'amant, n'est-ce pas ?

Elle se raidit. Les doigts crispés sur la balustrade, elle tourna la tête pour lui cacher son visage, mais il n'avait pas besoin de le voir. Il n'avait pas besoin non plus qu'elle lui réponde. Il savait qu'il avait vu juste.

Elle était vierge.

Comme s'il n'y avait déjà pas assez de raisons de ne pas la toucher...

— Vous trouvez ça malin, ce petit jeu ? s'exclama-t-il, furieux contre elle et contre lui-même.

— Je ne joue pas !

— Vous flirtez avec le danger pour mettre un peu de piment dans votre vie. Vous trouvez que ce serait une bonne idée de perdre votre virginité avec l'ex-taulard avant qu'il vous renvoie dans le lit de votre fiancé.

— Comment osez-vous ?

Elle leva le poing pour le frapper, mais il referma la main sur son poignet pour l'en empêcher.

— Vous m'en voulez parce que c'est la vérité. Vous pensez être attirée par moi ? Vous ne me connaissez même pas ! Ce qui vous attire, c'est mon côté voyou. Vous me considérez comme un rustre et vous avez décidé de m'utiliser pour votre initiation au sexe.

— Pas du tout !

— Je viens de la rue, mais ça ne veut pas dire que j'ai l'habitude de me conduire comme une brute. Je ne couche jamais avec des jeunes filles vierges, et encore moins quand elles sont fiancées. J'ai des principes.

— Et moi pas ? C'est ça ? Je vous rappelle que je ne suis pas fiancée. Je n'ai rien fait de mal.

— Vous n'êtes peut-être pas fiancée officiellement, mais c'est tout comme. Vous êtes prise.

Elle leva les yeux vers lui. Des yeux qui n'étincelaient plus de désir mais de colère.

— Je ne serai *jamais* prise ! Je n'appartiens à personne !

— Vous allez rentrer au palais dès que possible.

— Roman, est-ce si difficile de croire que je suis aussi submergée de désir que vous ?

— Ne vous surestimez pas, princesse. Il faut plus qu'un baiser maladroit pour me submerger de désir.

Il était allé trop loin, comprit-il devant son visage défait.

Elle se dirigeait déjà vers la porte.

— Si ça ne vous dérange pas, j'aimerais faire le chemin du retour seule.

Il fit un pas en avant pour la suivre, puis il se ravisa. Il valait sans doute mieux qu'ils aient un peu de temps pour se calmer chacun de son côté.

— Très bien. Vous pourrez en profiter pour préparer une explication. Je vous conduis auprès de votre fiancé dès ce soir.

7

Olivia regretta d'avoir volé le bateau de Roman presque aussitôt après avoir quitté le port, mais la fierté l'empêcha de rebrousser chemin. Les cheveux au vent elle respira l'air marin à pleins poumons et se détendit un peu.

Elle le haïssait.

Les paroles de Roman n'avaient pas cessé de tourbillonner dans son esprit sur le chemin escarpé qui conduisait à la villa. Ses accusations outrageantes. Son refus de reconnaître leur attirance mutuelle. Sa détermination à contrer tous ses arguments. C'était le souvenir de ses derniers mots qui l'avait poussée à changer de direction et à descendre au port le plus vite possible.

« Je vous conduis à votre fiancé dès ce soir. »

Elle crispa les doigts sur le volant du hors-bord, tandis que le continent approchait. Il n'y avait qu'un quart d'heure de navigation entre Isla Arista et le village de Puerto Arista, mais à la vue de la jetée elle faillit faire demi-tour. Pourquoi la compagnie de cet homme l'incitait-elle à enfreindre la loi ? Une fois de plus elle lui avait donné raison en obéissant à une impulsion sans penser aux conséquences... Malgré ses hésitations, la fierté l'empêcha de nouveau de faire demi-tour. Elle accosta, puis amarra le bateau. Elle avait toujours aimé la voile, sport national de Monteverre, mais ce petit canot à moteur était bien plus maniable que les voiliers de course dont elle avait l'habitude.

Quelques minutes plus tard elle descendit sur le quai, monta quelques marches en pierre et se retrouva dans un petit village espagnol. Heureusement, elle avait quitté la villa pour sa marche jusqu'au phare armée de lunettes noires et d'un chapeau souple à large bord pour se protéger du soleil. Accessoires très utiles à présent pour dissimuler son visage. Des petites rues pavées montaient en pente raide vers les grandes falaises blanches qui dominaient le paysage. Le front de mer était bordé de maisons et de boutiques blanchies à la chaux, avec des toits ocre brun et des fenêtres aux couleurs vives.

Il y avait du monde sur le port et dans les rues, mais ce n'était pas la bousculade comme dans certains villages côtiers de Monteverre. Elle avait l'impression d'être entrée dans un secret bien gardé. Les gens étaient souriants, et les commerçants portaient la main à leur chapeau de soleil pour la saluer. Personne ne lui prêtait une attention particulière.

C'était une révélation.

Après être montée jusqu'en haut du village puis redescendue, elle commença à avoir faim. À la perspective de retourner sur l'île, elle éprouva une vive appréhension. Elle entra dans une pâtisserie et regarda la vitrine pleine de gâteaux et de fruits fraîchement coupés. Une bonne odeur de beurre et de chocolat flottait dans l'air. Oui, c'était exactement ce qu'il lui fallait.

— Puis-je vous aider, mademoiselle ?

Derrière le comptoir, un homme d'âge moyen avec un tablier maculé de sucre glace lui souriait. Elle lui rendit son sourire, savourant le plaisir immense de ne pas être reconnue.

— Oui. Qu'avez-vous de bon à me proposer ?

— Tout est bon, bien sûr, répliqua-t-il en riant. Aujourd'hui nous avons une offre spéciale. Trois madeleines pour le prix de deux.

Olivia regarda les gâteaux, et son estomac se noua.

Elle n'avait pas d'argent !

Murmurant une excuse elle s'enfuit pratiquement en courant de la boutique, au comble de la confusion, et reprit le chemin du port. Elle s'arrêta sur la promenade qui donnait sur la baie et s'assit sur un banc. Son embarras laissa place à une profonde tristesse. Comment se préparer à vivre dans le monde réel ? Elle n'en avait aucune idée. Malgré son fantasme de quitter sa bulle, elle ne savait pas du tout comment se débrouiller pour vivre en dehors du palais.

Son père avait raison.

Elle s'était dit qu'elle trouverait un moyen de devenir la femme qu'elle voulait être en dehors de ce que ses parents attendaient d'elle et de ses obligations de princesse. Elle avait cru qu'elle pourrait mettre en œuvre toute seule les projets de sa grand-mère pour la fondation. Malheureusement elle n'avait pas le sens des affaires, ni les qualités nécessaires pour gérer une société. Elle n'était pas non plus intelligente et passionnée comme ses sœurs.

Peut-être que son père avait raison et qu'elle devrait se contenter d'un rôle en accord avec ses capacités. Celui d'une princesse Sandoval élégante et souriante au côté de son mari.

Mais une chose était certaine. Les accusations de Roman n'étaient pas fondées. Elle ne le considérait pas comme un rustre et elle n'avait jamais décidé de se servir de lui.

L'idée qu'il la croyait capable d'une telle cruauté... C'était très perturbant.

Elle se leva et se dirigea vers le port dans l'intention de retourner à Isla Arista, mais elle s'immobilisa à la vue d'un voilier familier qui venait d'accoster à côté du canot à moteur. Sur sa coque on pouvait lire le nom *Sofiya*. Roman sauta à terre et se dirigea vers elle à grands pas.

Elle se détourna vivement. Elle n'était pas prête à l'affronter. Il devait être furieux et il avait toutes les raisons de l'être. Mais elle espérait avoir un peu plus de temps pour se préparer à l'inévitable. Le souvenir de ses mains sur sa peau la troublait encore. Chassant ces pensées de son esprit, elle accéléra le pas. Un homme venait vers elle... L'homme de la pâtisserie. Il marchait vite et il avait un air bizarre... Elle s'immobilisa. La promenade était vide, et elle se sentit soudain très exposée. Alors qu'il n'était plus qu'à quelques mètres d'elle, il plongea la main à l'intérieur de sa veste comme s'il cherchait quelque chose dans sa poche de poitrine.

Un cri déchirant retentit dans son dos. Avant qu'elle ait le temps de se retourner, Roman passa en trombe à côté d'elle. Il s'arrêta devant l'homme et le mit à terre en quelques secondes tout en lui criant de s'éloigner. Mais elle resta clouée sur place. L'homme écrasé par le poids de Roman criait d'une voix étouffée. Il semblait répéter le même mot. Roman relâcha un peu son étreinte, et l'homme parvint à articuler :

— Photo ! Photo !

Olivia regarda le petit objet noir qui était tombé par terre. Elle se précipita vers les deux hommes.

— C'est juste un appareil-photo ! cria-t-elle en tirant sur la manche de Roman pour qu'il lâche l'homme. Roman, s'il vous plaît, lâchez-le ! Il n'est pas dangereux !

Roman croisa le regard turquoise d'Olivia et il reprit pied dans la réalité. Il sentit un ventre mou à côté de son genou. Il entendit le bruit du ressac contre la jetée. Il entendit la voix anxieuse d'Olivia et sa propre respiration hachée.

Khristos, c'était arrivé de nouveau.

Il se hissa sur ses pieds en détournant les yeux pour ne pas voir sa victime se relever à son tour. Il avait des bourdonnements d'oreille, il respirait avec peine, et son cœur battait si fort qu'il crut qu'il allait perdre connaissance.

S'efforçant de se ressaisir, il agrippa Olivia par le poignet pour l'entraîner vers son voilier. Elle se débattit en protestant avec véhémence, puis elle finit par se résigner et par le suivre. Une fois à bord il la fit descendre dans le carré.

— Asseyez-vous.

— Roman, qu'est-ce que... ?

— Asseyez-vous, répéta-t-il sèchement.

Il avait toujours du mal à contrôler sa respiration et les pensées qui tourbillonnaient dans son esprit.

Sofiya.

Les souvenirs terribles qui menaçaient de le submerger lui

donnaient le vertige. Le visage de sa sœur lui apparut. Comme au ralenti, il vit la vie s'échapper de ses yeux bleu pâle au moment où la balle lui transperçait la poitrine, interrompant son cri avant qu'elle ait le temps de le pousser.

Il secoua la tête pour tenter de chasser la peur qui lui asséchait la gorge. Olivia se mit en face de lui et posa les mains sur son torse, le regard inquiet.

— Vous tremblez, murmura-t-elle sur le ton apaisant qu'on employait pour calmer un animal blessé. Ça vous est déjà arrivé ?

Le contact de ses mains le hérissa et l'apaisa à la fois.

— N'insistez pas, Olivia. Je ne veux pas vous faire de mal à vous aussi.

— Vous n'allez pas me faire de mal, Roman. Laissez-moi vous aider, dit-elle en posant une main hésitante sur sa joue.

Ce geste eut raison de sa résistance. Il craqua complètement et s'empara de sa bouche avec voracité. Enfonçant une main dans ses cheveux il enroula ces derniers autour de son poignet tout en approfondissant encore son baiser. En même temps, il crispait l'autre poing pour s'empêcher de la toucher davantage.

Ce n'était pas bien. Pas correct. Il se servait d'elle pour tenter de trouver un semblant de consolation après ce qui venait de se passer. C'était indigne, et il se haïssait. Elle était innocente. Complètement inexpérimentée. Il ne pouvait pas se permettre de profiter d'elle. Il s'arracha à sa bouche.

— Roman, j'ai besoin de savoir ce qui s'est passé.

— Je n'ai pas envie d'en parler.

Secouant la tête, il s'écarta d'elle peu à peu au prix d'un immense effort.

— Parlez-moi, insista-t-elle d'une voix douce.

— Je ne suis pas doué du tout pour ça.

Il s'assit lourdement sur la banquette en cuir.

— La vue des revolvers déclenche quelque chose en moi. Même quand ils n'existent que dans mon esprit, apparemment, ajouta-t-il avec un petit rire amer.

— Il n'y avait pas de revolver, Roman. Pas de danger.

Il se leva, vibrant de colère.

— Vous croyez que je ne le sais pas ? Mais sur le moment…

— Vous êtes incapable de vous contrôler ? suggéra-t-elle.

Bon sang, comme il détestait cette idée ! Existait-il quelque chose de plus terrifiant que de perdre le contrôle de son corps et de son esprit, même pour quelques instants ?

Olivia s'assit à côté de lui.

— Vous pouvez en parler avec moi si ça vous aide.

— Tout le monde n'est pas fait pour s'épancher et partager ses rêves.

Elle baissa les yeux, et il se fustigea. Pourquoi avait-il été une fois de plus cruel sans raison ?

— Rien de tout cela ne serait arrivé si vous ne vous étiez pas enfuie avec mon bateau, reprit-il, incapable de se radoucir.

Elle plongea le regard dans le sien.

— N'essayez pas de détourner la conversation. Vous avez attaqué un étranger, vous m'avez traînée jusqu'ici comme si vous aviez le diable aux trousses et ensuite vous m'avez embrassée comme si votre vie en dépendait.

— Je vous ai embrassée pour vous faire taire.

Il se dirigea vers l'escalier pour remonter sur le pont.

— Qui prend la fuite, à présent ? lança-t-elle.

— Vous préférez attendre que la police arrive pour nous interroger ? Je n'ai même pas vérifié si je l'avais blessé.

— Ça allait. Il était juste un peu secoué. Vous ne vous souvenez de *rien* ? J'ai eu le temps de lui présenter des excuses avant que vous me traîniez jusqu'ici.

— Si vous croyez que des excuses vont suffire à l'empêcher de porter plainte…

— Je lui ai dit que vous étiez juste un amant jaloux, précisa-t-elle avec un petit sourire contrit.

Il la considéra un instant en silence, puis tout à coup l'incident se rejoua dans son esprit comme un mauvais film. Et, se surprenant lui-même, il éclata de rire. Olivia sourit, et bientôt elle se mit à rire elle aussi. Ce qui lui allait très bien, songea-t-il quand ils finirent par se calmer l'un et l'autre.

— Merci, dit-il en plongeant le regard dans le sien.

Décidément, il n'arrêtait pas de se surprendre... Il n'était pas dans ses habitudes de dire merci, surtout pour des choses aussi personnelles. Il mettait un point d'honneur à n'avoir besoin de personne. Mais cette femme avait menti pour lui. Pour le protéger. Alors qu'il avait été odieux avec elle.

C'était un sentiment étrange. Qu'il n'avait pas vraiment envie d'analyser. Mais, en tout cas, la capacité à rire d'un problème pour le relativiser était quelque chose de tout nouveau pour lui.

Olivia accepta ce remerciement d'un simple hochement de tête, puis ils montèrent sur le pont. Il promena le regard sur le port. Il était tard, et le ciel était déjà noir. Retourner sur l'île ? Retrouver le silence de la villa et l'exil qu'il s'était imposé à lui-même ? Il n'en avait aucune envie, tout à coup.

— Vous avez faim ?

Appelé simplement Faro, le petit restaurant était en partie construit dans les rochers qui se dressaient au bout de la péninsule. Olivia réprima un petit frisson délicieux quand Roman lui prit la main pour l'aider à monter l'escalier un peu raide qui conduisait à la porte en bois.

— De l'extérieur il ne paye pas de mine, mais je vous garantis que c'est la meilleure paella de toute l'Espagne.

— Je vous crois sur parole, répondit-elle en souriant.

Il l'entraîna dans un couloir qui débouchait sur une grande terrasse donnant sur la mer. Éclairée par de petites lanternes, elle donnait l'impression d'être dans une maison privée plutôt qu'au restaurant. L'endroit était si accueillant qu'elle se sentit tout de suite à l'aise. Pour la première fois depuis le début de cet après-midi mouvementé elle se détendit réellement tandis qu'un serveur les conduisait à une table située au bord de la terrasse.

Roman venait de commander une bouteille de vin rouge quand un homme se précipita vers lui et lui donna une grande tape dans le dos. Le serveur revint avec la bouteille et servit deux verres. Olivia but une gorgée du sien en contemplant la baie pendant que Roman discutait en anglais avec l'homme. La table était si près de l'eau qu'elle voyait les vagues se briser sur les rochers en dessous d'eux. Les événements de la journée défilèrent dans son esprit.

Roman semblait déterminé à éviter le sujet de leur baiser.

Leurs deux baisers.

Elle frissonna. La deuxième fois il l'avait embrassée avec une violence à peine contenue, et pourtant elle n'avait rien éprouvé d'autre que de l'excitation. Peut-être avait-il raison. Peut-être avait-elle juste envie de flirter avec le danger.

En tout cas, il avait été très clair sur un point. Il ne lui faisait pas confiance. Et, bien sûr, il n'avait pas l'intention de lui faire des confidences. Elle mourait d'envie de lui demander des explications sur ce qui s'était passé sur la promenade. Comment un homme qui dirigeait une société de sécurité de haut niveau employant des gardes du corps armés pouvait-il avoir une telle phobie des revolvers ? Son air hagard l'avait bouleversée. Mais elle était sans doute stupide de s'inquiéter pour lui. Ne lui avait-il pas répété cent fois que pour lui elle n'était rien d'autre qu'une mission ?

Quand il avait appris qu'elle était vierge, ça avait été pour lui une raison supplémentaire de la considérer comme intouchable. Jamais elle n'avait regretté plus amèrement son manque d'expérience. Quand avait-il cessé d'être un garde du corps odieux pour devenir l'objet de tous ses fantasmes ?

Lorsqu'il eut fini de discuter, il se rassit en face d'elle et s'excusa pour l'interruption. Après l'avoir consultée, il commanda deux hors-d'œuvre légers et la paella du chef.

Après le départ du serveur, un silence embarrassé s'installa entre eux. Olivia s'éclaircit la voix.

— Vous semblez bien connaître le personnel.

— Il y a cinq ans, j'avais pris l'habitude de déjeuner ici tous les jours pendant les travaux de construction sur mon île.

— Ils semblent vous... apprécier.

— Le chef est également le propriétaire. Et les serveurs sont ses fils.

Roman sourit en regardant ces derniers, qui s'affairaient entre les tables.

— Le jour où j'ai trouvé l'île, mon architecte m'a amené ici pour déjeuner. Pedro, le propriétaire, avait eu des mots avec son fils aîné, et celui-ci était parti en le laissant avec un tas de plats à servir et une terrasse pleine de clients affamés. J'ai remonté mes manches et je lui ai proposé de l'aider.

— Il n'y a pas beaucoup de gens qui feraient ça.

— Il n'y a pas beaucoup de princesses qui auraient fait ce que vous avez fait à l'hippodrome, répliqua-t-il alors qu'on leur servait le gaspacho.

Olivia ouvrit de grands yeux. Il se souvenait de l'incident avec le jeune serveur et son plateau de flûtes de champagne ?

— J'ai l'impression que c'est arrivé il y a une éternité.

Il hocha la tête.

— Nous sommes peut-être tous les deux destinés à être canonisés ?

Elle sourit.

— Si vous espérez me convaincre que vous n'êtes pas entièrement mauvais, c'est réussi.

— Je ne suis peut-être pas engagé dans des œuvres caritatives comme beaucoup de familles royales, mais je n'ai pas peur de mettre la main à la pâte.

Il haussa les épaules.

— La solidarité ce n'est pas qu'une question d'argent.

— C'est...

Olivia s'interrompit au souvenir de sa dernière discussion avec son père. Roman venait de répéter mot pour mot ce qu'elle avait dit ce jour-là...

— Quelque chose ne va pas ? demanda-t-il, le front plissé.

La gorge nouée, elle but une gorgée de vin avant de déclarer :

— J'adore mon travail à la fondation créée par ma grand-mère. Ce sont les seuls moments où j'ai l'impression de faire quelque chose d'utile.

— On dirait que c'est une vocation. Et pourtant, vous ne semblez pas pleinement satisfaite.

Elle secoua la tête.

— Ça va peut-être vous surprendre, mais les princesses

n'ont pas beaucoup d'influence quand il s'agit de réformer le système d'éducation ou d'augmenter son budget. Depuis que les mesures de sécurité me concernant ont été renforcées, j'ai manqué plusieurs événements importants. Mais peut-être que les enfants n'ont même pas remarqué mon absence. Peut-être que c'est seulement pour m'aider moi-même que je travaille à la fondation. Pour me donner l'impression d'être importante. Peut-être que c'est juste de l'égocentrisme de ma part.

— J'en doute beaucoup, commenta Roman, l'air très sérieux. Ça vous ennuie, votre manque de pouvoir ?

— Bien sûr. Que ressentiriez-vous s'il y avait des gens qui vous empêchaient de vivre votre propre vie ?

Une ombre étrange passa sur le visage de Roman, mais elle disparut presque aussitôt.

— Je n'ai aucune liberté d'action, poursuivit-elle. Dans mon royaume, de futurs novateurs potentiels vivent dans la rue, sans aucune chance de suivre une scolarité normale, et tout ce qu'on m'autorise à faire c'est organiser des galas de bienfaisance !

— Pour ces enfants, votre travail est beaucoup plus important que vous ne l'imaginez.

— Comment pouvez-vous le savoir ?

Roman garda le silence pendant un long moment.

— J'ai vécu cette vie moi-même. Il y a très longtemps. Mais c'est le genre de choses qu'on n'oublie jamais.

Il eut un sourire contraint et vida son verre.

— Je sais que pour un enfant des rues la bienveillance d'un étranger est beaucoup plus importante que vous ne pourrez jamais l'imaginer.

Le cœur d'Olivia se serra à la vue de l'émotion qui se devinait dans les yeux gris acier.

— Roman, j'ignorais que...

— Mon passé est quelque chose que je n'aime pas évoquer. Je veux juste que vous sachiez que votre travail est important. Je dois ma réussite en grande partie à des hommes et des femmes que je ne connaissais pas. Ne doutez jamais de l'impact de la bienveillance, Olivia.

— Je suis désolée que vous ayez eu une enfance si difficile.

— Pas moi. C'est ce qui a fait de moi ce que je suis aujourd'hui. Mais je ne suis pas assez arrogant pour oublier que le monde serait un endroit horrible s'il n'était rempli que d'hommes cyniques comme moi.

— Vous n'êtes pas foncièrement mauvais.

Il eut un petit rire de dérision.

— Vous ne savez pratiquement rien !

— Alors racontez-moi. Dites-moi ce que vous considérez comme très mauvais en vous, et je vous donnerai mon opinion.

— Mon histoire n'est pas de celles qu'on raconte devant de la paella et du vin.

Le visage de Roman s'était fermé, indiquant que la discussion sur ce sujet était close. À cet instant on leur apporta la paella, ce qui créa une diversion bienvenue. Elle était délicieuse, mais tout en la dégustant Olivia observait Roman à la dérobée. Elle ne pouvait s'empêcher de l'imaginer petit garçon. Maigre et affamé. Sans défense. C'était une image bouleversante… Elle n'aimait pas imaginer les gens dans une telle pauvreté. Surtout étant donné le luxe dans lequel elle était née. Le fossé qui séparait les riches et les pauvres l'avait toujours choquée. Elle s'était toujours sentie obligée d'agir pour tenter d'y remédier.

— C'était délicieux, dit-elle en se forçant à sourire quand le serveur vint remplir leurs verres et enlever leurs assiettes.

— J'espère que ce repas compense un peu l'attitude que j'ai eue jusque-là, dit Roman en posant son verre. C'est peut-être idiot, mais je n'ai pas envie que vous me croyiez insensible.

— Je ne vous crois pas insensible. Je pense que c'est juste l'image que vous voulez donner.

L'air s'était rafraîchi quand ils embarquèrent sur le voilier pour regagner l'île. Olivia s'excusa de nouveau d'avoir pris le canot à moteur, qui allait devoir rester au port, mais Roman lui assura que ça n'avait pas d'importance. Puis le silence s'installa, et chacun resta plongé dans ses pensées tandis qu'il manœuvrait pour sortir du port.

Un bruit sec fit tressaillir Olivia, et elle se retourna. Une gerbe de lumières rouges et bleues jaillit dans le ciel noir.

— Il doit être minuit, commenta Roman derrière elle.

Elle sentit que le voilier ralentissait.

— Ce feu d'artifice est à ne pas manquer, croyez-moi.

— Il est inutile de vous arrêter juste pour moi.

— Considérez que ça fait partie des excuses que je vous dois.

Il l'invita à le suivre sur le pont supérieur, prit deux coussins sur la banquette et les posa sur le plancher. Ce dernier était humide et froid, mais lorsqu'une pluie d'étincelles dorées se répandit dans le ciel d'encre elle oublia instantanément ce détail. Après que les dernières pivoines rouges du bouquet final se furent estompées elle tourna la tête vers Roman et rencontra son regard. Un regard brûlant qui ne laissait aucun doute. Comme elle, il était poursuivi par le souvenir de leurs baisers. Si seulement il pouvait l'embrasser encore !

— Il faut rentrer, dit-il d'une voix rauque sans détacher les yeux des siens.

— J'en ai vraiment assez de faire tout le temps ce qu'il *faut* faire.

— Olivia…

Il secoua la tête et détourna le regard. Elle posa la main sur son torse. Il la prit et la reposa sur ses genoux.

— Vous n'êtes pas la seule à devoir respecter certaines règles. Parfois celles-ci servent à nous empêcher d'emprunter des chemins interdits, et c'est très bien comme ça.

— Je suis adulte, Roman. Si je décide d'emprunter un chemin c'est que j'ai mes raisons.

— Vous croyez peut-être savoir ce que vous voulez mais…

— Je sais ce que je veux ! coupa-t-elle avec exaspération, partagée entre l'envie de le frapper et celle de le supplier de la prendre dans ses bras.

— Alors dites-le. Que voulez-vous ?

— Rester ici… loin du palais… Rester ici avec vous…

Elle inspira profondément, mais il ne lui laissa pas l'occasion de poursuivre. Il bondit et alla remettre le moteur du voilier en marche. Le reste de la traversée s'effectua dans un silence tendu.

Avait-il l'intention de la ramener au palais ? Pensait-il toujours qu'elle devait accepter ce mariage ?

Une fois sur l'île, ils gardèrent également le silence pendant le trajet en jeep et très vite ils se retrouvèrent dans le hall de la villa. Jorge avait tout rangé pour la nuit avant de se retirer chez lui, de l'autre côté de l'île.

— Bonne nuit, Olivia.

Roman s'éloigna dans le couloir.

— Attendez. J'ai réfléchi.

Il se retourna et croisa les bras, les yeux fixés sur elle.

— J'ai pris conscience que je ne veux pas quitter mon royaume. Et si pour préserver son avenir je dois épouser un étranger, alors je le ferai.

Elle prit une profonde inspiration. Était-ce du soulagement ou de la déception qu'elle avait vu se peindre furtivement sur le visage de Roman ? Dans la pénombre du couloir, c'était difficile à dire.

— C'est ce qui s'appelle avoir l'esprit de sacrifice, déclara-t-il d'un ton neutre. Vous allez donc retourner au palais et accepter le mariage ?

— J'ai décidé de retourner chez moi, oui. Et d'affronter la situation en adulte.

Elle plongea le regard dans le sien.

— Mais je ne peux pas m'engager à me marier tant qu'il me reste une chose à expérimenter.

— Je croyais que vous vous étiez enfuie parce que vous aviez beaucoup plus d'une chose à expérimenter, objecta-t-il d'un ton sarcastique.

— Il y en a une seule qui compte vraiment pour moi. Je ne peux pas accepter un mariage arrangé sans l'avoir vécue.

À la vue des étincelles qui jaillirent des yeux de Roman, elle fut envahie par une vive chaleur. Si un simple regard de lui pouvait la mettre dans cet état, elle voulait savoir quelles autres sensations il pouvait déclencher en elle. Il *fallait* qu'elle le sache. C'était vital.

— Je veux vivre ma première expérience sexuelle avec un homme de mon choix. Un homme qui a envie de moi autant que j'ai envie de lui.

8

En pensée, Roman prit Olivia dans ses bras et la porta jusqu'à sa chambre aussi vite que ses jambes le lui permettaient. Dans la réalité, il resta silencieux un long moment, la gorge sèche, déchiré entre le désir et la loyauté.

— Vous pensez pouvoir séparer le sexe et l'amour ? finit-il par demander.

— Si le sexe en vaut la peine, oui.

Elle se mordit la lèvre, visiblement embarrassée. Elle ne parvenait pas à prononcer le mot sans rougir et elle voulait coucher avec lui !

— Les hommes comme moi ne sont pas faits pour les femmes qui fantasment sur l'amour.

— Et si je vous disais que je ne fantasme pas sur l'amour, justement ?

— J'aurais du mal à vous croire. Moi, j'ai un millier de fantasmes mais d'un autre genre. Plus osés les uns que les autres. Vous pourriez vous retrouver nue dans mon lit avant d'avoir le temps de comprendre ce qui vous arrive. C'est ça que vous voulez ?

— Je...

Le doute envahit les grands yeux turquoise fixés sur lui. Il effleura une épaule du bout des doigts.

— Vous n'êtes pas prête pour moi, princesse. Vous avez besoin d'un homme qui vous murmure à l'oreille des mots tendres et des serments d'amour. Je ne suis pas cet homme.

Roman s'appuya à la porte de sa chambre et se cogna le front contre le battant. Fichue loyauté ! Il mourait d'envie de courir jusqu'à sa chambre et de se jeter sur elle comme le mauvais garçon qu'il était resté.

Mais elle était vierge. Et elle n'était pas pour lui. Crispant les poings, il prit une profonde inspiration.

Elle n'était pas pour lui.

Les poings toujours crispés, il sortit sur la terrasse et descendit les marches conduisant à la piscine. Il avait pris sa décision, et rien ne le ferait revenir dessus. La nuit était étonnamment douce, avec une légère brise provenant de la baie. Sous la pleine lune, l'eau de la piscine prenait des reflets argentés. Il se déshabilla avec des gestes rageurs et plongea aussitôt. Saisi par la fraîcheur de l'eau il accueillit cette sensation avec plaisir et nagea au fond de la piscine aussi longtemps que possible avant de remonter à la surface. Alors qu'il aspirait une grande bouffée d'air il vit Olivia, debout au bord du bassin. Il se redressa. Étant à un endroit où il avait pied, il se retrouva avec de l'eau jusqu'à la taille et une conscience aiguë de sa nudité. Son cœur se mit à battre à grands coups.

— Vous avez décidé de prendre un bain nocturne, dit-elle d'une voix étrangement rauque.

— Et vous m'avez suivi.

Elle se dirigea vers les marches et trempa le bout du pied avant de descendre dans l'eau jusqu'aux chevilles. Il remarqua alors qu'elle était nu-pieds et qu'elle portait un fin peignoir qui s'arrêtait au-dessus du genou. Portait-elle quelque chose dessous ? Il fut submergé par une vague de désir qui lui coupa le souffle.

— J'ai décidé que je ne pouvais pas partir demain sans en savoir un peu plus sur ce millier de fantasmes osés.

Plongeant le regard dans le sien, elle referma les doigts sur la ceinture de son peignoir. Il déglutit péniblement.

— Un peu plus ?

— Beaucoup plus.

Il avança vers elle. Elle baissa les yeux sur son sexe en érection, à présent hors de l'eau. Elle le contempla longuement avant de replonger le regard dans le sien. Le désir qu'il lut dans ses yeux acheva de l'enflammer. Les joues en feu, elle dénoua la ceinture de son peignoir. La soie blanche glissa sur sa peau et tomba dans l'eau. Il continuait à avancer sans en avoir vraiment conscience et il l'avait presque rejointe. Mais devant son corps nu offert à son regard il s'immobilisa, la gorge sèche. Dans le clair de lune qui avivait l'éclat de sa peau laiteuse, elle ressemblait à la statue vivante d'une déesse. Il fit un dernier pas, referma les mains sur sa taille et l'attira contre lui.

— J'ai changé d'avis, moi aussi, dit-il d'une voix étranglée en l'embrassant dans le cou.

Elle promena les mains dans son dos, le griffa légèrement, puis se mordit la lèvre d'un air contrit.

— Il y avait longtemps que j'avais envie de faire ça.

— Oh ! je vois. Le jeu c'est de rattraper le temps perdu ? Dans ce cas...

Il captura sa bouche avec voracité.

Olivia répondit avec ardeur au baiser de Roman. Sans cesser de l'embrasser, il la fit reculer contre la paroi du bassin et quitta sa bouche pour tracer un sillon de baisers jusqu'à un de ses seins. Lorsqu'il aspira goulûment sa pointe durcie, elle fut transpercée par mille petites flèches de plaisir et renversa la tête en arrière en gémissant. Tout en dégustant son sein, il glissa la main entre ses cuisses et effleura son sexe.

— Oh... Roman...

Il accentua ses caresses tout en honorant tour à tour chacun de ses seins. Les sensations inouïes qui l'assaillaient de toutes parts étaient si intenses qu'elles menacèrent bientôt de devenir insupportables. Les ongles enfoncés dans ses épaules, elle ne savait plus si elle avait envie qu'il s'arrête ou qu'il continue. Jamais elle n'avait rien éprouvé de tel. Alors qu'elle était sur le point de le supplier de mettre fin à son supplice, elle fut submergée par un plaisir inconnu, prodigieux, qui lui arracha un cri incrédule. Elle sombra dans un océan de sensualité pure, tandis que deux bras puissants se refermaient sur elle.

Lorsqu'elle rouvrit les yeux, elle se sentit soulevée hors de l'eau et se retrouva assise sur le bord de la piscine. Elle n'y resta pas longtemps. Roman la rejoignit, la prit dans ses bras et monta l'escalier qui conduisait à sa chambre. Quand il l'allongea sur l'immense lit garni de draps gris anthracite elle frissonna, partagée entre l'excitation et l'appréhension. Il se pencha vers elle et effleura son épaule du bout des doigts.

— Tu as changé d'avis ?

— Non, répondit-elle sans hésitation. Surtout pas.

Visiblement soulagé, il traça un sillon de baisers entre ses seins.

— Voici un autre des fantasmes dont je t'ai parlé.

— Vraiment ?

Elle ferma les yeux pour mieux savourer les baisers mouillés dont il parsemait son corps. Mais, lorsqu'elle comprit quelle direction prenait sa bouche, elle se raidit et posa les mains sur sa tête pour l'arrêter.

— C'est *mon* fantasme, tu te souviens ? dit-il d'une voix douce en lui écartant les mains. Et je n'ai même pas encore commencé.

— Roman… Tu ne peux pas…

— Est-ce que tu as confiance en moi ?

Il plongea le regard dans le sien, et elle hocha la tête. Oui, elle avait confiance en lui. Sa gêne se dissipa peu à peu tandis qu'il couvrait son ventre de baisers. Il lui écarta doucement les cuisses en rivant les yeux aux siens. Elle hocha de nouveau la tête. Puis elle la laissa retomber en arrière avec un long gémissement quand sa langue effleura son sexe. Bientôt elle enfonça les doigts dans ses cheveux pour l'encourager à approfondir son exploration. Il ne se fit pas prier, et peu à peu elle sentit monter en elle ce plaisir fabuleux qu'il lui avait fait découvrir dans la piscine. Lorsqu'il s'interrompit elle faillit protester mais, en le voyant prendre un préservatif dans le tiroir de la table de chevet, elle se ravisa. Fascinée, elle le vit l'enfiler en quelques secondes.

— Je ne peux plus attendre. Je veux être en toi et partager ton plaisir, murmura-t-il en plongeant dans le sien un regard interrogateur.

Pour toute réponse, elle lui tendit les bras. Il s'installa entre ses cuisses et entra en elle avec d'infinies précautions. Elle noua les jambes sur ses reins pour mieux l'accueillir et se raidit, transpercée par une douleur aiguë. Il se figea, l'air anxieux.

— Je te fais mal.

Il voulut se retirer, mais elle l'en empêcha et se mit à onduler lentement des hanches jusqu'à ce que la douleur laisse place à des sensations de plus en plus agréables.

— C'est bien comme ça ? demanda-t-elle d'une voix hésitante.

— Oh ! oui... Tu me rends fou, Olivia...

Électrisée, elle reprit ses mouvements, et ils entamèrent une danse langoureuse dont le rythme s'accéléra peu à peu. Emportés dans un même tourbillon de passion, ils sombrèrent en même temps dans le gouffre de la jouissance.

9

Roman se laissa tomber sur le matelas à côté d'Olivia et resta immobile un long moment, l'esprit embrumé comme toujours après l'orgasme. Mais cette fois c'était différent. Encore plus fort que d'habitude. Il n'avait jamais éprouvé des sensations aussi intenses.

Il ne devrait sans doute pas se sentir aussi comblé… ni aussi détendu… Il chassa cette pensée dès qu'elle effleura son esprit. L'analyse des répercussions de ce qu'ils venaient de faire attendrait le matin. Pour l'instant, il avait l'intention de renouveler l'expérience le plus vite possible.

Il se tourna sur le côté et regarda Olivia, couchée elle aussi sur le côté. Ses yeux étaient fermés. Dormait-elle ? Au moment où il se posait cette question elle ouvrit les paupières, et il fut saisi par l'éclat de ses yeux turquoise. Sa chevelure rousse répandue sur l'oreiller anthracite semblait encore plus flamboyante qu'à l'ordinaire. Il saisit une mèche et l'enroula autour de son doigt. Dire que c'était sa première fois et qu'il avait failli lui faire l'amour dans la piscine… Heureusement il était resté assez lucide pour prendre conscience qu'elle méritait un lit pour cette occasion. Et qu'il fallait utiliser une protection. Il n'oubliait *jamais* de prendre des précautions.

— J'espère que c'était bien ?

Son cœur se gonfla d'une joie immense mêlée d'orgueil à la vue du sourire qui illumina le visage d'Olivia.

— Je n'avais jamais imaginé que ça pouvait être aussi fantastique.

— Ce n'est pas toujours aussi intense.

Il fit glisser un doigt entre ses seins. Il venait de lui faire l'amour et pourtant il ne pouvait pas s'empêcher de la toucher...

— Je suis heureuse que tu sois le premier.

Il se figea devant l'émotion qui faisait briller les yeux turquoise. Attention, danger... Elle n'avait pas assez d'expérience pour dissocier le sexe et les sentiments. Il faudrait lui rappeler qu'avec lui il n'était pas question de mélanger les deux. Sauf qu'il n'avait aucune envie d'avoir ce genre de discussion maintenant. Il mourait plutôt d'envie de s'emparer de sa bouche dans un baiser ardent, puis de parsemer son cou de baisers. Que lui arrivait-il ? Ce genre d'élan ressemblait dangereusement à de la tendresse. Or il n'était pas un amant tendre.

Cependant, il attachait de l'importance à ce qu'elle ressentait et il était content qu'elle soit comblée par sa première fois. C'était normal, non ? Peut-être. En réalité il n'en savait rien, et c'était sans doute ça le problème. Pour lui aussi c'était une première fois, en quelque sorte. Jusque-là il n'avait jamais couché avec une vierge. L'idée d'être le premier amant d'une femme l'avait toujours rebuté. Il estimait que c'était une trop grande responsabilité. Mais aujourd'hui, savoir qu'il était le seul à l'avoir touchée, le seul à l'avoir entendue crier de plaisir... C'était une satisfaction immense.

Et il n'avait qu'une envie. Renouveler cette expérience grisante.

Ce qui était assez inquiétant, à vrai dire. Lui qui se targuait de toujours garder ses distances avec les femmes qui fréquentaient son lit... Elles savaient dès le début qu'il n'avait pas l'intention de s'engager. Elles trouvaient dans son lit ce dont elles avaient besoin et elles en sortaient pleinement satisfaites.

Olivia poussa un soupir et se blottit contre lui. Elle caressa son avant-bras du poignet jusqu'au coude, et ses doigts s'attardèrent sur la bande d'encre noire qui encerclait son bras. Il ne pensait pas souvent à ce tatouage, la plupart du temps couvert par ses vêtements. Mais de temps en temps il se surprenait à le regarder en pensant à l'homme – à la *vie* – qui lui avait laissé cette marque. Et pourtant, il ne se l'était jamais fait enlever.

— C'est le tatouage d'un gang.

Pourquoi éprouvait-il le besoin de donner une explication ? se demanda-t-il.

— Sa forme ne correspond pas à un choix personnel, ajouta-t-il.

Les doigts d'Olivia s'immobilisèrent sur son bras.

— Ça date de l'époque où tu étais en prison ?

— De bien longtemps avant.

Il y eut un long silence. Regrettait-elle de l'avoir choisi comme amant après cette révélation ? s'interrogea-t-il. Mais elle se redressa sur un coude et plongea le regard dans le sien.

— Ce gang... Il était armé ? C'est de cette époque que vient ta phobie des revolvers ?

Roman roula sur le dos en se remémorant l'incident sur la promenade.

— Non.

Elle eut une mine contrite.

— Je suis désolée si ce n'est pas un sujet approprié pour des confidences sur l'oreiller. Tu es sans doute du genre à ne pas aimer parler après le sexe.

— En effet.

Il se mit de nouveau sur le côté pour lui faire face.

— Tu peux me poser *une* question sur mon passé, et j'y répondrai. Honnêtement.

Elle baissa les yeux une fraction de seconde.

— Qui est Sofiya ?

— Sofiya était ma petite sœur, répondit-il après un silence. Elle est morte il y a longtemps.

— Oh ! je suis désolée. Elle devait être très jeune.

— Elle avait seize ans.

Il haussa les épaules.

— C'est du passé. Ça fait presque vingt ans.

— Le chagrin résiste au temps. Ma grand-mère a été enterrée il y a dix ans, et je vais toujours très souvent sur sa tombe.

— Je ne suis jamais allé sur la tombe de Sofiya, dit-il, de plus en plus surpris par la facilité avec laquelle il se confiait. Ses parents me méprisaient.

— *Ses* parents ? Ce n'étaient pas les tiens ?

— Nous avons été abandonnés par notre mère quand nous étions très petits. Sofiya était un petit ange blond avec de grands yeux bleu pâle. Elle a été adoptée très vite. Pas moi.

— Oh...

Olivia se redressa légèrement et l'enveloppa d'un regard plein de compassion. Il détestait se sentir vulnérable... Mais, curieusement, il ne pouvait pas s'empêcher de continuer à parler.

— Contrairement à ma sœur, je n'étais pas un enfant attachant. Je parlais toujours trop. Et j'ai pris rapidement l'habitude de causer autant de problèmes que possible.

Il plissa le front au souvenir des accès de rage qui le poussaient à détruire des jouets, des meubles... et à cogner sur les gens à l'occasion.

— J'étais plein de colère et de haine. Je suis resté à l'orphelinat jusqu'à ce que mon âge et ma force physique me rendent incontrôlable. Après ma troisième fugue, ils ont renoncé à me chercher.

— C'est à ce moment que tu as commencé à vivre dans la rue ?

Il hocha la tête.

— Je ne peux pas imaginer ce que ça doit être pour un jeune garçon...

— J'avais treize ans. J'étais presque un homme.

Un petit rire échappa à Roman au souvenir du gamin sûr de lui et effronté qu'il était à l'époque.

— Quand les caïds du coin ont vu ma taille ils m'ont pris comme garçon de courses. Qu'ils soient des criminels ne me dérangeait pas. Ils m'ont accueilli. Ils m'ont donné un lit confortable. L'un d'eux m'a même acheté des chaussures.

Il eut un pincement au cœur. Il les avait portées jusqu'à ce qu'elles soient trouées, puis il en avait volé une paire toute neuve.

— J'étais mince et agile. Ils me chargeaient de grimper aux façades et d'entrer par les fenêtres. J'avais le sentiment d'être quelqu'un de très important.

Olivia l'écouta en silence raconter son ascension au sein des gangs de Saint-Pétersbourg. À son crédit, elle n'eut pas de réactions effarées. Elle se contenta de l'écouter, en posant des questions quand elle avait besoin d'explications. Elle ne fit pas de commentaire quand il évoqua Alexi – le père de la « confrérie », comme il disait. Elle ne broncha pas non plus quand il lui raconta qu'en grandissant il avait évolué au sein du gang et avait fini par participer aux coups les plus importants. Principalement des braquages de banque ou de convoi de fonds. Plus d'une fois, ses remords habituels faillirent le faire taire, mais elle l'encouragea à continuer.

— Cet Alexi... Il devait être dangereux, dit-elle tout en traçant des petits cercles sur son torse.

Roman resta un instant silencieux en se remémorant l'homme qui lui avait tout donné avant de mettre sa vie en pièces.

— J'étais prêt à tout pour qu'Alexi soit fier de moi. C'était le seul modèle de mâle dominant que j'avais jamais connu. Quand j'avais son approbation, je me sentais valorisé...

Il secoua la tête, soudain mal à l'aise. Il n'aimait pas penser à Alexi et à l'emprise que ce dernier avait eue sur lui.

— Je pense que c'était normal. Tu étais vulnérable, et il en profitait.

— J'étais en permanence sur mes gardes dans la prétendue confrérie. Il en était conscient. Sachant avec quelle rapidité certaines de leurs querelles d'ivrognes dégénéraient, je tenais à rester sobre. Plus d'une fois il a mis ma loyauté à l'épreuve en utilisant la violence.

— C'est de là que vient ta phobie des revolvers ?

Roman plissa le front. Comment en était-il arrivé à faire toutes ces confidences ? D'ordinaire, le seul fait d'évoquer la confrérie et son chef suffisait à le plonger dans le silence pendant des jours. Des souvenirs horribles l'assaillirent. La dernière nuit où il avait vu Alexi. Le sang, la violence, et ces yeux bleu pâle terrifiés, sans vie.

Tout à coup, il ne pouvait plus parler. Il se leva et se dirigea vers la baie vitrée ouverte sur la terrasse, pour contempler la nuit. Il frissonna. L'air était pourtant doux. Ce froid était en lui. Enraciné.

Olivia se mordit la lèvre, les yeux fixés sur Roman. Après être resté un long moment au bord de la terrasse, silencieux, il était entré dans la salle de bains et avait fermé la porte. Elle s'était montrée trop curieuse, trop insistante. Sans doute était-il en train de réfléchir à la meilleure manière de lui dire de s'en aller. Il avait été très clair. Son truc, c'étaient les aventures sans lendemain, sans démonstrations de tendresse. Et elle ne trouvait rien de mieux à faire que de lui imposer une séance de psychothérapie !

Elle renversa la tête sur l'oreiller et se couvrit le visage de son bras. Elle venait de faire l'amour avec lui, et cela ne lui avait pas suffi. Il avait fallu qu'elle le harcèle de questions sur son passé. Qu'elle cherche à percer sa cuirasse. Alors qu'il l'avait prévenue de ne rien attendre de lui en dehors du sexe. Quelle idiote !

Elle se leva et ressentit quelques courbatures. Mais, à part ça, elle ne se sentait pas trop différente. Pas totalement transformée, comme elle s'y attendait.

Mais ça avait été... parfait.

C'était peut-être mieux que ça se termine ainsi. Elle allait demander qu'un hélicoptère vienne la chercher à la première heure, et ce serait réglé. Pas de tête-à-tête embarrassé au petit déjeuner, pas de blessure d'amour-propre. C'était une aventure sans lendemain et ça lui convenait très bien.

Malgré ses résolutions, elle ne put s'empêcher de s'attarder un moment devant la porte de la salle de bains. Jusqu'à ce qu'elle entende couler l'eau de la douche. Le message n'aurait pas été plus clair s'il lui avait crié : « Va-t'en ! »

La nuit était terminée.

Elle regagna sa chambre et se glissa entre les draps sans prendre la peine d'allumer la lumière. Les pensées tourbillonnaient dans son esprit. Une fantastique nuit de sexe avec un homme qu'elle avait choisi serait-elle vraiment suffisante pour l'aider à supporter un mariage sans amour pendant toute sa vie ? Elle finit par s'assoupir en rêvant au jour de son mariage. Sauf que l'homme qui l'attendait dans l'église était Roman. Après un fondu enchaîné elle se retrouva au lit avec lui pour leur nuit de noces. Ses lèvres étaient douces et sa peau brûlante contre la sienne. Elle poussa un petit soupir d'aise.

— Comme tu es belle !

Son souffle chaud lui caressa l'oreille et fit courir un long frisson le long de son épine dorsale.

Elle ouvrit les yeux.

— Roman ?

Il était allongé contre elle et parsemait son cou de baisers.

— Tu es partie sans me laisser le temps de te dire au revoir, ajouta-t-il avant de refermer les lèvres sur la pointe d'un sein.

— C'est toi qui es parti...

Elle étouffa un gémissement alors qu'il mordillait doucement le bourgeon hérissé.

— Je croyais... que tu étais... pour les aventures... d'une seule nuit...

Un sourire gourmand aux lèvres il glissa une main entre ses cuisses.

— La nuit n'est pas encore finie, princesse.

Il s'empara de sa bouche avec fougue tout en lui prodiguant des caresses diaboliques. Avant qu'elle soit balayée par le plaisir, il s'allongea sur le dos et l'invita à le chevaucher. D'abord maladroite, elle prit rapidement de l'assurance tandis qu'il la guidait, les mains refermées sur ses hanches.

— C'est bon ? demanda-t-elle d'une voix hachée en ondulant des hanches après l'avoir accueilli en elle.

— Tu me rends fou, répondit-il, les yeux plongés dans les siens.

Ils firent l'amour avec une lenteur et une douceur exquises, mais pleines d'une passion contenue qui les conduisit inexorablement jusqu'au sommet de la volupté. Juste avant de l'atteindre elle s'allongea sur lui, et il referma les bras sur elle avec un grognement rauque. Électrisée, elle fut secouée par une explosion d'une violence inouïe. Sa gorge se noua, et elle sentit des larmes lui brouiller la vue. *Pourvu qu'il ne s'en aperçoive pas,* songea-t-elle confusément en le regardant se dissoudre de plaisir sous elle. Puis les pensées désertèrent son esprit, chassées par les ondes de volupté qui continuaient de se propager en elle et par les mots de russe qui s'échappaient de la gorge de Roman.

Plus tard, elle passa un long moment à écouter sa respiration régulière pendant qu'il dormait profondément. Jamais elle ne s'était sentie aussi proche d'un autre être humain... Cette pensée l'emplit à la fois de tristesse et de reconnaissance. Son souhait avait été exaucé. Il avait fait de sa première fois une expérience inoubliable.

Elle ne se lassait pas de le regarder. En détendant ses traits, le sommeil métamorphosait son visage. Il semblait plus jeune... plus insouciant. C'était la première fois qu'elle le voyait comme ça. Ici, dans son sommeil, Roman le grand spécialiste de la sécurité était complètement vulnérable.

Retourner au palais pour y retrouver son lit vide semblait soudain inconcevable. Quant à partager le lit d'un autre homme... Épouser un autre homme... Elle sentit sa gorge se nouer. Roman ne lui offrirait rien de plus que cette nuit. Il n'était pas du genre à se marier. Ni même à s'engager dans une relation. Elle le savait et elle l'acceptait.

Mais une chose était certaine.

Elle n'épouserait pas le cheikh.

Lorsqu'elle se réveilla, elle était seule dans le lit. Ignorant le sentiment de vide qui lui serrait le cœur, elle enfila un peignoir et sortit sur la terrasse pour respirer l'air du petit matin et admirer la baie. Ses cheveux étaient tout emmêlés, et elle avait besoin de prendre une douche, mais pour une fois elle n'avait pas de petit déjeuner officiel, pas de cérémonie publique. Elle pouvait rester là toute la matinée si elle en avait envie, pour savourer ses dernières heures de liberté.

Roman avait prévu qu'elle s'en irait aujourd'hui, et elle le comprenait très bien. À présent que leur nuit était terminée, allait-il regretter toutes les confidences qu'il lui avait faites ? Avec ce qu'il avait vécu, pas étonnant qu'il donne l'impression d'être dur… A priori, au départ il n'avait pas la moindre chance de s'en sortir. Et pourtant, à force de détermination il avait bâti un empire qui l'amenait à fréquenter les puissants. Il était le maître de sa destinée.

Ici, dans la lueur de l'aube, elle se sentait transformée par le seul fait de l'avoir connu. Elle laissa échapper un petit rire de dérision. Était-elle romantique ou stupide ? Ou les deux à la fois ? Mais peut-être que toutes les femmes éprouvaient la même chose pour leur premier amant. Comment allait-il réagir quand il apprendrait que son mariage avec le cheikh n'aurait pas lieu ? Il serait sans doute irrité contre elle. Et contre lui-même. Il penserait que c'était à cause de leur aventure. Pour sa part, elle n'en était pas persuadée. Elle avait su tout de suite qu'elle n'était pas faite pour un mariage sans amour. Dès que son père lui avait annoncé la décision qu'il avait prise pour elle.

Sa loyauté envers Monteverre ne la ferait jamais renoncer à l'épanouissement dans sa vie personnelle. C'était en côtoyant Roman qu'elle en avait pris conscience.

Et elle n'attendait rien d'autre de lui que cette nuit qu'ils venaient de passer ensemble. À quoi bon ? Il avait été très clair. Il n'était pas du genre à coucher deux nuits de suite avec la même femme.

10

Roman avait dit à Jorge de prendre sa journée afin de pouvoir rester en tête à tête avec Olivia.

Elle arriva au petit déjeuner vêtue d'une robe rose resserrée sous la poitrine, qui tombait en plis souples jusqu'au genou. Elle était d'une beauté à couper le souffle, son regard était fuyant et son sourire contraint. Il chercha en vain quelque chose à dire pour rompre le silence pesant. Puis il finit par accepter le fait qu'il n'y avait rien à dire.

À sa grande stupéfaction, elle engloutit deux assiettes de fruits frais et un gâteau à la crème dont elle dégusta la dernière bouchée avec un petit gémissement. Prenant conscience qu'il la regardait, elle déclara en rougissant :

— J'avais faim.

— J'ai vu des détenus qui mangeaient avec plus de raffinement, plaisanta-t-il. Après une nuit avec moi tu as complètement oublié comment est censée se comporter une princesse.

Elle écarquilla les yeux, comme s'il venait d'enfreindre une règle tacite interdisant de faire allusion à ce qui s'était passé entre eux.

— Que vont penser mes sujets ? demanda-t-elle avec un petit sourire.

— Que tu as été conduite à ta perte par un bâtard peu recommandable.

— Un bâtard ?

Elle semblait à la fois amusée et choquée.

— Tu appartiens à un monde où les bonnes manières sont essentielles, non ?

— Serions-nous subitement devenus la Belle et le Clochard ?

— Je ne sais pas de quoi tu parles, avoua-t-il franchement.

Puis il sourit devant son air horrifié.

— Je n'arrive pas à croire que tu n'as pas vu un tel classique. La chienne, qui vit dans une maison très chic, se perd, et le chien errant la sauve. Ça ne te dit vraiment rien ?

— Tu me compares à un chien errant ? Je suis flatté.

— C'est toi qui t'es comparé à un bâtard. Pas moi ! Ce n'est pas ma faute si mon esprit a tendance à tout associer avec des films.

— Le cinéma et la télévision étaient absents de mon enfance, répliqua-t-il, contrarié par le tour que prenait la conversation. Mais laisse-moi deviner. À la fin ils se marient et ils ont beaucoup d'enfants ?

— Exactement.

— C'est pour ça que je ne perds pas mon temps à regarder des films. Ils n'ont rien à voir avec la réalité.

— Bien sûr !

Elle pouffa.

— C'est justement pour ça qu'ils permettent de s'évader.

Roman se leva, prit leurs assiettes et les mit dans l'évier d'un geste brusque.

— Tu passes beaucoup trop de temps à fuir la réalité, tu sais ça ?

Elle crispa les poings sur la table.

— Tu deviens cruel, et je ne comprends pas pourquoi.

— Ce n'est pas de la cruauté, Olivia. Tu n'as pas la moindre idée de ce qu'est la vraie cruauté. Ni même la vraie souffrance. Tu n'aimes pas qu'on te mette face à la réalité. C'est ça ton problème.

— Je ne comprends pas pourquoi tu es comme ça tout à coup. Nous étions juste en train de parler d'un film.

— La vie n'est pas comme dans les films, et plus tôt tu le comprendras mieux ça vaudra ! s'exclama-t-il avec une véhémence qui le surprit lui-même.

Elle se leva et le rejoignit.

— Je n'ai peut-être pas subi le même genre d'épreuves que toi, mais ça n'empêche pas que j'ai des sentiments, moi aussi.

— Je croyais avoir été clair. Les sentiments n'ont pas leur place dans ce qui s'est passé cette nuit.

— Et pourtant tu es agressif avec moi, alors que j'étais prête à partir d'ici en bons termes. Il vaut sans doute mieux que j'aille attendre mon hélicoptère dehors.

— Tu t'en vas ?

Stupéfait, il eut soudain un goût de cendres dans la bouche.

— J'ai appelé le palais ce matin au réveil. Ils m'envoient quelqu'un.

Elle alla prendre sa tasse de café sur la table et la mit dans l'évier. Avec le plus grand naturel, nota-t-il. Comme si elle n'envisageait pas un seul instant de le laisser tout ranger seul sous prétexte qu'elle était une princesse. Et hier soir elle lui avait parlé de son engagement dans une association caritative. Elle n'était pas la petite princesse gâtée qu'il l'avait accusée d'être. Il était grand temps qu'il l'admette...

C'était facile de la mettre dans cette case. De la considérer comme une petite bêcheuse inaccessible. Ça la rendait moins réelle. Mais elle était là devant lui. La femme qui avait touché quelque chose au plus profond de lui cette nuit en lui faisant l'amour. Bien réelle. Voilà pourquoi il était cruel, comprit-il tout à coup. Il n'était pas prêt à renoncer à ça. À *elle*. Pas encore. Et pourtant, ça avait déjà duré trop longtemps. Il le savait.

Décidément, il était la pire des ordures. Khal lui avait fait confiance. Il l'avait chargé de veiller sur la femme avec qui il prévoyait de passer le reste de sa vie. Que ce soit par le biais d'un mariage de convenance, arrangé sans qu'elle ait eu voix au chapitre, ne changeait rien. Il avait juste cherché à se justifier pour pouvoir céder à leur attirance mutuelle.

Elle méritait mieux qu'une brève aventure avec un homme comme lui. Or il n'avait rien d'autre à lui offrir. Une fois la passion émoussée, il finirait par la faire souffrir en la quittant. Roman Lazarov n'avait jamais de relations durables. Il ne faisait pas de déclarations d'amour et il ne s'engageait pas pour la vie. Dans le passé il avait toujours eu du mal à rendre ce qu'il avait volé. Mais c'était le passé. Pas question d'avoir le même réflexe aujourd'hui. Cependant, l'idée que Khal allait apprendre ce qui s'était passé lui déplaisait. Pas pour lui, mais pour Olivia. Il lui devait sa protection.

— Je viens avec toi, dit-il, se surprenant lui-même.

Elle ouvrit de grands yeux.

— Je n'ai pas besoin que tu m'escortes chez moi, même si l'intention est noble.

— Ce n'est pas pour faire preuve de noblesse. C'est par honnêteté envers Khal.

À la mention du nom du cheikh, le remords se peignit sur le visage d'Olivia. Et à vrai dire, étant donné qu'il venait de passer douze heures au lit avec la femme que son meilleur ami avait prévu d'épouser, il devrait en éprouver lui aussi.

— Tu veux réellement que nous lui disions ce qui s'est passé ? demanda-t-elle d'un air incrédule.

— Je lui parlerai seul. Tu n'as pas besoin de le voir.

— D'après toi, j'ai besoin que tu parles à ma place ?

Elle le foudroya du regard.

— Je suis parfaitement capable de m'expliquer moi-même.

— Si tu l'étais, rien de tout cela ne serait arrivé.

Il secoua la tête, furieux. Cette situation était ridicule.

— Tu as des remords, je vois.

— Il faut bien que l'un de nous deux en ait. Tu as l'intention d'aller le voir et d'accepter de l'épouser à peine sortie de mon lit ?

— C'est vraiment ce que tu penses de moi ? demanda-t-elle avec un calme inquiétant. Tu crois me connaître ?

— J'essaye, en tout cas. Mais tu ne me facilites pas les choses.

— Et que vas-tu lui dire ? Puisque tu as visiblement réfléchi au problème.

— Que nous avons couché ensemble, bien sûr. Je ne peux pas laisser ce mariage avoir lieu sans qu'il soit au courant.

— Quoi ? Le mettre au courant revient à annuler les fiançailles avant même qu'elles aient eu lieu. Tu en es conscient, je suppose ?

Pourquoi ce revirement ? Il y a deux jours tu étais déterminé à faire tout ton possible pour que ce mariage se produise.

— Ai-je vraiment besoin de t'expliquer ce qui a changé ?

— Oui.

Il réprima un soupir.

— Tu as passé la nuit avec moi, Olivia. Et je t'ai pris ta virginité.

— Ce n'est pas une explication valable.

Elle s'éloigna de quelques pas avant de se retourner et de lui lancer un regard de défi.

— Tu l'as dit toi-même. C'était purement sexuel.

Il soutint son regard. Bien sûr, c'était purement sexuel, mais il ne lui avait pas menti quand il lui avait dit que ce n'était pas toujours aussi intense.

— Ce n'est jamais aussi simple quand c'est la première fois, répliqua-t-il en se traitant mentalement de lâche.

— Ça, c'est à moi d'en décider.

— Tu n'aurais pas besoin de décider de quoi que ce soit si j'avais quitté la piscine cette nuit comme j'aurais dû le faire.

Elle roula les yeux.

— Réaction typiquement machiste. Cette nuit, c'est aussi *mon* choix. J'en avais envie autant que toi. J'avais envie de *toi*. Tu ne m'as pas *pris* ma virginité. Je te l'ai donnée librement.

Les cheveux d'Olivia flamboyaient sous les rayons du soleil. Elle était magnifique. Une femme puissante et déterminée. Ne lui avait-il pas dit qu'elle devait libérer la femme qui couvait en elle ?

Un bruit caractéristique troubla le silence qui régnait autour d'eux. Roman regarda par la baie vitrée. Un hélicoptère rouge sur lequel étaient visibles les armoiries de Monteverre approchait. « J'avais envie de toi. » Les paroles d'Olivia résonnaient dans son esprit. Pourquoi se mentir ? S'il voulait dire à Khal ce qui s'était passé entre eux ce n'était pas seulement par loyauté. Il connaissait assez bien son ami pour savoir qu'il renoncerait immédiatement au mariage. Or il avait encore envie d'elle. Avec elle, une nuit ne suffisait pas. Elle était la meilleure et la pire chose qu'il avait jamais volée. Et il avait envie de la garder auprès de lui jusqu'à ce qu'ils aient épuisé leur désir mutuel. Était-il vraiment égoïste à ce point ? Était-il prêt à éliminer Khal du tableau juste pour avoir le temps de se lasser d'elle ? Il se passa la main dans les cheveux, déstabilisé par ses propres réactions.

— Et si je te disais que j'ai l'intention de refuser ce mariage ?

Derrière lui la voix d'Olivia était calme, étrangement hésitante après la fermeté dont elle venait de faire preuve dans ses propos.

— Tu m'as dit que tu tenais à rester loyale envers ton pays.

— Oui, mais c'était avant de prendre le contrôle de ma vie. Je n'ai pas envie de revenir en arrière.

Elle se mordit la lèvre.

— Cette nuit avec toi… Ça m'a fait prendre conscience que je peux attendre davantage de la vie. Que j'en attends davantage.

— Je ne peux pas te donner ce que tu attends, s'empressa-t-il de rappeler, pris de panique devant l'émotion qui se lisait sur son visage. Si tu es prête à risquer ton avenir dans l'espoir de vivre autre chose qu'une aventure éphémère avec moi, tu es beaucoup plus naïve que je ne le pensais.

En la voyant pâlir, il se détesta. Il était vraiment une ordure de la pire espèce. Mais l'entendre parler avec une telle émotion des moments qu'ils avaient passés ensemble l'oppressait. Ça l'incitait à dire les pires horreurs pour qu'elle s'arrête. Pour qu'elle le voie tel qu'il était réellement. C'était ridicule et complètement immature, mais il ne pouvait pas plus s'empêcher de réagir de cette manière que de voir des revolvers là où il n'y en avait pas.

Olivia refoula ses larmes. Pas question de laisser voir à Roman à quel point il l'avait blessée. Elle plongea le regard dans le sien.

— Je vais retourner seule au palais. J'espère que tu respecteras ma vie privée et que tu resteras discret sur cette nuit. J'estime avoir au moins droit à ça.

— Je n'ai jamais dit que je ne te respectais pas, protesta-t-il d'un ton vif.

— Bien. Dans ce cas, nous avons un accord.

Elle se dirigea vers la baie vitrée ouvrant sur la terrasse pour regarder l'hélicoptère atterrir. Une assistante qu'elle connaissait en descendit et se dirigea vers la villa.

— Au revoir, donc.

Elle n'avait pas envie de se retourner vers lui, mais si elle ne le faisait pas elle le regretterait toute sa vie. Elle le savait. S'efforçant de contenir sa colère, elle déclara d'une voix égale :

— Merci de m'avoir accueillie dans ton lit parmi tant d'autres.

Il eut une moue cynique.

— Je t'en prie. J'aurai toujours le plaisir de savoir que pour toi j'étais le premier.

— Tu parles déjà au passé… C'est très honnête de ta part.

— J'ai toujours été honnête avec toi, répliqua-t-il sèchement. Je ne t'ai jamais caché quel genre d'homme je suis.

— Cette nuit… J'ai eu l'impression que les choses étaient différentes. Que nous étions l'un et l'autre différents.

— Tout semble différent dans le feu de la passion, *printsessa*.

Le silence qui suivit fut sans doute très bref, mais elle eut l'impression qu'il durait une éternité. Si seulement il pouvait ajouter quelque chose… Juste laisser entendre qu'il n'était pas aussi indifférent qu'il en avait l'air… Avait-elle donc vraiment imaginé que cette nuit avait été exceptionnelle pour tous les deux ? Il se détourna et s'éloigna d'elle. Chacun de ses pas lui serrait un peu plus le cœur, réduisant à néant le peu d'espoir qui lui restait. L'espace d'un instant, elle eut l'impression qu'il faisait une pause sur le seuil de la cuisine et qu'il s'apprêtait à dire quelque chose. Mais il reprit aussitôt sa marche et disparut dans le couloir. Elle déglutit péniblement. C'était si douloureux de savoir qu'elle n'avait été qu'une femme parmi d'autres dans son lit. Elle voulait être *la* femme. La seule. Après l'avoir entendu répéter encore et encore qu'il n'était pas ce genre d'homme ? Était-elle donc stupide à ce point ?

Bien sûr, pas une goutte de vodka sur ce fichu bateau au moment où il en avait besoin ! Roman reposa la bouteille vide sur le bar d'un geste rageur, et elle se brisa.

— *Chert voz'mi !*

Il mit la main au-dessus de l'évier alors que les premières

gouttes de sang commençaient à couler. Ce n'étaient que des blessures superficielles.

— Maudit soit celui qui est chargé d'approvisionner le bar !

— En principe, c'est moi.

Roman se tourna vers Jorge, qui venait d'apparaître dans l'encadrement de la porte, le visage inquiet.

— Je suis venu voir si tu voulais que je ferme la villa.

— Fais ce que tu veux. Je ne traînerai pas assez longtemps dans les parages pour vérifier.

— Je vois qu'Olivia nous a quittés...

— Je ne veux pas parler d'Olivia. Je veux passer le reste de mes vacances à me détendre sur mon fichu bateau. Seul.

— Avec de la vodka ?

— Oui, avec de la vodka. Ça pose un problème ? Je suis adulte, et tu n'es pas mon père.

— Non, en effet. Mais tu as laissé entendre plusieurs fois que tu me considérais plus ou moins comme un ami.

Roman grogna tout en enveloppant sa main dans un torchon.

— Je peux te parler franchement ? demanda Jorge.

— Tu ne te prives jamais.

Le majordome esquissa un sourire, croisa les bras et prit une profonde inspiration avant de déclarer :

— Je pense que tu souffres.

— Crois-moi, j'ai vécu des moments plus durs. Je m'en remettrai.

— Je ne parle pas de tes coupures à la main.

— Moi non plus.

— Le Roman que je connais n'accepterait pas la défaite aussi facilement. Tu n'es pas assez stupide pour renoncer à ce que tu veux par orgueil.

— Ce n'est pas parce que je veux quelque chose que je dois nécessairement l'obtenir. L'expérience me l'a appris, Jorge. Elle mérite quelqu'un de mieux que moi.

— Elle t'aime.

— Non. Elle est amoureuse de l'idée qu'elle se fait de l'amour. C'est tout.

— Je l'ai vue monter à bord de cet hélicoptère et, crois-moi, je sais reconnaître une femme au cœur brisé quand j'en vois une.

— Eh bien, ce n'est pas ma faute. Je ne lui ai jamais caché quel genre d'homme je suis.

— L'homme que tu es ne se répandrait pas en injures contre une bouteille vide s'il n'était pas profondément perturbé par quelque chose. Ou quelqu'un.

— Jorge, il faut ajouter la psychanalyse à la longue liste de tes compétences.

— Dis-moi que je me trompe. Dis-moi qu'elle n'est rien pour toi, et je remplis ce bar de vodka avant de te laisser larguer les amarres.

— Elle n'est rien pour moi.

Roman serra les dents. Si seulement il parvenait à y croire ! Si seulement il parvenait à ignorer la colère qui le rongeait.

— Alors, si Khal l'épouse, tu seras là à côté de lui et tu leur présenteras tes vœux de bonheur ? Je vois ça d'ici. Tu pourras leur rendre visite chaque été au Zayyar. Si tu as de la chance, leurs enfants t'appelleront peut-être « mon oncle ».

Roman foudroya du regard son majordome.

— Ah, voilà. C'est exactement la réaction que j'attendais, commenta Jorge.

— Ce n'est pas parce que j'estime que ce mariage n'est pas le bon choix pour eux qu'il faut en déduire qu'il y a autre chose. Je connais Khal. Je sais qu'il ne serait pas heureux avec une femme comme Olivia. Elle est trop aventureuse, trop imprévisible. Elle veut voir le monde, être surprise par la vie. Pas échanger un palais prison pour un autre.

— Et tu en as discuté avec elle ?

Roman se percha sur un tabouret et resserra le torchon autour de sa main. Jorge avait raison. Il n'avait pas dit à Olivia ce qu'il pensait de ce mariage. Il avait passé la moitié de son temps à tenter de la convaincre d'épouser Khal et l'autre moitié à tenter de le lui faire oublier. Comment s'étonner qu'elle l'ait fui une fois de plus à la première occasion. Depuis le début il s'y était très mal pris avec elle. Une femme comme Olivia n'était pas faite pour un homme comme lui. Elle était trop généreuse et trop bienveillante pour un homme aussi insensible que lui. Elle méritait d'être aimée. Elle méritait le bonheur de conte de fées dont elle rêvait. Et, s'il ne pouvait pas le lui offrir lui-même, il allait faire en sorte qu'elle ait une chance de le trouver ailleurs.

— Je prépare le bateau pour le départ ? demanda Jorge d'un ton plein d'espoir.

Roman hocha la tête, et Jorge fila aussitôt. Il fallait absolument qu'il l'augmente, songea-t-il en regardant les vagues qui se brisaient au pied du phare.

Ce mariage n'aurait pas lieu. Il allait tout faire pour l'empêcher.

11

La première chose que Roman remarqua en arrivant dans la suite du cheikh au dernier étage de l'hôtel, ce fut le silence absolu qui y régnait. Un garde solitaire le fit entrer avant de retourner se poster dans le couloir. Il n'y avait pas de majordome pour prendre son manteau et annoncer sa présence. En fait il n'y avait personne, ni dans les couloirs ni dans les pièces. Il était sur le point de renoncer quand il arriva dans une vaste salle à manger donnant sur la campagne verdoyante de Monteverre. Assis seul à la table, dos tourné, Khal contemplait la vue.

Roman s'éclaircit la voix. De toute évidence il interrompait un moment de méditation. Il aurait dû téléphoner pour prévenir de son arrivée.

— Roman, dit Khal en se retournant, ça, c'est une surprise.

Roman avait eu le temps de remarquer l'air sombre de son ami avant qu'il le reconnaisse. Que se passait-il ? Inutile de poser la question, il se heurterait à un mur. Ils se ressemblaient beaucoup, Khal et lui.

— Il faut que je te parle, déclara-t-il en prenant conscience que ça risquait d'être beaucoup plus difficile qu'il ne l'avait prévu. Par où commencer ? Il était arrivé tout feu tout flamme, prêt à tout pour empêcher ce mariage ridicule. Mais comment expliquer à son meilleur ami non seulement qu'il avait manqué à sa parole, mais qu'il l'avait fait de la pire manière ? Au lieu de ramener la princesse à Monteverre pour qu'elle se fiance avec Khal, il...

Eh bien, il était devenu la proie d'une passion si intense qu'elle n'était pas loin de virer à l'obsession. Il n'avait pas cessé une seconde de penser à Olivia depuis son départ. Des souvenirs d'elle l'assaillaient à chaque instant. S'il fermait les yeux il pouvait presque sentir son parfum, entendre son rire... Elle le rendait fou comme aucune femme avant elle. Le fait qu'il ait choisi de ne pas se battre pour la garder était même une preuve de la profondeur de ses sentiments pour elle. Il n'était pas venu pour la récupérer. Il était venu pour la libérer.

Les yeux fixés sur lui, Khal se cala dans son fauteuil et posa les pieds sur la table en marbre.

— Parle, je t'écoute.

— La princesse n'est pas l'épouse qu'il te faut.

— Tu sembles très sûr de toi.

— Je le suis. Et j'aimerais que tu tiennes compte de mon avis. Il y a des choses plus importantes que la politique dans la vie.

— Comme l'amitié, peut-être ? suggéra le cheikh d'un ton étrangement sarcastique.

— Je parlais plutôt du bonheur personnel.

— Je suis touché, Roman. Sincèrement.

— J'essaye juste d'adopter la meilleure conduite. Je voudrais t'empêcher de commettre une erreur dont tu subirais les conséquences toute ta vie.

— Si tu adoptais vraiment la meilleure conduite, tu me dirais la vérité. Vois-tu, il est inutile de te préoccuper de mon bonheur personnel, Lazarov. La princesse Olivia m'a déjà fait part de son refus de m'épouser.

Roman sentit son cœur se serrer.

— Olivia ? Elle est venue te voir ?

— Pas très longtemps avant toi, en fait. Et, curieusement, quand elle parle de toi elle a le même regard que celui que tu as de ton côté quand je prononce son nom.

Accablé de remords, Roman sentit son estomac se nouer alors

que son ami se levait et dardait sur lui un regard froid qu'il ne lui avait jamais vu.

— J'essaye de contenir ma colère, Roman, parce que je ne veux pas tirer de conclusions hâtives. Mais j'ai du mal. Trois mois de préparation. L'avenir de deux royaumes dans la balance. Et, après quelques jours en ta compagnie, elle veut tout laisser tomber.

Roman resta silencieux. Le regard de son vieil ami indiquait en effet qu'il avait du mal à se maîtriser. Il ferait mieux de s'en aller avant que les choses s'enveniment davantage. Olivia avait déjà refusé sa demande en mariage. Il n'avait plus rien à faire ici. Mais quelque chose le clouait sur place. Il imaginait le roi Fabian planifiant la vie d'Olivia pendant des mois avant de la prévenir au dernier moment de ses fiançailles imminentes. Utilisant une femme innocente comme un pion dans son jeu d'alliances politiques. Cet homme était assez insensible pour vendre sa fille au plus offrant. Comme si elle était un bien, plutôt que la chair de sa chair. Ces calculs sordides révoltaient l'enfant des rues qui sommeillait en lui et lui donnait envie de demander justice.

— Dis-moi une chose, déclara-t-il d'un ton très calme. Au cours de ces trois mois de préparation, as-tu seulement pensé à consulter la femme en question pour savoir si elle était d'accord pour un mariage politique ?

Le visage de Khal se durcit. Il n'y avait personne pour les voir ou les entendre. Ni gardes ni domestiques. Rien ne les obligeait à respecter les convenances. Ils étaient juste deux hommes face à face.

— Je vais te poser la question à toi, parce que je trouvais déplacé de la poser à une femme, dit Khal dans un murmure. As-tu couché avec elle, Roman ?

— Oui, répondit Roman d'une voix ferme. Et je n'ai pas l'intention de présenter des excuses. Ni à toi, ni à son père, ni à personne.

— C'est très réconfortant de voir que tu éprouves des remords...

— Ce n'est pas un objet, Khal. Elle n'est ni à moi ni à toi. Elle est capable de choisir elle-même sa vie. Ce que tu saurais si tu avais pris la peine de la traiter comme un être humain responsable.

— À l'instant le problème ce n'est pas elle, c'est toi.

Khal fit un pas en avant et écrasa l'index contre l'épaule de Roman.

— Tu as été incapable de te contrôler. Reconnais-le. Tu as eu envie d'une femme et tu as couché avec elle. La princesse sait-elle qu'elle n'est qu'un nom parmi d'autres dans la longue liste de tes maîtresses ? À moins que vous ne soyez aussi égoïstes et impulsifs l'un que l'autre ?

Roman se pencha en avant. Son visage n'était plus qu'à quelques centimètres de celui de Khal.

— Elle n'a rien à voir avec moi. Elle est généreuse et bienveillante. Elle mérite un homme auprès de qui elle trouvera tout ce que ni toi ni moi nous ne pourrons jamais lui offrir.

La colère laissa place à la stupéfaction sur le visage de Khal. Il s'écarta de Roman et se tourna vers la fenêtre. Plusieurs minutes s'écoulèrent dans un silence de mort. Puis un sifflement étouffé échappa à Khal.

— Je n'arrive pas à y croire... Tu es amoureux d'elle.

Roman regarda à son tour par la fenêtre, sans rien voir.

— Ne sois pas ridicule. Tu sais bien quelle place occupent les femmes dans ma vie.

Le rire de Khal résonna dans la pièce.

— Je n'aurais jamais imaginé voir ça un jour. Roman Lazarov privé de son légendaire self-control par l'amour.

Roman secoua la tête.

— Je ne suis pas du genre sentimental. J'estime simplement qu'Olivia n'a pas été traitée correctement et je veux que cette erreur soit réparée.

— Pauvre idiot. Malheureusement, l'amour n'est pas quelque chose qu'on peut choisir de ressentir ou pas. Crois-moi, je suis bien placé pour le savoir.

— Je ne suis pas comme toi, Khal. Je ne suis pas fait pour la vie de famille.

Roman inspira profondément. C'était le moment de dire tout haut ce qu'il pensait depuis longtemps sans oser le formuler.

— Il suffit de voir le résultat quand je protège une femme à laquelle je tiens. Ma sœur, ta femme… Je détruis tout. Depuis toujours. Je ne suis tout simplement pas l'homme qu'il lui faut.

En principe, prononcer le nom de la défunte épouse de Khalil suffisait à mettre fin à la conversation. Mais, à la grande surprise de Roman, Khal posa la main sur son épaule.

— Ce n'est pas ta faute si Priya a été tuée. Tu ne peux pas endosser la responsabilité de tout ce qui se passe mal autour de toi.

— Et le Zayyar ? Ce mariage faisait partie de ton grand projet et maintenant il est à l'eau.

— Peut-être pas. Quand Olivia s'est enfuie, le roi et moi nous avons discuté d'une éventuelle solution de rechange.

Roman resta silencieux un instant.

— La princesse la plus jeune ?

Khal haussa les épaules.

— Si elle est d'accord. Sinon, j'aviserai. Comme toujours.

Roman hocha la tête avec soulagement.

Debout devant son dressing, Olivia posa le diadème d'émeraudes sur sa tête pour la dernière fois. Elle se regarda dans le miroir avec un mélange de tristesse et d'excitation. Après ce soir, tout allait changer.

Même si en réalité tout avait déjà changé pour elle. Quelqu'un allait-il remarquer sa métamorphose intérieure ? Mais quelle importance ? Pour la première fois de sa vie, elle se moquait de l'image qu'elle allait donner. Dès demain elle renoncerait à son droit de succession au trône et elle prendrait la direction de la Fondation de Mimi. Elle en avait terminé avec son rôle de potiche. Le moment était venu pour elle d'assumer enfin de véritables responsabilités dans le but d'améliorer la vie des plus défavorisés, comme elle en rêvait depuis toujours. Elle quitta sa suite et descendit le grand escalier. Dommage qu'elle ne soit pas tout à fait en état de savourer pleinement la joie de prendre enfin sa vie en main. Peut-être plus tard. Pour l'instant, malheureusement, elle n'était pas aussi exaltée qu'elle le devrait.

À cause d'un homme à qui elle avait donné son cœur en plus de sa virginité. Un homme qui lui avait pourtant répété plus d'une fois qu'il n'attachait de valeur ni à l'un ni à l'autre. À présent elle savait que les âmes sentimentales ne pouvaient pas choisir d'ignorer leurs aspirations. Malgré tous ses efforts pour se raisonner, elle ne pouvait pas s'empêcher d'avoir soif d'amour…

La salle de bal du palais ne lui avait jamais paru aussi somptueuse. En arrivant parmi la foule, elle s'appliqua à sourire et à redresser les épaules. C'était la dernière fois qu'elle jouait ce rôle de princesse. Dès demain, elle commençait une nouvelle vie. Sa vraie vie. Le cheikh n'avait pas été aussi hostile qu'elle s'y attendait. En fait, pendant qu'elle lui expliquait les raisons de son refus, il lui avait plutôt paru songeur. Et, quand il lui avait demandé si Roman l'avait bien traitée, elle avait cru percevoir un sous-entendu dans sa question. Mais c'était sans doute son imagination. Bien sûr elle n'était pas entrée dans les détails. Elle tenait à garder secrète son aventure avec Roman pour éviter qu'elle soit abîmée par le jugement des autres. Pour le reste, après avoir fait part de sa décision au cheikh elle s'était sentie beaucoup plus légère. Elle avait pris son destin en main, et ce mariage n'aurait pas lieu.

Cependant elle n'était pas assez naïve pour croire que le plus dur était fait. Au moment où cette pensée lui traversait l'esprit, elle vit son père à l'autre bout de la salle de bal. Il la regardait. Ils ne s'étaient pas encore vus, mais il avait dû parler avec le cheikh. Il devait savoir qu'elle avait refusé de l'épouser et il devait réfléchir à une punition digne de cette trahison. Qu'il réfléchisse. Il n'avait plus aucun pouvoir sur elle.

Une soudaine agitation parmi la foule attira son attention. Elle vit un homme descendre les marches flanqué de deux gardes royaux zayyaris vêtus de blanc et de pourpre, qui écartaient les gardes du palais sur son passage.

Roman.

Hébétée, elle vit l'homme qu'elle aimait avancer vers elle, vêtu d'un smoking.

— Que fais-tu ici ? lança-t-elle, les jambes tremblantes.

— Ravi de te revoir moi aussi, *milaya moya*.

Cette voix... Comme elle lui avait manqué... Elle n'avait quitté Isla Arista que depuis vingt-quatre heures, mais elle avait l'impression de ne pas l'avoir vu depuis une éternité. Il ouvrit la bouche, mais la voix retentissante de son père qui se dirigeait vers eux à grands pas l'empêcha de parler.

— Gardes ! Jetez ce criminel dehors immédiatement !

Le roi Fabian était livide, avec deux taches rouges sur les joues. Il s'immobilisa à quelques pas de Roman. On n'entendait plus un bruit dans la salle à moitié vide, tous les invités n'étant pas encore arrivés.

— Votre Majesté, j'espérais justement pouvoir vous parler ce soir, déclara Roman en s'avançant vers le roi.

Olivia posa la main sur son bras pour l'arrêter.

— C'est mon combat, pas le tien, dit-elle avant de se tourner vers son père.

— Le cheikh m'a informé que tu avais refusé sa demande en mariage après ta petite escapade avec ce criminel, fit le roi Fabian d'un ton cinglant. Vu les regards langoureux qu'il te lance, je devine pourquoi.

Roman laissa échapper un grondement, mais il ne dit rien.

— Père, j'avais prévu d'avoir cette discussion avec toi à un moment plus approprié, déclara-t-elle en jetant un coup d'œil autour d'eux.

Les gardes du palais avaient rassemblé les invités à l'autre bout de la salle pour permettre à la famille royale de discuter en toute discrétion. Soulagée, elle s'apprêtait à poursuivre quand son père la devança.

— Il n'y a plus rien que tu puisses dire pour te racheter. J'espère qu'il vaut la peine que tu renonces à ta place dans cette famille pour lui.

— Il n'a rien à voir avec ma décision de renoncer à ma place, répliqua-t-elle tandis que Roman plissait le front d'un air perplexe. Enfin si, mais pas pour les raisons que tu imagines.

Elle prit une profonde inspiration avant d'ajouter :

— En renonçant à mon droit de succession au trône, je me suis libérée de ton autorité. Pour moi c'est beaucoup plus précieux que le titre de princesse.

Ce fut au tour de Roman de poser la main sur son bras.

— Olivia, tu n'es pas obligée de faire ça.

— Si. Vois-tu, mon père a pris en mon nom des décisions bien plus lourdes de conséquences que celles-ci.

Elle se tourna de nouveau vers son père.

— Par exemple il y a dix ans, quand j'ai hérité de la fondation de ma grand-mère et que j'en suis devenue l'unique propriétaire, il m'a fait signer un document par lequel je renonçais à mes droits en sa faveur. À seize ans, je n'ai pas mesuré la portée de ce document. Aujourd'hui, je la mesure. Et je sais qu'en me retirant de l'ordre de succession au trône j'échappe à son autorité et je prends le contrôle de ma vie. Je vais enfin pouvoir me consacrer réellement à l'aide aux plus démunis.

— Tu ne peux pas faire ça. Tu ne peux tout simplement pas quitter cette vie, insista son père avec un petit rire cruel.

— C'est déjà fait, père. Au cours des derniers mois j'ai étudié tous les aspects juridiques du dossier avec l'aide de conseillers extérieurs au palais. Dès mon renoncement au trône, je redeviens automatiquement l'unique propriétaire de la fondation. Comme l'a prévu Mimi dans son testament.

Son père la regarda avec un mépris qui lui serra le cœur. Il ne supportait pas qu'elle agisse contre sa volonté. Quant à son bonheur, il s'en moquait éperdument.

Roman avait écouté le discours d'Olivia avec stupeur, mais il n'avait plus tenté de parler à sa place. Il n'était pas non plus intervenu quand elle avait tourné les talons après avoir terminé. Il s'attarda un instant face à son père. Lui dire tout ce qu'il pensait de lui était terriblement tentant. Mais Olivia avait géré la situation avec l'élégance et la dignité d'une véritable princesse. Ce qu'elle était. Il n'y avait rien à ajouter.

Il tourna les talons à son tour et suivit la femme qu'il aimait, ignorant les insultes en catalan qui fusaient derrière lui. Il la rejoignit sur la terrasse après avoir demandé aux deux gardes zayyaris que Khal avait mis à sa disposition de veiller à ce qu'ils ne soient pas dérangés.

Dos tourné, elle regardait la lune qui se reflétait dans le grand bassin du parc. Il s'immobilisa à côté d'elle et posa la main sur son bras. Il avait besoin de la toucher. C'était plus fort que lui. Elle eut un mouvement de recul qui lui serra le cœur.

— Tu es furieuse contre moi… bien sûr, c'est normal, murmura-t-il en priant pour qu'elle le regarde.

Elle croisa les bras et resta silencieuse, les yeux fixés droit devant elle.

— Je suis venu ici pour voler à ton secours, reprit-il. Il ne m'est pas venu à l'idée un seul instant que tu étais parfaitement capable de te défendre toute seule.

— Heureuse de t'avoir surpris, commenta-t-elle d'un ton sarcastique en se tournant enfin vers lui.

— Olivia… Je suis venu ici pour m'assurer que le mariage serait annulé. Je me disais que je le faisais pour toi, pour t'empêcher de commettre une erreur dont tu subirais les conséquences toute ta vie. Mais à présent je sais que je me mentais à moi-même.

Il posa une main sur la balustrade en prenant soin de ne pas se rapprocher d'elle.

— Ce que je t'ai raconté sur mon passé, je ne l'ai jamais raconté à personne.

Il tourna le regard vers le bassin.

— Quelque chose en toi me pousse à me confier à toi. À te faire confiance, moi qui me méfie de tout le monde. Et, pour être honnête, ça m'a terrorisé.

— Oh ! Roman…

Elle posa la main sur son bras, mais il l'écarta doucement.

— Attends. Toute la soirée j'ai pensé à ce que je te dirais quand j'arriverais ici.

Il prit une profonde inspiration.

— Depuis des années - des dizaines d'années - je m'en veux pour le meurtre de ma sœur par un homme en qui j'avais confiance. Elle a été tuée devant moi par Alexi, qui voulait me donner une leçon.

Olivia se couvrit la bouche avec les mains, et des larmes jaillirent de ses yeux. Il sentit son cœur se serrer. Ce n'était pas du tout ce qu'il avait prévu. Il n'avait pas l'intention de la bouleverser. Il avait juste besoin qu'elle comprenne. Il lui prit les mains et les embrassa.

— Non, s'il te plaît, ne pleure pas. Tout mais pas ça.

Il plongea le regard dans le sien.

— Si je te raconte ça, c'est parce que je veux que tu comprennes pourquoi je suis aussi dur et froid. Ce monstre voulait que je voie l'amour comme une faiblesse. Pour pouvoir me briser et me contrôler plus facilement. À mon insu, cette leçon est restée incrustée en moi pendant vingt ans. Je suis resté sous l'influence de cet homme, même après sa mort.

— Tu es si courageux d'avoir surmonté ça... D'être devenu ce que tu es aujourd'hui.

— Ma réussite n'a aucune valeur tant que je reste seul.

Il retint son souffle, s'efforçant de se cuirasser contre un éventuel rejet. Elle était d'une beauté renversante avec sa chevelure flamboyante éclairée par les lumières du parc. Sa robe de soie émeraude était sublime, mais même en haillons il la trouverait splendide. Il l'avait toujours trouvée belle. Très belle. Mais à présent qu'il la connaissait mieux, à présent qu'il savait quelle âme se dissimulait sous cette enveloppe séduisante... Il la trouvait encore plus belle. Dix mille fois plus belle.

— Je suis venu te dire que je t'aime, Olivia. Je n'avais pas conscience d'avoir besoin de toi à ce point. Je l'ai découvert quand je t'ai imaginée au bras d'un autre homme. N'importe quel autre homme. L'idée de te voir mariée avec des enfants... C'est odieux. Je ne supporte pas l'idée que tu puisses épouser quelqu'un... À part moi.

Le cœur d'Olivia fit un bond dans sa poitrine.

— C'est une demande en mariage ?

— Je n'avais pas prévu de la faire comme ça, aussi vite...

Elle n'avait jamais vu l'homme qu'elle aimait aussi solennel... et aussi peu sûr de lui.

— J'ai été tellement odieux..., poursuivit-il de la même voix hésitante. Je comprendrais que tu te sentes incapable de me faire confiance.

Elle secoua la tête en souriant.

— Je t'ai fait confiance dès l'instant où tu m'as proposé de m'emmener.

— Petite inconsciente...

Il sourit, mais le doute subsistait dans son regard.

— Mais l'amour ? dit-elle en se rapprochant de lui et en posant la main sur le revers de sa veste de smoking. Il est venu plus tard. Quand j'ai commencé à te connaître vraiment. Quand j'ai vu l'homme qui se cachait sous cette cuirasse peu engageante, je suis tombée amoureuse de lui. Je suis tombée éperdument amoureuse de toi.

Roman la prit enfin dans ses bras et l'embrassa avec fougue en la serrant étroitement contre lui. C'était si bon d'être de nouveau dans ses bras...

— Tu es sûr de vouloir m'épouser ? demanda-t-elle quand il finit par s'arracher à sa bouche. Ça ne te gêne pas que je ne sois plus une princesse ?

Elle eut un sourire mutin qu'il s'empressa d'embrasser.

— Je pense que je parviendrai à me contenter d'une épouse simple propriétaire d'une fondation. Si de ton côté tu n'es pas trop déçue que je ne gouverne pas un royaume ?

Elle fit mine de réfléchir, puis elle déclara d'un ton solennel :

— Je t'aime, Roman Lazarov. Rien ne pourrait me rendre plus heureuse que de devenir ta femme.

Le baiser qui scella leur engagement fut ardent et plein de promesses. Elle le ponctua d'un petit soupir de pur contentement en enveloppant d'un regard éperdu le visage de l'homme qu'elle aimait.

L'homme qu'elle s'était choisi.

AMANDA CINELLI

Promise par devoir

INTÉGRALE
MARIAGES À MONTEVERRE

Traduction française de
ÉLISABETH MARZIN

SAGAS
HARLEQUIN

Titre original :
CLAIMING HIS REPLACEMENT QUEEN

Ce roman a déjà été publié en 2020.

1

« Je préférerais mourir plutôt que de rester ta femme une minute de plus. »

Khal se réveilla en sursaut et regarda autour de lui avec perplexité. Le décor raffiné de la cabine du jet royal n'avait rien à voir avec le désert… C'était juste un rêve. Toujours le même… Il se cala dans son siège tandis que son cœur retrouvait son rythme normal. *Bon sang !* Les dernières paroles que lui avait adressées sa femme étaient revenues le tourmenter…

Il détacha sa ceinture, se leva et s'étira. Il aurait pu choisir de dormir dans une des trois chambres du jet mais, dernièrement, il ne trouvait pas facilement le sommeil. Les rêves étaient de retour. Ces rêves qui l'avaient harcelé sans fin après la mort de Priya. C'était le stress qui semblait les déclencher. Il fallait dire que les dernières semaines n'avaient pas été particulièrement sereines.

Il pressa un bouton sur le panneau voisin de son siège. Comme par enchantement, deux hôtesses apparurent au bout de la cabine. Un plateau sur lequel se trouvaient des serviettes chaudes et de l'eau glacée fut placé sur la table la plus proche. Son siège fut redressé et une cafetière pleine posée sur une autre table.

— Ce sera tout, merci, déclara-t-il en faisant signe aux deux femmes qu'elles pouvaient s'en aller.

L'une d'elles tressaillit et il se retint de rouler les yeux. Elles quittèrent la cabine à pas précipités et disparurent derrière le rideau. De nouveau seul. Ce qu'il préférait.

La plupart des membres de son personnel le connaissaient assez bien pour ne pas tenir compte des rumeurs qui s'étaient répandues à la mort de sa femme. Des rumeurs calomnieuses qu'il avait dû combattre alors même qu'il était accablé de chagrin. Dans l'ensemble il avait réussi à les enrayer, mais des bruits couraient encore et l'idée qu'il était un homme cruel persistait. Mais après tout, être redouté avait des avantages. Cela lui permettait de garder ses distances et de fuir les mondanités. Il n'organisait jamais de réceptions et il refusait la plupart des invitations qu'il recevait.

Du moins, jusqu'à récemment.

Khal ouvrit son ordinateur portable et parcourut une série d'articles datant de la semaine précédente, sélectionnés dans les médias internationaux par son service de presse. « Amours princières : l'histoire la plus romantique de la décennie », proclamait un titre. Une histoire en or pour les journalistes. La princesse Olivia, du minuscule royaume de Monteverre, avait renoncé à son titre pour épouser un homme jugé indigne d'elle par sa famille. Sur la photo accompagnant l'article, la belle rousse marchait main dans la main avec Roman Lazarov. Quel cruel caprice du destin... La femme qu'il avait fini par choisir pour seconde épouse, la solution aux difficultés que traversait son pays, lui avait été soufflée au dernier moment. Et par son meilleur ami, pour tout arranger.

Se remarier n'avait jamais fait partie de ses projets. Le jour de son mariage il était un jeune homme naïf, confiant en l'avenir. Cette version de lui-même n'était plus. Il n'avait pas envie de trouver une « femme qui recolle les morceaux de son cœur », comme il l'avait souvent entendu dire par sa mère et sa sœur quand elles se croyaient hors de portée de voix. Grâce à sa sœur, il avait deux neveux qui, le moment venu, perpétueraient le nom Al-Rhas. Par conséquent, il avait longtemps estimé ne pas avoir besoin de se remarier. Puis il avait dû se rendre à l'évidence. Les rumeurs entourant la mort de sa femme affectaient son image sur la scène internationale. Son pays vivait en paix depuis plus de vingt ans. Son père et son grand-père avaient ramené la prospérité dans leur petit royaume du Moyen-Orient, un temps au bord de la faillite. Pour sa part, il ne cherchait pas la gloire ni une place dans les livres d'histoire, mais il refusait qu'on se souvienne de lui comme étant le cheikh qui avait détruit tout ce qu'ils avaient accompli.

Réputé pour son esprit méthodique, il avait passé des mois à élaborer un arrangement avec Monteverre, un des royaumes d'Europe les plus anciens et les plus instables financièrement. C'était un accord qui devait résoudre tous ses problèmes. En échange d'une injection de capitaux dans l'économie monteverrienne, ce mariage devait lui apporter l'influence politique et la popularité qui lui manquaient.

Aujourd'hui, le monde entier savait que la princesse Olivia avait renoncé à son titre pour son sulfureux amant russe. Nulle part il n'y avait la moindre allusion à des fiançailles avortées avec le cheikh du Zayyar. Son nom apparaissait très rarement dans les médias et sa photo encore moins. Il payait le prix pour rester à l'abri des paparazzis. Ce qui était une bonne chose, étant donné qu'il était sur le point d'arriver dans un pays étranger sans être annoncé, afin de rencontrer son épouse de substitution.

Il ne savait rien de la benjamine des princesses Sandoval, sinon qu'elle avait étudié en Angleterre pendant des années et qu'elle avait accepté ce mariage de convenance sans grande hésitation. Elle avait même accepté de signer un contrat de fiançailles avant de l'avoir rencontré. Il avait modifié les termes du contrat initial, limitant à cinq ans la durée de ce mariage blanc, qui serait suivi par un divorce à l'amiable avec dédommagement. Cinq ans de liens étroits avec un royaume européen seraient plus que suffisants pour redorer son image. Le divorce était devenu courant dans le monde entier et le Zayyar n'échappait pas à la règle. Il pouvait se réjouir que son plan ne soit pas tombé complètement à l'eau, mais il ne serait pas complètement tranquille tant qu'il n'aurait pas parlé à sa fiancée en personne. Khal passa le reste du vol plongé dans ses pensées. Il ne prit conscience qu'ils avaient atterri que lorsque son pilote annonça la température incroyablement basse qu'il faisait à Londres. C'était la mi-mai, et pourtant il éprouva le besoin de remonter le col de son manteau de laine pour effectuer le court trajet de son jet à la limousine qui attendait sur le tarmac. Heureusement qu'il avait décidé de se changer pendant le vol pour s'habiller à l'occidentale. Les *dishdashas* blanches qu'il portait d'ordinaire étaient parfaites pour la chaleur du désert, mais tout à fait inadaptées au climat frais et humide de l'Angleterre.

Son chef de la sécurité l'attendait dans la limousine. Mais pourquoi cet air nerveux ? Sayyid n'avait jamais l'air nerveux...

— Il y a un petit problème, Votre Majesté.

Khal resta impassible pendant que son fidèle collaborateur lui faisait le compte rendu des dernières vingt-quatre heures de surveillance. Puis il ferma les yeux en réprimant une furieuse envie de donner un coup de poing dans la portière. C'était insensé ! L'histoire ne pouvait pas se répéter à ce point !

— Tu crois qu'elle risque de s'enfuir ?

— C'est l'impression qu'elle donne, Votre Majesté.

Après un long silence, Sayyid s'éclaircit la voix.

— Si vous m'en donnez l'ordre, je fais conduire la princesse au jet immédiatement.

— Tes hommes la suivent ?

— Oui, et elle ne se doute de rien, bien sûr.

Khal hocha la tête en passant la main sur sa barbe naissante. La première fois il avait cru le roi Fabian sur parole et ça ne lui avait pas réussi. Cette fois c'était différent. Il avait envoyé son secrétaire personnel à Londres avec des documents officiels que la princesse avait signés. Il avait pris toutes les précautions nécessaires pour obtenir son consentement avant la conclusion officielle de l'accord. Si elle rompait ce dernier, cela aurait de lourdes conséquences pour son pays. N'en était-elle pas consciente ?

Peut-être se moquait-elle des conséquences. Néanmoins, pour l'instant elle était officiellement sa fiancée. Selon la tradition et les lois en vigueur au Zayyar, c'était comme si elle était déjà son épouse. Il avait le devoir de veiller à sa sécurité. La princesse Cressida avait peut-être changé d'avis au sujet de leur mariage, mais cette fois il n'était pas question d'envoyer quelqu'un d'autre essayer de la ramener à la raison. Il allait s'en charger lui-même.

— Je m'en occupe, déclara-t-il avec un calme qu'il était loin de ressentir. Conduis-moi auprès d'elle.

La plupart des Londoniens ignoraient l'existence de ce club privé, dissimulé derrière la porte noire plutôt banale d'un hôtel particulier de Mayfair. Lorsque Cressida Sandoval descendit sur le trottoir et leva les yeux vers la façade faiblement éclairée, la fraîcheur du vent la fit frissonner. La tentation de battre en retraite pour retrouver la chaleur de la limousine fut très forte. Frank, son loyal chauffeur depuis cinq ans, n'était pas d'accord pour l'attendre dehors, et il avait manifesté sa réprobation en claquant la portière avec vigueur derrière elle.

— Votre Altesse, êtes-vous certaine que vous ne voulez pas que je vous accompagne ? demanda-t-il en triturant nerveusement sa cravate noire.

Cressida se raidit. Elle détestait qu'on lui rappelle ce titre qui la distinguait si nettement de toutes les autres jeunes femmes de vingt-quatre ans en quête d'une nuit de liberté. Elle s'exhorta au calme. Sa liberté dépendait entièrement de la discrétion du chauffeur.

— C'est la première fois que je demande une faveur.

Il secoua la tête.

— Cinq ans à vous conduire de chez vous à Oxford et d'Oxford à chez vous, avec une régularité de métronome, et pour le dernier soir, vous avez décidé de me faire avoir un infarctus ?

— Deux heures de liberté, Frank. C'est tout ce que je demande.

Elle comprenait son inquiétude, bien sûr. S'il lui arrivait quoi que ce soit, il risquait de perdre son poste. Si elle était un peu plus dégourdie elle aurait pris un taxi. Sauf que les princesses ne se déplaçaient pas en taxi. Mais il était vrai qu'elles ne s'esquivaient pas non plus en pleine nuit pour se rendre seules dans des clubs privés. Elle avait dû fausser compagnie à ses deux gardes du corps et supplier Frank de la conduire. Une fois cette parenthèse achevée, elle reviendrait à la réalité. Ou du moins, à la réalité suffocante qu'était devenue sa vie récemment.

La voix de son père résonnait encore dans son esprit :

« Politiquement très important… Ton devoir de princesse… pour le bien du royaume… »

Demain elle redeviendrait la princesse Cressida Sandoval. Elle rentrerait dans son pays après un exil volontaire de cinq ans. Son père, le roi de Monteverre, l'avait à peine écoutée quand elle lui avait parlé de son inscription au doctorat de langues européennes et du poste d'enseignante qu'on lui avait proposé.

— Les princesses ne travaillent pas ni ne donnent des cours, Cressida, avait-il tonné avec son despotisme habituel. Je suis sûr que le cheikh a des tas de vieux livres poussiéreux dans lesquels tu pourras te plonger, comme tu l'as fait pendant ces cinq années où tu as décidé de perdre ton temps.

Le cheikh. Son futur mari.

Elle ne devrait pas éprouver une telle appréhension. Ce n'était qu'un arrangement. Rien de plus. Cinq ans de service, avait dit son père. Quel romantisme… Non que l'amour ait déjà joué le moindre rôle dans sa vie jusque-là, mais quand même… Elle se sentait bien à Londres, incognito, loin des projecteurs. Était-elle vraiment prête à devenir reine ?

Sa nervosité redoubla lorsqu'elle croisa le regard du colosse qui gardait l'entrée du club. Elle prononça le mot de passe qu'elle avait entendu trois jours plus tôt en surprenant une conversation de ses gardes du corps. La porte fut ouverte sans le moindre commentaire, révélant un escalier recouvert d'un épais tapis rouge qui descendait au sous-sol. Elle s'immobilisa un instant, la main sur la rampe en métal chromé, l'estomac noué. Le bruit étouffé de la musique et des conversations montait vers elle, tel le chant d'une sirène.

C'était sa dernière soirée à Londres, se rappela-t-elle en descendant la première marche. Avant que son visage s'étale à la une de toute la presse internationale, elle se devait à elle-même de goûter une dernière fois à la liberté qu'elle avait stupidement considérée comme acquise. En signant les documents qui lui avaient été présentés, elle avait senti les murs se resserrer autour d'elle et le contrôle de sa vie lui échapper. Peut-être était-ce pour cela qu'elle agissait sur un coup de tête pour la première fois de sa vie. C'était plus fort qu'elle. Il fallait qu'elle aille dans un endroit qu'elle ne connaissait pas et qu'elle profite de quelques heures d'anonymat avant d'accomplir son devoir de princesse royale.

Elle était fébrile depuis l'instant où elle avait raccroché après cette conversation téléphonique avec son père. Il savait qu'elle obéirait à ses ordres. Il savait qu'elle était prête à tout pour se sentir à la hauteur de ses sœurs plus âgées. De toute façon, il ne s'agissait pas d'une simple rivalité entre sœurs. Son père n'avait jamais caché qu'elle était celle qu'il aimait le moins. Celle qu'il tolérait tout juste. Son cœur se serra au souvenir du jour fatidique où, à douze ans, elle avait enfin découvert pourquoi...

En bas des marches, elle s'immobilisa à la vue d'une créature pulpeuse vêtue de rouge. C'était elle, comprit-elle tout à coup. C'était son reflet sur les surfaces chromées. Ses cheveux blond cendré, libérés de leur queue-de-cheval habituelle, flottaient autour de son visage. Ses lunettes avaient disparu, remplacées par des lentilles de contact. Quant à son jean et à ses baskets, elle les avait troqués contre une robe rouge très chic et des talons aiguilles trop hauts pour être confortables. Elle avait consacré plus de temps à se documenter pour sa tenue de ce soir que pour son mémoire le plus récent... Elle était très douée pour la documentation. C'était l'application pratique du résultat de ses recherches qui l'angoissait. Mais tout à coup, devant cette image d'elle-même toute nouvelle et plutôt agréable à regarder, elle se sentit un peu plus détendue. Comme si la liberté dont elle rêvait était soudain à sa portée.

L'endroit était beaucoup plus vaste que ne le laissait supposer la façade du bâtiment, et de grands lustres de cristal apportaient une touche vintage au décor ultramoderne. Un orchestre de jazz jouait sur une scène occupant un coin de la salle, à proximité de la piste de danse. De l'autre côté de la salle trônait un long bar dont le fond était tapissé de grands miroirs. Cressida avait l'impression de se retrouver tout à coup dans un vieux film américain en noir et blanc. Ignorant les battements de son cœur, elle se dirigea vers le bar d'une démarche qu'elle espérait assurée. La musique était rythmée mais empreinte d'une sensualité accentuée par la voix rauque d'une chanteuse. Vêtue d'une robe très courte, celle-ci portait de longs gants qui lui montaient au-dessus des coudes. Bien que ce soit un soir de semaine, la piste de danse était pleine. À l'arrière de la salle, Cressida remarqua une zone dont l'accès était protégé par une corde. Certains box étaient occupés par des gens très élégants qui semblaient s'ennuyer à mourir. D'après ce qu'avaient dit les deux gardes du corps dont elle avait surpris la conversation, ce club était réputé pour sa clientèle de célébrités qui y recherchaient l'anonymat. Entrée interdite aux paparazzis.

À proximité de la piste, une célèbre chanteuse monta sur une table et arrosa de champagne les hommes et les femmes qui l'entouraient. Ils se levèrent tous et se mirent à danser et à chanter en riant. Cressida ne put s'empêcher de sourire. Si elle en avait envie, elle pourrait très bien se mêler à la foule sur la piste et danser elle aussi sans que personne ne la remarque. Elle préféra s'asseoir au bout du bar, un peu à l'écart. Bientôt elle serait sans doute obligée de demander l'autorisation avant de faire quelque chose d'aussi osé que de danser en public... Son sourire s'estompa. Elle pourrait refuser ce mariage, bien sûr. On n'était plus au Moyen Âge, et personne ne la traînerait de force jusqu'à l'église pour la marier contre sa volonté. Elle aimait tant la vie simple qu'elle menait à Londres depuis cinq ans ! Mais elle savait depuis toujours que les membres de la famille royale de Monteverre ne pouvaient pas occuper des emplois rémunérés. Elle n'était pas destinée au métier merveilleusement normal d'enseignante, même si elle avait été ravie qu'on lui propose un poste. Elle avait des devoirs envers le peuple de Monteverre.

Ne se sentant pas assez sûre d'elle pour boire quelque chose de plus fort, elle commanda un verre de vin blanc. Il lui arrivait de temps en temps d'en boire un verre au dîner, mais jamais davantage. L'alcool avait tendance à l'engourdir, et elle était d'une nature trop disciplinée pour aimer ça. Elle but une gorgée, un peu désorientée parmi tous ces gens qui dansaient et s'amusaient. Elle n'avait jamais été très douée pour se mêler aux invités dans les réceptions. Quand elle était plus jeune elle mourait d'envie d'avoir plus d'assurance pour se sentir un peu moins différente de ses sœurs, deux beautés sublimes à la crinière flamboyante. Et puis, un jour, tout avait changé. Elle avait renoncé à tenter de leur ressembler. Elle avait trouvé plus confortable de se fondre dans le décor et de passer inaperçue.

Tu es venue ici pour te sentir libre et tu ne trouves rien de mieux à faire que de te cacher dans un coin en te lamentant sur ton sort !

Se mordant la lèvre elle se concentra sur le contenu de son verre, qu'elle fit tournoyer en observant les reflets de la lumière sur le vin blanc. Mais soudain une ombre absorba la lumière, et un parfum épicé, nettement masculin, flotta dans l'air. Elle leva les yeux. *Mon Dieu…*

Grand, brun, séduisant. Des mots trop banals pour décrire l'homme qui se tenait devant elle. Il était sublime. D'une beauté à couper le souffle. Elle croisa le regard de ses yeux bruns et déglutit péniblement. Il resta silencieux et au bout d'un moment elle n'y tint plus. Elle demanda d'une voix légèrement tremblante :

— Puis-je vous aider ?

La surprise se peignit sur le visage de l'inconnu. L'aurait-il prise pour quelqu'un d'autre ? Il baissa les yeux sur ses jambes, croisées sur le tabouret, avant de reporter son attention sur son visage. Avec un peu de chance il s'était trompé et il allait s'en aller. Elle pourrait enfin recommencer à respirer normalement…

— Vous attendez quelqu'un ? demanda-t-il en indiquant le tabouret vide à côté d'elle.

Sa voix était grave et il avait un accent prononcé.

— Non, je suis seule.

Allons bon, elle n'aurait pas dû dire ça. Il risquait de s'imaginer qu'elle cherchait une aventure…

— Je veux dire, le siège est à vous. Si vous le voulez, bien sûr… En tout cas, il n'est pas à moi.

Elle sentit ses joues s'enflammer. Ce qu'elle pouvait être godiche… Un silence tendu s'installa. L'homme la regardait avec insistance, comme s'il attendait qu'elle en dise plus. L'air perplexe, il finit par s'installer sur un autre tabouret, laissant celui qu'il avait désigné entre eux deux. Intriguée, elle lui lança un regard en biais tout en frottant machinalement le bord de son verre du bout du doigt. Se mordant la lèvre, elle finit par boire une gorgée. Il était vraiment superbe… Il avait le teint mat et une barbe naissante aussi noire que ses cheveux. Sa chemise blanche, dont le col était ouvert, soulignait ses épaules. Les plus larges qu'elle ait jamais vues… Elle reporta son attention sur son visage et rencontra le regard de ses yeux bruns. Effarouchée, elle tressaillit. Elle but une grande gorgée de vin et s'étrangla. Les yeux embués de larmes dues à une toux irrépressible, elle vit une serviette apparaître dans son champ de vision. Pourvu que son maquillage n'ait pas coulé… Et surtout, pourvu que cet homme disparaisse ! Elle n'avait jamais été aussi embarrassée…

Elle se figea, électrisée par le contact furtif de ses doigts. Il venait de lui mettre un verre d'eau dans les mains. Elle but machinalement et l'eau fraîche lui fit du bien. Il avait changé de place pour s'asseoir sur le tabouret voisin du sien, et de près on distinguait des paillettes dorées dans ses yeux bruns. Des yeux au regard si intense… c'était comme si elle se trouvait sous un projecteur. Elle se sentait trop exposée. Et elle avait terriblement chaud…

— Merci, dit-elle en se forçant à soutenir son regard.

— Je vous en prie. J'estime qu'il serait irresponsable de ma part de vous laisser sans surveillance pendant que vous finissez votre verre.

— Je dois vous paraître ridicule.

Elle émit un petit rire contraint, de plus en plus troublée par son regard.

— C'est le dernier mot que j'emploierais, objecta-t-il d'une voix profonde.

Elle se força à sourire. Pourquoi avait-il choisi de s'asseoir à côté d'elle ? Les hommes comme lui ne s'intéressaient pas aux femmes comme elle. Non qu'elle recherche l'attention des hommes. Loin de là. Si elle était venue dans ce club, c'était simplement pour savourer quelques heures de liberté.

— Je serais curieux de savoir... ce qui a pu vous amener ici ce soir, dans ce club particulier.

La voix grave à l'accent exotique fit courir un long frisson dans son dos. Elle changea de position sur son tabouret.

— La même raison que tout le monde, je suppose. Le besoin d'évasion.

— Vous cherchez à fuir quelque chose ?

— Si je réponds « le monde extérieur », c'est un cliché affligeant, n'est-ce pas ?

Se détendant un peu, Cressida laissa échapper un petit rire avant d'ajouter :

— Il faudra que je finisse par y retourner, bien sûr.

Pendant quelques instants il sembla songeur.

— Et qu'avez-vous prévu de faire, tant que vous êtes ici ?

— Je n'y ai pas vraiment réfléchi. J'essaie d'improviser, pour une fois. Danser, peut-être ?

— Seule ?

— Si personne ne m'invite, je suppose que je devrai danser seule, oui.

Elle sentit ses joues s'enflammer. Elle avait dit ça spontanément, sans vouloir lui forcer la main. Mais tout à coup, elle avait très envie qu'il l'invite... Que lui arrivait-il ? Jamais elle n'avait flirté avec un homme. En fait, elle n'était même pas sûre que cette conversation pouvait être qualifiée de flirt. Même si elle ne ressemblait à aucune des conversations qu'elle avait pu avoir jusque-là avec un membre du sexe opposé. Mais à quoi pensait-elle ? Elle s'était engagée vis-à-vis d'un autre homme. À la fois moralement et légalement. Mais après tout, une simple danse... ça n'avait rien d'inconvenant. Peut-être était-ce le vin ? Elle n'en avait pourtant pas bu assez pour être ivre. Non, ce qui la grisait c'était ce sentiment de liberté. Ce soir elle se sentait différente, plus intrépide.

— Eh bien, n'hésitez pas. Vous devriez danser.

— Oui, ce serait avec plaisir.

De plus en plus hardie, elle sourit et descendit de son tabouret. Mais il resta assis sur le sien et elle se mordit la lèvre. Quelle idiote… Il avait dit « vous », pas « nous ». Avec un nouveau sourire, un peu trop éclatant, elle se dirigea vers la piste avant de jeter un coup d'œil par-dessus son épaule. Le regard étincelant des yeux bruns la cloua sur place tandis qu'une vive chaleur l'envahissait. Pour se donner une contenance, elle se mit à danser. Sa timidité naturelle et sa détermination à faire passer les études avant tout le reste ne lui avaient pas laissé l'occasion de sortir avec des garçons. Si bien qu'à part ses gardes du corps et son chauffeur ses relations masculines étaient inexistantes. Elle savait lire et écrire dans huit langues mais elle était incapable de former une phrase simple en anglais pour demander à un homme s'il voulait danser avec elle. C'était d'un ridicule ! À cette idée, elle ne put s'empêcher de pouffer. Son rire attira l'attention d'un blond qui se trouvait à proximité. Il lui sourit et se rapprocha pour danser à côté d'elle.

Sans cesser de danser, elle lui rendit distraitement son sourire, l'esprit ailleurs. Le beau brun était-il toujours assis au bar en train de la regarder ? Quelle idée stupide ! Pourquoi un parfait inconnu ressentirait-il le même trouble qu'elle après une conversation aussi anodine ? Et de toute façon, si par hasard son attirance était partagée que ferait-elle ? Rien. Absolument rien. Parce qu'elle n'était pas venue ici pour « faire » quoi que ce soit. Malgré tout il fallait reconnaître que le fait d'être remarquée, même quelques minutes, était très agréable…

Le rythme de la musique ralentit tandis que l'orchestre enchaînait avec une ballade langoureuse. Cressida promena son regard sur la piste, où les couples se formaient. L'un d'eux attira son attention et elle ne put s'empêcher de le fixer, fascinée. Étroitement enlacés, ils s'embrassaient avec ardeur tout en ondulant en rythme comme un seul corps. Elle tressaillit en sentant un bras se glisser autour de sa taille. Le blond… Elle se dégagea et s'écarta de lui en cherchant les mots pour refuser de danser avec lui sans le vexer. Il fit une nouvelle tentative. Elle posa la main sur son torse en secouant la tête pour le maintenir à distance, puis elle lui tourna le dos et s'éloigna. Elle venait à peine de faire deux pas hors de la piste quand un mur de muscles se dressa devant elle.

— Vous m'attendiez ?

La voix profonde de l'inconnu du bar la détendit aussitôt et elle se surprit à prendre sans hésitation la main qu'il lui tendait. Elle fut enveloppée par les effluves de son parfum épicé et la chaleur de son corps tandis qu'il l'attirait tout près de lui. Elle eut vaguement conscience que le blond battait en retraite, mais la foule autour d'elle s'estompa lorsqu'un bras puissant s'enroula autour de sa taille. Elle avait l'impression que la musique résonnait dans sa poitrine et se confondait avec les battements de son cœur. L'inconnu l'attira encore un peu plus près de lui. Si près que la peau hâlée dévoilée par le col ouvert de sa chemise n'était plus qu'à quelques centimètres de ses yeux. Un long frisson la parcourut lorsque son torse musclé effleura ses seins, mais il s'écarta aussitôt. Ne sachant quoi faire de sa main libre, elle finit par la poser sur sa nuque. Le contact simultané de sa peau et de ses cheveux l'électrisa tandis qu'il la faisait tourner lentement au rythme de la musique.

Adolescente, elle avait appris diverses danses de salon, comme toute princesse qui se respecte. Elle connaissait les bases mais elle était la reine des faux pas. Et pourtant, elle évoluait en parfaite harmonie avec cet inconnu. Il avait une façon de la tenir qui lui donnait le sentiment d'être gracieuse pour la première fois de sa vie. Il n'en profitait pas pour la tripoter et il ne la serrait pas contre lui. En fait, elle se sentait en sécurité. N'était-ce pas étonnant d'avoir cette sensation dans les bras d'un parfait inconnu ? Il pencha la tête et elle déglutit péniblement. Avait-il l'intention de l'embrasser ? Sa bouche s'arrêta à quelques millimètres de son oreille.

— Dans mon pays, danser ainsi est considéré comme un acte très intime.

La voix profonde fit courir un long frisson le long de son épine dorsale.

— Ah bon ? Je ne vois pas pourquoi, murmura-t-elle d'une voix rauque qu'elle ne reconnut pas.

— Vraiment ?

— C'est très courant de danser. Ça n'a rien de dangereux.

— Je n'en suis pas si sûr. Se balancer comme ça… si près l'un de l'autre… Ça peut être une tentation…

— Une tentation ? Que voulez…

Comprenant brusquement, elle trébucha mais il ne fit aucun commentaire. Il la guida en douceur afin qu'elle retrouve le rythme et continua de danser comme si de rien n'était.

— Dans mon pays, seuls les couples mariés peuvent danser ainsi. Ou fiancés.

Elle eut à peine conscience de ce qu'il disait. Toute son attention était concentrée sur la chaleur de sa main, qui se déplaçait imperceptiblement et finit par s'immobiliser sur la peau de son dos, dénudée par le décolleté de sa robe. Ce fut comme si une barrière invisible dressée entre eux venait de tomber. Elle leva les yeux et rencontra son regard. Il était brûlant. Littéralement brûlant. Sinon, pourquoi aurait-elle soudain aussi chaud ? Pourquoi aurait-elle l'impression que l'air crépitait autour d'eux ? Elle fut prise d'une irrésistible envie de se laisser aller contre lui. Sa raison lui souffla qu'elle ferait mieux de s'écarter au contraire. Elle l'ignora.

— Je suis sûre que tout le monde ici considère que danser le slow est anodin, déclara-t-elle en s'efforçant de garder un ton posé malgré son trouble.

— J'avais complètement oublié que nous n'étions pas seuls.

Elle leva de nouveau les yeux. Le regard posé sur elle était très sérieux. Aucune trace d'humour ni de sarcasme. Les joues en feu, elle fixa son menton. C'était le moment, se dit-elle. Il fallait le remercier pour cette danse et s'en aller. Elle venait de vivre une parenthèse parfaite. Exactement ce dont elle avait besoin. Quelques instants grisants avant de quitter Londres demain pour accomplir son devoir le cœur plus léger. Elle ne penserait plus à cette soirée. Elle oublierait ce superbe étranger. Elle n'aurait aucun mal à vivre jusqu'à la fin de ses jours sans se demander…

Tout à coup elle prit conscience qu'ils ne dansaient plus. La musique avait pris un rythme plus rapide et les autres couples s'agitaient autour d'eux. Elle leva de nouveau les yeux. Le regard de l'inconnu était toujours fixé sur elle, plus pénétrant que jamais. Ses doigts, légèrement crispés sur la peau de son dos, la faisaient frissonner. Quel effet cela lui ferait-il de sentir sa bouche se poser sur la sienne ? De sentir ses mains se promener sur son corps ? Aussi surprise que troublée par cette pensée, elle sentit ses joues s'enflammer et s'humecta inconsciemment les lèvres du bout de la langue. Sa sœur lui avait décrit la folie qui s'était emparée d'elle quand elle avait rencontré l'homme qui était à présent son fiancé. Elle lui avait parlé d'une attirance irrésistible contre laquelle la raison ne pouvait rien. En l'écoutant elle s'était dit que de son côté elle n'était sans doute pas capable de ressentir la même chose… Mais pourquoi ? Oh ! comme elle détestait tout à coup cette Cressida calme et rationnelle, qui vivait dans la peur de quitter sa zone de confort ! Pourquoi ne pourrait-elle pas elle aussi avoir des impulsions et y céder ? Pourquoi ne pourrait-elle pas devenir une autre, même si c'était juste pour un instant ?

L'inconnu s'éclaircit la voix. Trop tard, se dit-elle aussitôt. La petite fenêtre de temps qui lui avait été offerte était en train de se refermer. Il ne restait plus que la perspective d'une vie qu'on lui imposait. Non, pas encore… Elle plongea de nouveau les yeux dans les yeux bruns pailletés d'or. Leur éclat l'électrisa. De la folie, oui, sa sœur avait raison. Impossible de résister à la tentation. Se hissant sur la pointe des pieds, elle pressa ses lèvres contre celles de l'inconnu. Aucune réaction. Puis tout à coup ces lèvres s'animèrent, cette bouche sensuelle s'empara de la sienne avec une ardeur qui lui coupa le souffle. C'était incroyable… inouï… complètement fou… C'était ça que ressentait une femme qui embrassait un homme pour la première fois ? C'était ça qu'elle avait raté pendant toutes ces années ? Elle avait l'impression de sortir d'un long, très long sommeil. Comme si son corps s'éveillait à la vie pour la première fois.

Lorsque l'inconnu interrompit leur baiser, elle faillit laisser échapper un cri de frustration. Il prononça quelques mots d'une voix dure dans une langue étrangère, et la saisit par le bras pour l'entraîner hors de la piste de danse. Encore tout étourdie par ce baiser dévastateur, elle n'eut pas le réflexe de protester et se laissa conduire jusqu'à la zone réservée du club, dans un box protégé des regards par un épais rideau de velours rouge.

— Ce n'était pas prévu, dit-il d'une voix un peu hachée. Je n'avais pas l'intention de…

— S'il vous plaît, ne vous excusez pas, coupa-t-elle précipitamment.

Pas question de le laisser gâcher ce moment magique. Elle inspira profondément, partagée entre l'envie qu'il s'en aille et celle qu'il la reprenne dans ses bras.

— C'est moi qui vous ai embrassé, après tout, reprit-elle en esquissant un sourire. Et j'en suis heureuse.

— Vous ne le seriez peut-être pas si vous saviez qui je suis.

Il avait parlé d'une voix calme, mais son regard était réprobateur.

— Le mystère ajoute peut-être du piment à la situation, répliqua-t-elle avec un sourire de plus en plus contraint.

— C'est dans ce but que vous êtes venue ici ce soir ? Embrasser des inconnus sur une piste de danse ?

Cette question lui fit l'effet d'une douche froide. Elle recula lentement en évitant le regard accusateur braqué sur elle.

— Merci pour la danse. C'était… merveilleux.

— C'est déjà le moment de retourner à la réalité ? demanda-t-il en arquant un sourcil.

Elle hocha la tête. Il fallait qu'elle s'en aille. Alors pourquoi avait-elle autant envie de rester ? C'était ridicule. Et pourtant… Qui était cet homme ? Comment s'appelait-il ? D'où venait-il ? Hélas, elle ne connaîtrait jamais les réponses à ces questions… Elle tourna les talons et s'en alla.

Dès qu'elle franchit la porte du club, le vent froid de la nuit lui fit regretter de ne pas avoir pris de veste. Alors qu'elle cherchait sa limousine du regard, trois hommes en costume sombre surgirent de nulle part.

— Votre Altesse, dit le plus grand avec un accent prononcé. N'ayez pas peur. Nous sommes chargés d'assurer votre protection.

— Ma protection ?

L'estomac noué, elle promena autour d'elle un regard affolé.

— Où est mon chauffeur ? Comment savez-vous qui je suis ? Chargés par qui ?

— Par moi.

La voix profonde à l'accent familier résonna dans le silence de la nuit. Le cœur battant à tout rompre, Cressida se retourna. Son danseur inconnu s'avança vers elle et déposa un manteau de laine sur ses épaules avant de l'entraîner à l'écart des hommes en costume, de toute évidence des gardes du corps. Elle réprima un frisson qui n'avait rien de délicieux. Quelque chose lui disait qu'elle avait commis une grave erreur, ce soir. Un détail important lui avait visiblement échappé. Elle déglutit péniblement.

— Qui êtes-vous ?

— Je suis le cheikh Khalil al-Rhas, roi du Zayyar. Et vous, princesse, vous êtes dans les ennuis jusqu'au cou.

2

Cressida fut saisie d'effroi. Son accent, la façon dont il la regardait quand ils avaient commencé à parler... Non... Par pitié, non...

— Ce n'est pas possible...

— Si.

Elle resta pétrifiée. C'étaient toujours les mêmes yeux bruns, mais leur regard était devenu dur. Si dur... Bien sûr, elle avait cherché sur Internet des photos du cheikh Khalil. Sur les rares clichés qu'elle avait trouvés de lui – il était réputé pour fuir les médias –, il portait une *dishdasha* blanche et il était coiffé d'une *ghutra* assortie qui, associée à des lunettes noires, masquait en partie ses traits. Il paraissait plus vieux et n'avait rien à voir avec le séduisant inconnu en chemise à col ouvert qui l'avait subjuguée... Ce séduisant inconnu était son fiancé ? L'homme que son père lui avait décrit comme réactionnaire et impitoyable ? Dire qu'elle avait passé des heures à se demander avec angoisse comment elle devrait se comporter lors de leur première rencontre... Mais comment avait-il osé lui tendre un piège ?

— À quoi jouez-vous ? demanda-t-elle d'un ton glacial. C'est un test pour voir si je suis à la hauteur du rôle qui m'a été assigné ?

— Non, répliqua-t-il avec un regard étrange. Ce n'était pas du tout ce que j'avais prévu pour notre première rencontre.

— Saviez-vous dès le début qui j'étais ?

Il crispa légèrement la mâchoire.

— Oui.

— Dans ce cas, comment osez-vous affirmer que vous n'avez pas voulu me tester ?

Furieuse, elle s'éloigna en secouant la tête. Elle n'avait pas fait plus de deux pas qu'une main puissante se referma sur son poignet.

— Lâchez-moi, lui intima-t-elle en se dégageant d'un mouvement brusque.

— Vous n'allez pas me quitter maintenant, princesse. Nous n'avons pas encore fini notre conversation.

— Pour moi elle est terminée. Je ne veux plus jamais vous voir.

— Vous pouvez me suivre calmement afin que nous résolvions ce problème en privé, ou bien vous pouvez compliquer inutilement les choses, insista-t-il en jetant un coup d'œil aux gardes du corps qui les entouraient.

— Où est Frank ?

— Votre chauffeur a été relevé de ses fonctions, tout comme vos gardes du corps incompétents.

— Vous ne pouvez pas faire ça ! protesta-t-elle, effarée. Ils ne sont pas responsables de mes actes !

Le cheikh arqua un sourcil narquois.

— Il est un peu tard pour avoir des remords, vous ne croyez pas ? Si un chauffeur se laisse convaincre d'enfreindre le protocole par un simple battement de cils, il n'est pas digne des responsabilités inhérentes à son poste.

— Vous ne pouvez pas faire ça ! répéta-t-elle, le cœur serré.

— Oh si ! Pour ce soir au moins, je suis responsable de votre sécurité.

Sans savoir pourquoi, elle ne protesta pas davantage et se laissa entraîner jusqu'à la limousine qui attendait le long du trottoir. Les gardes du corps se dirigèrent vers leurs propres véhicules, garés respectivement devant et derrière celle-ci. Même quand il devint évident que le convoi prenait la direction opposée de celle de son appartement, elle fut incapable de prononcer un mot. Si son chauffeur et ses gardes du corps avaient vraiment été renvoyés, ils devaient avoir alerté le roi Fabian. Or son père lui avait dit et répété que ce mariage devait avoir lieu coûte que coûte et qu'il comptait sur elle. Elle ferma les yeux en se maudissant. Une fois de plus elle allait décevoir ses parents. C'était la première fois que son père lui demandait quelque chose, la première fois qu'il lui reparlait depuis le jour où… Elle déglutit péniblement. Elle avait enfin eu une occasion de faire ses preuves, de servir son royaume. Et comme d'habitude, elle avait échoué lamentablement.

— Allons-nous faire tout le trajet en silence ? demanda le cheikh.

Assis en face d'elle à l'arrière de la limousine, il semblait plus imposant que jamais.

— Je ne vois pas en quoi parler de la pluie et du beau temps pourrait rendre la situation moins pénible, argua-t-elle en tournant résolument son regard vers la vitre.

— Vous semblez bien indignée pour quelqu'un qui a faussé compagnie à ses gardes du corps pour faire la fête.

Avant qu'elle ait le temps de répliquer, la limousine s'arrêta devant un des palaces les plus luxueux de Londres. Ils furent escortés à l'intérieur par les gardes du cheikh, qui les protégèrent des regards indiscrets jusqu'à un ascenseur privé. La suite du cheikh occupait la totalité du dernier étage de l'hôtel et offrait une vue spectaculaire sur Londres. Cressida fut fascinée malgré elle par les lumières de cette ville qu'elle n'avait pratiquement pas explorée au cours de ces dernières cinq années. Elle eut vaguement conscience que les gardes faisaient le tour des pièces pour vérifier que tout était en ordre. D'autres hommes et quelques femmes firent de brèves apparitions, s'adressant au cheikh en zayyari. À l'université elle avait étudié la plupart des langues européennes, y compris le grec ancien et le latin, mais elle ne connaissait aucune langue du Moyen-Orient. Sans cesser d'admirer la vue, elle écouta ces échanges avec plaisir, charmée par la musique étrange de ce mélange de sons doux et gutturaux. Puis le silence se fit et elle sentit que le cheikh s'approchait d'elle.

— Je serais curieux de savoir si vous contemplez vraiment la vue ou si vous réfléchissez à un moyen de vous échapper.

Elle se tourna vers lui.

— À quel moment exactement suis-je devenue votre prisonnière ?

— Malgré le portrait que certains peuvent faire de moi, je ne suis pas un monstre. Je me suis engagé auprès de votre famille à vous escorter moi-même à Monteverre et je ne reviendrai pas sur ma parole. Même si vous décidez d'annuler notre arrangement.

Elle réprima un frisson. Était-ce un effet de son imagination ou bien avait-il vraiment jeté un coup d'œil furtif à sa bouche ? Il se plaça à côté d'elle et appuya une main sur la baie vitrée.

— Je suis venu à Londres pour faire la connaissance de ma future reine en terrain neutre. Afin de commencer notre union sur un pied d'égalité et d'éviter que l'histoire se répète. Il semblerait que j'aie échoué.

Cressida baissa les yeux. Il faisait allusion à ses fiançailles avortées avec Olivia. Le fait d'être la remplaçante de sa sœur devrait l'offenser, mais elle ne pouvait pas lui en vouloir d'avoir d'abord choisi Olivia. Sa sœur était très belle et très à l'aise en société. Qui ne voudrait pas d'elle comme reine ? L'arrangement entre Monteverre et le Zayyar avait été négocié pendant des mois, mais au dernier moment sa sœur avait refusé de se marier.

« Tu es notre dernière chance, Cressida. Fais en sorte que je sois fier de toi. »

Elle ignora l'écho de la voix de son père.

— Dites-moi pourquoi vous ne m'avez pas dit tout de suite qui vous étiez ?

Impossible d'accepter d'épouser cet homme s'il avait décidé de lui tendre un piège ce soir. Elle avait sa fierté. Mais pouvait-elle rentrer à Monteverre sur un échec ?

— J'ai trouvé intéressant de faire votre connaissance sans que mon identité complique notre première rencontre.

— Vous vous considérez comme une complication ? demanda-t-elle avec perplexité.

— Disons qu'il est plus facile pour moi de voir les gens tels qu'ils sont s'ils ne savent pas qui je suis.

Elle arqua les sourcils. Impossible de lui donner tort. Elle était bien placée pour savoir à quel point l'attitude des gens changeait dès qu'ils savaient que vous aviez un titre.

— Je n'ai pas l'habitude d'utiliser les femmes comme des jouets. C'est bien de ça que vous m'accusez, n'est-ce pas ? Cependant, je reconnais mes torts. J'aurais dû me présenter dès que j'ai compris que vous ignoriez qui j'étais.

— En effet.

Elle baissa les yeux en se mordant la lèvre. Si seulement il n'était pas aussi difficile de le regarder sans se souvenir de leur baiser...

— Mais dans le fond, tout cela n'a pas grande importance puisque vous m'avez dit que vous ne vouliez plus jamais me voir.

Le cheikh s'éloigna d'elle pour aller s'asseoir sur un canapé du salon. Il avait parlé d'un ton très sérieux, sans la moindre trace d'humour.

— À vrai dire, cet arrangement est un fiasco depuis le début en raison des mensonges et des manipulations de votre père, reprit-il sur le même ton. Si vous choisissez d'occuper votre temps libre dans des clubs, il semble évident que vous n'avez pas accepté ce mariage de votre plein gré.

La désinvolture avec laquelle il semblait prendre les choses la hérissa. Pas question de supplier cet homme arrogant de respecter leur engagement. Mais d'un autre côté, elle n'était pas prête à retourner à Monteverre pour annoncer à son père que l'accord qui devait sauver le royaume de la faillite était annulé... S'efforçant de paraître aussi désinvolte que lui, elle haussa les épaules.

— Bien que ça ne vous regarde pas, sachez qu'il n'est pas dans mes habitudes de sortir seule. Et encore moins dans des clubs.

— Nous avons peut-être agi tous les deux sur une impulsion, princesse. Cependant, je ne vois pas comment vous pourriez être heureuse une fois privée de la liberté de vous amuser comme bon vous semble. Je dois à mon peuple de lui donner une reine qui s'épanouira dans son rôle.

— Dans ce cas, pourquoi ne pas me laisser à Londres ?

— Je vous ramène dans votre royaume, comme je l'ai promis. Votre père m'a dit que votre séjour à Londres était terminé. En raison des récents événements, j'ai pris la précaution de faire vérifier ses dires. Mes sources m'ont affirmé que vous n'étiez plus inscrite à l'université et que le bail de votre appartement a été résilié.

Déglutissant péniblement, Cressida alla s'asseoir en face du cheikh. Son père avait été très contrarié quand elle lui avait annoncé son intention d'accepter le poste d'enseignant qu'on lui avait proposé. Et ce, avant même que sa sœur décide de ne pas épouser le cheikh. La perspective de rentrer à Monteverre et de l'affronter n'avait rien de réjouissant... Redressant les épaules, elle regarda dans les yeux l'homme assis en face d'elle pour la première fois depuis leur arrivée dans sa suite.

— Je sais que vous avez passé des mois à négocier cet accord. Mon père m'a dit que vous aviez déjà investi des millions dans l'économie de Monteverre avant que ma sœur se désiste.

Le cheikh resta impassible.

Pour se donner une contenance elle croisa les jambes.

— Il paraît clair que si nous y renonçons à notre tour, nos deux royaumes seront perdants.

Il garda le silence pendant un moment, l'air songeur.

— L'enjeu est considérable, en effet. Mais ce qui s'est passé ce soir m'a amené à me poser certaines questions. De toute évidence, vous avez eu une vie... très libre, pendant votre séjour ici. Or il se trouve qu'un homme dans ma position doit pouvoir compter sur une loyauté sans faille de la part de son épouse. Afin de donner une image de stabilité et d'union.

Elle se mordit la lèvre. Il était tentant de lui crier qu'elle n'avait jamais embrassé un homme avant ce soir... Mais pas question de lui faire un tel aveu, bien sûr.

— Pourquoi ne pas décider d'oublier cette soirée ? suggéra-t-elle.

Il n'y a pas de raison qu'elle ait des conséquences sur notre arrangement.

— Et pourtant elle en a.

Le cheikh s'éclaircit la voix avant d'ajouter :

— Il y a eu quelque chose entre nous, ce soir. Une certaine… attirance. Or dans un arrangement comme celui-ci, il faut éviter toute implication personnelle.

— Vous pensez que je suis impliquée personnellement après un seul baiser ?

— Je veux simplement dire que les gens ont parfois tendance à confondre une simple attirance physique avec autre chose… de plus personnel.

Et par « les gens » il voulait dire « les femmes », bien sûr… Elle réprima l'envie de rouler les yeux.

— Je ne fais pas partie de *ces gens*. Je n'ai pas particulièrement besoin de liens personnels. Je suis très heureuse toute seule.

Le cheikh se leva, se dirigea vers le bar et se servit un verre d'eau.

— Vous êtes donc prête à honorer votre engagement ?

Prenant une profonde inspiration, elle choisit ses mots avec soin.

— Oui, mais à une condition. Que les termes de l'accord ne soient pas modifiés. En clair, à condition que ce ne soit pas un… vrai mariage, comme prévu au départ.

La voix de la princesse tremblait légèrement, nota Khal en buvant une gorgée d'eau. Elle était assise bien droite sur le canapé bas, les jambes bien serrées sur le côté. À la voir, il était difficile de croire qu'elle s'était pratiquement collée à lui moins d'une heure plus tôt. Il s'empressa de chasser ce souvenir et s'éclaircit la voix.

— Le contrat que vous avez déjà signé énonce les conditions générales de cette union. Ce qu'il ne précise pas, c'est qu'une fidélité absolue sera exigée de vous et que vous devrez offrir en toutes circonstances l'image d'une épouse parfaite.

Une expression étrange altéra furtivement les traits de la jeune femme. Elle réfléchit un instant, puis elle plongea son regard dans le sien.

— Les mêmes règles s'appliqueront-elles à vous ?

— Dans mon pays, le mariage n'est pas un engagement qui est pris à la légère, même s'il est lié à un accord politique. Par conséquent, oui, si cet accord est scellé définitivement, les deux parties seront soumises aux mêmes conditions.

Elle se leva, se dirigea vers la baie vitrée, puis croisa les bras avant de se retourner vers lui.

— Dans ce cas, je pense que je n'ai pas d'autres questions.

— La perspective de votre nouvelle vie ne vous rebute pas ?

— Il a toujours été clair que mon devoir envers mon royaume m'oblige à me marier selon ses intérêts, si nécessaire.

— Abandonner vos études ne vous pose pas de problème ?

Elle détourna les yeux un instant.

— On dirait que vous essayez de me convaincre de refuser.

— Je veux juste m'assurer que vous ne changerez pas d'avis au dernier moment.

— Vous craignez que je me conduise comme ma sœur ?

— Je préfère me prémunir contre une nouvelle mauvaise surprise, oui.

— Je dois vous prévenir que je n'ai pas participé à la vie publique de mon royaume depuis de nombreuses années…

— Mes conseillers en sont conscients et ils sont prêts à vous aider à vous préparer à votre nouveau rôle.

La princesse revint vers le canapé et se rassit. Apparemment, elle était incapable de tenir en place.

— Vous semblez très désireuse de servir votre royaume. Je trouve ça surprenant, étant donné que vous vivez loin de Monteverre depuis des années.

Elle se raidit légèrement.

— C'est peut-être surprenant, mais je peux vous assurer que j'ai accepté ce mariage de mon plein gré et que je n'ai pas l'intention de revenir sur mon engagement.

— Ça me suffit, dit-il en la rejoignant et en s'immobilisant devant elle.

Elle se raidit de nouveau tandis qu'il se baissait pour fouiller dans la poche du manteau qu'il lui avait mis sur les épaules un peu plus tôt et qu'elle n'avait pas enlevé. Il en sortit un petit écrin noir et s'assit à côté d'elle.

— Je crois que c'est la tradition à Monteverre ?

Il ouvrit l'écrin, dévoilant une bague ancienne, en or serti d'un magnifique rubis. Elle écarquilla les yeux.

— Oh... Il n'est vraiment pas nécessaire de...

Ignorant ses protestations, il lui prit la main et lui glissa la bague au doigt.

— Exactement la taille, commenta-t-il avec satisfaction.

Elle regarda la pierre en plissant le front.

— Merci.

Prenant soudain conscience qu'il était assis très près d'elle, il se leva et croisa les mains.

— À Monteverre il est prévu une brève conférence de presse, suivie par une réception pour les fiançailles. Le mariage sera célébré aussi vite que possible, mais son organisation prendra malgré tout quelques mois.

Cressida plissa le front.

— Oh... Je n'imaginais pas que ce serait un grand événement.

— C'est un mariage royal...

— D'après ce que m'a dit votre secrétaire j'ai eu l'impression que nous nous marierions rapidement. Parce que le temps était un facteur important pour vous.

— Vous avez des objections à formuler ?

— Non. Je pensais que ce serait plus rapide, c'est tout. Que le mariage serait célébré au cours d'une escapade secrète. Quelque chose dans ce genre.

— Vous n'avez pas envie d'un mariage en grande pompe ?

— Eh bien... Il me semble que ça risque de paraître un peu... étrange. Sans vouloir vous offenser, vous n'êtes pas quelqu'un de très en vue dans les médias. Et moi je le suis encore moins. J'imaginais quelque chose de plus discret.

Khal resta songeur. Ces remarques ne manquaient pas d'intérêt. À l'origine l'idée d'un grand événement s'était imposée parce que la princesse Olivia était une personnalité médiatique. Mais puisqu'il allait finalement épouser une autre femme pourquoi ne pas opter également pour un autre genre de mariage ? Changer ses plans pourrait présenter de nombreux avantages. Pour commencer, cela lui permettrait de rattraper le temps perdu.

Le cheikh semblait soudain distrait, songea Cressida quand il appela son assistante pour lui demander de la conduire à sa chambre. Celle-ci était somptueuse. À la vue du peignoir en soie étalé sur le lit, elle s'empressa d'enlever sa robe droite et ses talons aiguilles. Puis elle s'affala sur le lit avec un laisser-aller tout à fait indigne d'une princesse.

Quelle soirée ! Elle regarda le rubis qui brillait à son doigt. Le cheikh lui avait mis cette bague au doigt avec détachement, comme s'il s'agissait d'une simple formalité. Pourtant, quand sa main avait effleuré la sienne, elle avait senti son cœur s'affoler. Au souvenir de ce qui s'était passé au club, elle frissonna. La chaleur de ses mains sur sa taille pendant qu'ils dansaient... Le contact de ses lèvres sur les siennes... Elle ne lui dirait jamais que c'était son premier baiser. Ça lui donnerait trop d'importance. Or ce baiser n'en avait aucune, n'est-ce pas ? Ce n'était qu'un baiser. Un simple baiser, se répéta-t-elle en fermant les yeux.

On vint la réveiller avant l'aube pour lui annoncer qu'on l'emmenait à l'aéroport. Le ciel était encore obscur et l'air glacial quand elle monta la passerelle d'un luxueux jet portant l'emblème du royaume du Zayyar. Le cheikh était déjà à bord et discutait autour d'une table avec des hommes et des femmes en tenue traditionnelle. Lui-même portait une *dishdasha* et une *ghutra* blanches, comme sur les photos qu'elle avait vues sur Internet. En ce qui la concernait, il avait eu la bonne idée d'envoyer quelqu'un chez elle chercher des affaires, qui avaient été déposées dans sa chambre pendant la nuit. Elle ne s'attendait pas à ce qu'il pense à son confort et elle avait été soulagée de ne pas être obligée de remettre sa robe rouge. Elle s'installa à l'avant de l'appareil et consulta les nouvelles sur son téléphone en attendant la fin de la réunion.

— Cressida.

Au son de la voix désormais familière elle se leva et se dirigea vers la longue table installée au milieu de la cabine. Les femmes et les hommes présents se levèrent, inclinèrent la tête pour la saluer puis s'éclipsèrent.

— Je n'avais pas compris que vous aviez prévu de partir pour Monteverre à l'aube, déclara-t-elle avec embarras.

En jean et chemise blanche, elle avait le sentiment très net de ne pas être assez bien habillée. Mais comme elle n'avait assisté à aucune cérémonie officielle depuis des années, ses tenues plus élégantes et plus dignes d'une princesse étaient démodées – ou n'étaient plus à sa taille.

— Changement de programme.

Le cheikh leva les yeux des documents étalés devant lui et promena un bref regard sur elle.

— Nous allons directement au Zayyar.

— Nous ne passons pas par Monteverre ?

— J'ai pensé qu'il était préférable de nous rendre à Monteverre une fois que nous serons mariés. Ce qui sera fait dans deux jours.

3

— Deux jours ?

Khal, qui avait parlé d'un ton délibérément neutre, observait la princesse avec attention. Les cheveux attachés en queue-de-cheval et le visage débarrassé de tout le maquillage de la veille, elle paraissait plus jeune. Ce style plus naturel mettait en valeur ses grands yeux bleu azur et son teint de porcelaine. Bien sûr, son jean et sa chemise blanche soulignaient moins ses formes féminines que sa robe rouge, mais la finesse de sa taille et la rondeur de ses hanches étaient toujours apparentes. Et il n'avait pas besoin de faire beaucoup d'efforts pour se remémorer le contact délicieux de cette taille délicate sous ses mains quelques heures plus tôt...

S'éclaircissant la voix, Khalil se concentra sur les documents posés devant lui.

— Oui, deux jours, confirma-t-il sur le même ton neutre. Hier soir, j'ai fait part de votre suggestion à mes conseillers et ils l'ont trouvée très pertinente. Il semble que vous nous ayez évité une erreur de stratégie.

Elle écarquilla les yeux.

— Ma suggestion ?

— À propos du mariage. Vous aviez raison de mettre en doute l'intérêt d'un grand événement médiatique. Et vous pensiez que nous nous marierions le plus tôt possible.

— Oui… En effet.

Elle s'assit à proximité de la table et parut soudain toute petite, fragile et très pâle dans le grand siège en cuir.

— Vous avez une chambre à votre disposition pendant tout le vol, déclara-t-il en indiquant les portes situées à l'arrière de la cabine. Vous n'avez pas dû dormir beaucoup cette nuit.

— Merci, j'ai besoin de me reposer en effet, dit-elle en se levant.

Lorsqu'elle disparut derrière les portes, Khal éprouva un bref remords mais il se raisonna aussitôt. Il avait eu raison d'avancer la date du mariage. C'était la meilleure solution. S'il avait soudain eu hâte d'emmener la princesse dans son royaume, loin de Londres et de la vie qu'elle y avait menée pendant des années, c'était uniquement pour gagner du temps et limiter les risques qu'elle revienne sur son engagement. Plus tôt elle deviendrait son épouse, plus tôt il pourrait se consacrer de nouveau à la conduite des affaires du royaume. Il réprima un soupir. Pourquoi se mentir ? Depuis le début il était déstabilisé par ce projet de mariage. Quand ses conseillers lui avaient suggéré qu'une alliance avec Monteverre serait bénéfique au royaume, il avait bien été obligé d'admettre que c'était une idée intéressante. Dans le monde entier, le Zayyar gardait l'image dépassée d'un pays déchiré par les guerres alors qu'il connaissait une période de paix et de prospérité depuis presque un quart de siècle. De son côté, Monteverre était un des royaumes les plus anciens du monde occidental. Son influence et son prestige étaient grands, mais l'état de ses finances était désastreux après des années de dépenses inconsidérées. Une alliance entre les deux nations résoudrait donc leurs problèmes respectifs.

Par ailleurs, la tradition zayyarie voulait qu'il se remarie avec une femme de sang royal. Par chance, le roi Fabian lui avait assuré que, dans son pays, les mariages arrangés étaient une pratique courante pour les membres de la famille royale. Il n'appréciait pas particulièrement le roi, mais il ne l'aurait jamais cru capable de mettre sa fille devant le fait accompli, ne lui laissant pas d'autre choix que de s'enfuir. Cressida lui avait assuré qu'elle n'avait pas été soumise à la même pression que sa sœur. Elle avait même précisé qu'elle avait des raisons personnelles d'accepter un mariage arrangé. Lesquelles ? De toute évidence, elle avait le sens du devoir et elle prenait à cœur ses responsabilités envers son royaume et sa famille. Il était facile de l'imaginer à son côté, vêtue de soie et parée de bijoux, jouant consciencieusement son rôle d'hôtesse auprès d'invités venus du monde entier lors de réceptions organisées au palais. Le problème, c'était qu'il avait imaginé un mariage basé sur l'indifférence et que sa fiancée était loin de le laisser indifférent. Un mariage d'amour il en avait déjà fait un, mais pour des tas de raisons il n'avait aucune envie de renouveler l'expérience. L'attirance mutuelle qui existait entre la princesse et lui était une complication qu'il n'avait pas prévue. Au bout de cinq minutes de danse, il n'avait eu qu'une envie. Se retrouver seul avec elle dans un endroit privé. C'était si bon de la tenir dans ses bras... Beaucoup trop bon. Dès qu'il avait compris qu'elle ignorait son identité, il avait senti s'éveiller en lui quelque chose qu'il avait refoulé depuis longtemps. Tout à coup, son projet de mariage arrangé avait paru beaucoup moins simple que prévu.

Malgré l'angoisse qui s'était emparée d'elle quand elle avait appris l'imminence de son mariage, Cressida avait dormi pendant cinq heures avant de se réveiller avec une faim de loup. Elle avait passé le reste du vol à grignoter en consultant des livres sur le Zayyar qu'elle avait trouvés à bord. Ayant déjà fait auparavant quelques recherches sur Internet, elle avait une idée plus ou moins précise du pays qui allait devenir le sien. Cependant, rien n'aurait pu la préparer à la chaleur qui la suffoqua à la sortie de l'avion. Elle avait couvert ses cheveux d'un foulard rose que lui avait donné une des assistantes de Khal. Le Zayyar était un pays tolérant, qui n'imposait pas aux femmes de porter le voile. Cependant, l'endroit où serait célébré le mariage, et où ils devaient se rendre sans passer par le palais royal, était apparemment un lieu sacré. Un hélicoptère les attendait sur la piste de l'aérodrome privé. Après moins d'une heure de vol, il se posa au milieu d'une plaine, à la lisière du désert zayyari.

— À partir d'ici nous poursuivons le chemin à cheval, annonça Khal. Vous allez monter avec moi.

Elle déglutit péniblement à la vue de l'imposante monture qu'il lui indiqua, tandis que ses gardes enfourchaient déjà les leurs. L'équitation n'avait jamais été son fort... Avant qu'elle ait le temps d'émettre la moindre objection, deux mains puissantes se refermèrent sur ses hanches et la soulevèrent de terre comme si elle ne pesait rien. À peine installée sur la selle, elle sentit le torse du cheikh contre son dos. Un long frisson la parcourut mais elle fut distraite de son trouble dès que le cheval s'élança. Le désert s'étendait devant elle jusqu'à l'horizon et il n'y avait pas d'autre bruit que le martèlement des sabots sur le sable. Le tumulte et l'agitation de la ville semblaient très loin, tout à coup. Comment avait-elle pu vivre pendant cinq ans au même endroit ? Elle s'était enfermée de son plein gré dans une cage virtuelle alors que le monde entier était à explorer. Ils galopèrent pendant presque une heure. Elle avait mal aux cuisses à force de résister à l'envie de se laisser aller contre le torse puissant dont elle sentait la chaleur dans son dos. Elle pensait toujours à son futur mari comme au « cheikh ». Mais n'était-on pas censée appeler par son prénom l'homme qu'on était sur le point d'épouser ? Il changea de position et elle se retrouva plaquée contre lui. Aussitôt elle sentit la chaleur qui émanait de son torse se répandre en elle, et de longs frissons la parcoururent. Mais elle fut de nouveau très vite distraite de son trouble. Alors qu'ils arrivaient en haut d'une dune, elle eut le souffle coupé à la vue d'une oasis, splendide îlot de verdure au milieu d'une mer de sable. Entre les arbres et des colonnes de pierre visiblement très anciennes étaient nichées de grandes tentes bédouines.

— Bienvenue sur la terre sacrée du Zayyar, annonça le cheikh.

Un bras se glissa autour de sa taille pour la maintenir en place pendant la descente. Au pied de la dune ils furent accueillis par des hommes et des femmes en habits traditionnels. Les *ghutras* des hommes semblaient plus raffinées que celles qu'elle avait vues jusque-là. Quant aux femmes, elles étaient parées de bijoux et avaient les mains et le visage peints de motifs harmonieux. Tandis que les hommes frappaient leurs tambours, le cheikh descendit de cheval puis la souleva de la selle. Cressida se sentit terriblement déplacée dans son jean et sa chemise.

— Mes jeunes cousines parlent un peu anglais, murmura le cheikh à son oreille. Elles vont s'occuper de vous.

Une jeune femme s'avança et s'inclina devant elle. Embarrassée, Cressida secoua la tête, mais elle n'eut pas le temps de dire qu'il était inutile de lui marquer un tel respect car le cheikh se pencha de nouveau vers elle.

— Vous allez devenir ma reine, Cressida, lui murmura-t-il à l'oreille. Il faut vous habituer à être traitée comme telle.

Au comble de la confusion, elle redressa les épaules tandis que toutes les autres femmes s'inclinaient à leur tour. Puis elle se força à sourire et suivit la première jeune femme sous une tente, laissant derrière elle le reste de la foule et le cheikh.

De toute évidence, la coutume voulait que chaque femme de la tribu la salue personnellement et lui adresse quelques mots dans sa langue maternelle, pendant qu'on lui peignait les mains et les bras au henné. Malgré la barrière de la langue l'accueil lui sembla chaleureux, mais elle se sentait mal à l'aise dans sa tenue occidentale si peu habillée par rapport aux étoffes soyeuses et colorées dont étaient drapées ses hôtesses. Elle en surprit plusieurs qui chuchotaient derrière leurs mains en lui lançant des regards furtifs. Celle qui s'était désignée comme son assistante, Aisha, avait une vingtaine d'années et n'étudiait l'anglais que depuis un an. Entre les nombreux plats de leur dîner, Aisha lui confia qu'elle avait commencé à apprendre seule dans des livres avant de s'inscrire à l'université.

— La première épouse du cheikh était très active dans le domaine de l'éducation des femmes. Chaque matin et chaque soir, je la remercie dans mes prières, précisa Aisha avec feu.

Puis elle se mordit la lèvre.

— Oh ! excusez-moi, c'est terriblement maladroit de ma part de vous dire ça la veille de votre mariage !

Loin d'être offensée, Cressida sentit sa curiosité s'éveiller. Au cours de ses recherches sur Internet, elle avait appris que le cheikh avait déjà été marié et que sa femme s'était tuée dans un accident de voiture quatre ans plus tôt. Il n'avait jamais fait allusion à elle au cours de leurs conversations et elle n'avait pas jugé utile d'aborder un sujet sans doute encore délicat.

— Je dois avouer que je ne sais pas grand-chose de la défunte épouse du cheikh, mais d'après ce que j'ai pu lire elle était très aimée, n'est-ce pas ?

Aisha hocha la tête avec un sourire nostalgique.

— Cheikha Priya était... très belle. Et très proche des gens.

Des larmes noyèrent les yeux de la jeune femme et elle s'empressa de les essuyer en s'excusant.

— Ne vous excusez pas, je vous en prie, dit Cressida en lui tendant une serviette. Sa mort a dû être un choc terrible pour tout le monde.

— Ça a été une période très difficile pour le Zayyar. Sa Majesté la reine était si jeune... Et, bien sûr, ça a été d'autant plus pénible pour Sa Majesté le roi qu'il y a eu toutes ces rumeurs...

Cressida se contenta de hocher la tête. Difficile d'admettre qu'elle ignorait tout de ces rumeurs... Combien de secrets son mariage de convenance cachait-il ? Elle mourait d'envie d'en savoir davantage, mais mieux valait éviter de poser trop de questions.

Après le dîner, au son d'airs traditionnels, elle fut couverte de cadeaux. Paniers de fruits, assortiment de pâtisseries et de thés parfumés, fleurs, flacons d'huiles. Aisha lui expliqua la valeur symbolique de ces présents destinés à renforcer l'amour du couple et à favoriser la fertilité du mariage. Cressida fit de son mieux pour masquer son embarras. Il était très gênant d'accepter une telle profusion de cadeaux alors que ni l'amour ni la fertilité ne joueraient le moindre rôle dans son mariage. Si seulement elle pouvait dire à toutes ces femmes de ne pas se donner autant de peine pour elle... Malheureusement il n'était pas question de leur avouer que contrairement aux apparences ce mariage n'était ni un conte de fées ni la conclusion romantique d'une fugue amoureuse. Elle qui détestait depuis toujours être en vedette, elle se résigna à rester stoïque pendant que les femmes discutaient de la façon dont il faudrait la coiffer tout en faisant les dernières retouches de sa tenue de mariée. À la nuit tombante, on la laissa enfin seule sous sa tente de future mariée. Elle avait tellement fait d'efforts pour rester souriante toute la soirée qu'elle en avait mal à la mâchoire... Et elle avait des cernes impressionnants qui faisaient paraître sa peau encore plus pâle, constata-t-elle en s'observant dans un miroir. Elle enleva le foulard rose qui recouvrait ses cheveux et se coiffa avec les doigts en s'efforçant d'ignorer l'angoisse qui l'oppressait. Quand elle avait accepté ce mariage, elle ignorait que le passé récent du Zayyar recélait au moins un scandale. Sans doute était-ce la raison pour laquelle le cheikh Khalil tenait absolument à épouser une princesse occidentale. Bien sûr, elle avait lu sur Internet qu'il était veuf mais c'était la seule information disponible sur sa vie privée. Elle n'avait pas trouvé non plus de précisions sur ses activités publiques depuis la mort de sa femme. Cependant, dans l'avion elle avait remarqué l'empressement de ses collaborateurs à exaucer ses moindres souhaits... Comme s'ils le craignaient.

Alors pourquoi ne lui inspirait-il aucune crainte ? Quand il l'avait serrée contre lui sur le cheval quelques heures plus tôt, ce qu'elle avait ressenti était aussi éloigné de la peur que possible. Elle n'avait jamais été aussi excitée de sa vie. Elle ferma les yeux. Non, la perspective d'épouser le cheikh ne lui faisait pas peur. Ce qui l'angoissait c'était l'attirance irrésistible qu'elle éprouvait pour lui. Comment ne pas être affectée par cette expérience de premier baiser qu'il lui avait fait connaître ? Elle n'était pas de pierre, même si elle avait longtemps fait semblant de l'être.

Cinq ans c'était long. Cinq ans à lutter pour garder ses distances, ça paraissait interminable. Heureusement, de son côté, le cheikh n'aurait sans doute pas le même problème. Elle redressa les épaules et rouvrit les yeux pour se regarder dans le miroir. *C'est une mission,* se rappela-t-elle. Son devoir. Elle allait pouvoir prouver une fois pour toutes sa loyauté à sa famille.

Elle se coucha et s'enfouit sous les draps en soie. Il n'était pas question de commettre la moindre erreur. Si le cheikh du Zayyar souhaitait un mariage de convenance froid et distant, c'est exactement ce qu'il aurait.

Son équipe avait travaillé en un temps record et mis en place un décor très simple combinant des éléments des cultures occidentale et zayyarie. Déjà les chargés de relations publiques ébauchaient des projets d'articles pour la poignée de journaux auxquels serait « divulguée » la nouvelle du mariage secret. Il serait présenté comme une union harmonieuse de l'Orient et de l'Occident résultant d'un conte de fées du désert... Ou quelque chose comme ça. Khalil avait cessé d'écouter son organisatrice d'événements quand elle avait commencé à expliquer que le sable serait le symbole de leur amour éternel. S'ils savaient... Il se leva et regarda le soleil qui descendait à l'horizon, inondant le désert d'une lumière orangée. Dans la brise du soir flottait le parfum des fleurs roses qui avaient été disposées dans des paniers tout autour du camp. Il en prit une pour s'occuper les mains pendant qu'il attendait. Un souvenir s'imposa soudain à lui. Priya avait commandé les mêmes fleurs pour leur mariage. Et il en avait à son tour commandé des milliers pour fêter leur premier anniversaire. Il laissa tomber la fleur par terre comme s'il venait de se brûler. De tous les endroits où aurait pu se dérouler cette farce, il fallait que ce soit celui-ci qui avait été choisi. Le lieu même où s'étaient mariés ses parents. Le berceau sacré de sa tribu et de toutes les traditions qui leur étaient chères. Un message solennel à l'adresse de son peuple, selon l'équipe de conseillers qui avait tout organisé.

Priya voulait un grand mariage et elle avait opté pour une célébration de trois jours au palais royal. Khalil serra les dents et s'efforça de faire le vide dans son esprit. Il ne pouvait pas penser à sa première femme alors qu'il était sur le point d'en épouser une autre.

À leur arrivée au camp hier il s'était empressé de confier

sa fiancée aux femmes de la tribu pour mettre de la distance entre eux après la torture du trajet depuis l'aérodrome. À quoi avait-il pensé ? Décider de passer une heure à cheval avec elle entre ses cuisses était une des idées les plus stupides qu'il ait jamais eues. Il avait passé le reste de l'après-midi à galoper dans le désert pour se calmer en maudissant l'absence de lacs glaciaires dans la région.

Il n'avait pas eu une seule maîtresse depuis la mort de Priya. Grave erreur. Mais il était vrai qu'il n'avait pas eu le temps de tourner la page. Entre ses recherches pour tenter de découvrir la vérité sur la mort de sa femme et ses efforts pour limiter les répercussions des rumeurs qui avaient couru sur sa responsabilité dans ce décès, il n'avait pas manqué de combats à livrer. Mais il avait eu tort de réprimer sa libido pendant aussi longtemps. S'il avait eu des maîtresses, sa fiancée ne lui ferait pas autant d'effet. C'était la dernière femme au monde qu'il pouvait se permettre de désirer. Et comme il avait exigé qu'elle reste fidèle pendant toute la durée de leur mariage, il se devrait d'en faire autant.

Le silence se fit dans la tente derrière lui et il se raidit. L'organisatrice d'événements vint l'informer que la mariée était sur le point d'arriver. Il se plaça entre deux colonnes de pierre enveloppées de tulle blanc et regarda le petit groupe qui venait d'apparaître en haut d'une dune. Le seul photographe accrédité prit position, prêt à immortaliser le mariage de l'année. Khal prit une profonde inspiration. Il fallait offrir l'image d'un marié pénétré par la solennité du moment. Le peuple devait croire au conte de fées entre leur roi et sa belle princesse occidentale. Celle-ci se trouvait quelque part au milieu des femmes qui arrivaient à pied par le chemin que sa tribu parcourait régulièrement depuis des siècles. Crispant la mâchoire, il se tourna de profil et attendit. Elle arriva à son côté dans un frou-frou de soie, accompagnée d'effluves de jasmin et de vanille. Il tourna la tête et eut le souffle coupé. Elle était vraiment splendide... Son teint de porcelaine était mis en valeur par la soie ambrée de sa robe et de son voile incrustés de pierres précieuses. Était-ce une illusion d'optique due au soleil ou bien ses yeux bleu azur étaient-ils réellement plus brillants que d'habitude ? Avec un pincement au cœur qu'il s'efforça d'ignorer, il lui prit la main et prononça son consentement sans la quitter des yeux. Puis il l'écouta prononcer le sien, étrangement ému de l'entendre dire les mots en zayyari d'une voix claire, sans se reprendre une seule fois. Pendant que l'officiant les déclarait mari et femme ils ne se quittèrent pas des yeux et il sut qu'il pouvait compter sur sa loyauté. Au moment où il lui glissa l'alliance au doigt une sérénité inattendue l'envahit.

S'embrasser ne faisant pas partie de la tradition dans les mariages zayyaris, ils scellèrent leur union en appuyant leurs fronts l'un contre l'autre. Puis ils quittèrent la tente sous les acclamations de l'assemblée. Fasciné malgré lui, Khalil regardait son épouse sourire aux gens qui lui adressaient des compliments et des vœux dans une langue qu'elle ne comprenait pas. S'il ne la quittait pas des yeux c'était parce qu'elle commençait une nouvelle vie dans un pays qu'elle ne connaissait pas, se dit-il. Il voulait s'assurer qu'elle se sentait à l'aise. Et s'il était aussi détendu c'était parce que l'accord destiné à donner plus de poids à son royaume sur la scène internationale était enfin scellé définitivement. Rien de plus.

Cressida avait été informée que les fêtes au camp duraient en général tard dans la nuit. Pourtant, peu après la fin du dîner, Khal lui murmura à l'oreille :

— Le moment est venu pour nous de prendre congé de nos invités pour nous retirer sous la tente nuptiale.

Elle tressaillit.

— Juste nous deux ?

— Ne faites pas cette tête, ma reine, répliqua-t-il à voix basse avec un sourire amusé. Nous devons donner l'image de deux jeunes mariés impatients de se retrouver en tête à tête pour leur nuit de noces. C'est la tradition.

Il fit signe à ses gardes qu'ils s'en allaient, puis il se leva et lui tendit la main. Elle jeta un coup d'œil à la petite assemblée d'hommes et de femmes. Ils étaient attentifs à tous les mouvements de leur cheikh. Et aux siens également... Tout s'était passé si vite qu'elle n'avait pas eu le temps de réfléchir aux responsabilités liées à son nouveau rôle. Elle était la reine, à présent. Même si ça lui paraissait totalement irréel... Déglutissant péniblement, elle se leva. Puis elle imita Khal, qui inclinait la tête pour saluer leurs invités. Des acclamations les accompagnèrent jusqu'à la sortie de la tente et se prolongèrent tandis qu'ils s'éloignaient dans la nuit, flanqués de quatre gardes.

De l'extérieur, la tente vers laquelle ils se dirigeaient ressemblait à celle dans laquelle elle avait passé la nuit précédente. Mais après en avoir franchi l'entrée elle s'immobilisa, le souffle coupé. Son mariage était factice, mais la tente nuptiale semblait sortir tout droit d'un vrai conte de fées. Les couleurs chaudes des tentures richement décorées qui cloisonnaient l'espace répondaient à celles des épais tapis de style persan. Une lumière diffuse émanait de lampes traditionnelles et de lanternes colorées disséminées dans différents points stratégiques, qui contribuaient à créer une atmosphère intime. Mais ce qui retint avant tout son attention ce fut l'énorme lit à baldaquin garni d'étoffes chatoyantes et de coussins joufflus. Comme si le décor n'était pas assez romantique, le jeté de lit en satin doré était recouvert de pétales de rose rouges. Tout un symbole... Elle déglutit péniblement.

— Laissez-nous, ordonna Khal après que deux de ses gardes eurent inspecté chaque recoin de la tente.

Pourquoi une telle précaution ? Ce n'était pas la première fois que la rigueur des mesures de sécurité qui accompagnaient chacun de leurs mouvements la surprenait et la mettait mal à l'aise. La paix ne régnait-elle pas au Zayyar depuis presque un quart de siècle ? Avant d'avoir le temps de s'interroger plus longuement, elle fut distraite par deux choses. Premièrement, elle était seule avec le cheikh – son mari – dans l'endroit le plus romantique de la planète.

Deuxièmement, il était en train de se dévêtir.

4

Torse nu, le cheikh ressemblait à ces statues qu'elle admirait à chaque fois qu'elle se promenait dans le parc du palais à l'époque où elle vivait à Monteverre. Il avait le corps d'un guerrier… Feignant de s'intéresser subitement aux rafraîchissements disposés sur une table basse dans le coin salon, Cressida s'empressa de s'éloigner de lui.

Quand elle s'aventura à le regarder de nouveau, il avait enfilé un peignoir sur son pantalon ample, mais sans le fermer. Elle eut beaucoup de mal à ne pas dévorer des yeux la partie de son torse encore visible. Cette peau mate sous laquelle saillaient ses muscles était fascinante.

— Un peignoir est à votre disposition dans ce coin dressing, où vous pouvez vous changer.

La voix du cheikh interrompit le cours de ses pensées. Cressida s'empressa de se glisser derrière la tenture qu'il venait de lui indiquer. Heureusement, sa robe de mariée zayyarie n'avait rien à voir avec celles qu'on portait en Occident. Pas de fermeture dans le dos avec des millions de boutons minuscules à ouvrir. Une simple fermeture Éclair sur le côté et elle était libre ! Elle ramassa la robe tombée à ses pieds et la pendit sur un cintre. C'était une robe si simple et si élégante qu'elle s'était sentie belle pour la première fois de sa vie. Depuis toujours elle était le vilain petit canard qui passait son temps à se comparer à ses sœurs. Eleanor et Olivia avaient toutes les deux une superbe chevelure flamboyante, comme leur célèbre grand-mère, la défunte reine Miranda, qui était considérée autrefois comme la plus belle femme du monde. De son côté, elle n'avait même pas hérité des boucles dorées de sa mère. Ses cheveux étaient d'un blond cendré très ordinaire… Elle enleva son voile avec un petit soupir et enfila le peignoir en soie. Il était beaucoup plus court que la version masculine, et apparemment aucun pantalon n'était prévu pour la mariée. Si bien qu'elle avait les jambes et la moitié des cuisses nues… La perspective de quitter sa cachette et de se montrer dans cette tenue au cheikh – son mari – était à la fois très embarrassante et très… excitante. Elle sentit ses joues s'enflammer. Oui, elle avait envie qu'il la regarde comme il l'avait regardée au club, à Londres. Et elle avait encore plus envie de sentir de nouveau ses mains sur elle… Mais il était peu probable qu'un tel moment de folie se reproduise. Il avait été très clair, non ? Leur mariage n'en serait pas vraiment un. Elle resserra les pans du peignoir, fit un double nœud à la ceinture, puis se regarda dans la psyché située face à la penderie. Son décolleté était couvert mais pour les jambes il n'y avait rien à faire… Elle inspira profondément et quitta l'abri de la tenture. Khal était debout de l'autre côté du lit ridiculement romantique. Électrisée par l'éclat de ses yeux elle faillit battre en retraite. Son regard s'attarda un instant sur ses cheveux, qu'elle avait laissés libres, puis il glissa sur ses seins avant de se fixer sur ses jambes. Incapable de rester une seconde de plus immobile, elle fit le tour du lit et se dirigea vers le coin salon pour se servir un verre d'eau.

Sans la quitter des yeux il s'allongea sur le lit, les mains croisées derrière la tête.

— Je… Je peux dormir sur le divan si vous voulez prendre le lit, bredouilla-t-elle.

— Pour que tous les domestiques sachent que nous n'avons pas passé notre nuit de noces ensemble ? dit-il en se redressant. Cette nuit nous allons partager le lit.

— Ah… Bien sûr… Je n'avais pas pensé à ça…

Il se leva et se dirigea vers une table basse sur laquelle était posé un service à thé. Il versa le liquide fumant dans deux petits verres et lui en tendit un.

— Vous avez semblé apprécier les festivités, ce soir. Je craignais que les traditions zayyaries ne vous déroutent.

Elle sourit.

— J'ai adoré chaque instant de la soirée. Je n'ai pas beaucoup voyagé jusqu'à maintenant, si bien que tout cela est très nouveau. Mais c'est ce qui me plaît justement.

Elle but une gorgée de thé, très fort et très chaud, mais délicieux.

— Je suis impressionnée par la rapidité avec laquelle vos collaborateurs ont tout organisé.

— Les photos soi-disant clandestines circulent sans doute déjà sur Internet.

Il esquissa un sourire et une minuscule fossette creusa furtivement sa joue. Il ne souriait jamais franchement. Comme s'il ne s'autorisait pas à le faire... Elle chassa cette pensée de son esprit pour se concentrer sur ce qu'il disait.

— Ils ont simplement apporté quelques modifications au camp. Cette tente en particulier a été réaménagée pour offrir plus d'espace, mais son caractère sacré vient des motifs sur la toile, expliqua-t-il en indiquant le toit en voûte.

Elle leva la tête et fut captivée par les centaines de symboles très élaborés, peints en bordeaux sur la toile. Une langue ancienne ?

— Fascinant... Que signifient tous ces signes ?

— Je n'en ai aucune idée, répliqua Khal en haussant les épaules. Ils sont très anciens. En fait, ils datent de l'époque où la première tribu zayyarie a établi son camp à cet endroit précis. Passer sa nuit de noces ici est une tradition qui remonte aux origines de mon peuple.

Concentrée sur les signes, elle se mit à genoux sur le lit pour mieux les voir.

— Absolument fascinant...

— Oui, vous l'avez déjà dit.

— Excusez-moi, mais c'est le genre de choses qui me passionnent. Je meurs d'envie de prendre mon téléphone pour faire une recherche dans la base de données de la bibliothèque de l'université.

Sauf qu'elle n'y avait plus accès, songea-t-elle soudain avec un pincement au cœur. Parce qu'elle n'était plus étudiante…

— Mais ne vous inquiétez pas, je ne vais pas le faire.

— J'en suis heureux. Que penseraient de moi mes gardes s'ils entraient ici et vous trouvaient rivée à votre téléphone pendant notre nuit de noces ?

— Oh ! de toute façon je doute que le signal soit assez fort au milieu du désert.

Elle s'assit sur le lit en souriant. C'était la première fois qu'ils bavardaient d'un ton aussi léger. Après l'intensité des deux journées qui venaient de s'écouler, c'était inattendu. Et très agréable. Le cheikh ne souriait toujours pas mais son regard était moins froid, plus engageant, un peu comme au club la première fois qu'ils s'étaient parlé. Comme ça semblait loin… Il était difficile de croire que ça ne datait que de quelques jours.

— Détrompez-vous, le signal serait parfait. Le Zayyar est à la pointe en matière de nouvelles technologies. Elles sont le moteur de notre économie.

— J'ai lu dans un article que vous étiez un génie en matière de développement économique.

— La prospérité de ce royaume est due aux compétences des membres du gouvernement et aux crédits alloués à l'éducation et à l'amélioration des conditions de vie. J'estime que lorsqu'on prend le temps de nourrir et de cultiver les jeunes pousses, la croissance est inévitable.

— Mon père semble avoir une conception très différente de l'économie. Quand ses conseillers l'ont prévenu qu'une crise économique était annoncée, sa réaction a été d'équiper l'armée de nouveaux chars d'assaut. Une démonstration de richesse, selon sa formule. Comme si feindre que la dette n'était pas un problème suffisait à améliorer la situation.

— Beaucoup de gouvernants raisonnent de la même manière. Mon arrière-grand-père en faisait partie.

À l'évocation de son ancêtre, les traits de Khal se crispèrent.

Cressida connaissait les grandes lignes de l'histoire du royaume et des guerres qui l'avaient ravagé deux générations plus tôt.

— Ça doit être difficile de redresser l'économie d'un pays qui a un tel passé.

— Pas aussi difficile que la vie des gens qui ont traversé cette période.

— Visiblement, vous aimez beaucoup votre royaume et ses habitants.

— On doit pouvoir en dire autant de vous, puisque vous avez accepté un mariage de convenance pour sauver le vôtre.

Haussant les épaules, elle leva les yeux vers les inscriptions du toit pour éviter le regard pénétrant du cheikh, qui s'était rallongé.

— Quand on est troisième dans l'ordre de succession au trône, servir son pays se limite à éviter le scandale et à se marier selon la volonté du roi.

— À présent, le roi Fabian n'a plus qu'une seule héritière directe…

Elle n'y avait pas pensé, mais le cheikh avait raison. À présent qu'Olivia avait renoncé à son droit de succession et qu'elle-même était mariée, la perpétuation de la dynastie des Sandoval reposait entièrement sur Eleanor.

— Mon père n'est pas connu pour sa capacité à prendre des décisions judicieuses, commenta-t-elle avec un sourire contrit.

— Votre sœur fera une excellente reine. Je ne doute pas que l'avenir de Monteverre soit en bonnes mains.

— À condition qu'il survive au règne de mon père…

Elle avait toujours admiré sa sœur aînée mais sans jamais envier sa position. Ce qu'elle aimait c'était étudier et rester dans l'ombre. L'ironie du sort avait voulu qu'elle devienne reine alors qu'elle n'en avait jamais eu envie…

— Vous dites que vous aviez le devoir d'éviter le scandale. Pourtant, à Londres, le soir de notre rencontre…

— Je ne cherchais pas le scandale, coupa-t-elle en se raidissant. J'obéissais juste à mes impulsions pour la première fois de ma vie. Sur le moment ça ne me paraissait pas déraisonnable.

— Et maintenant ?

Elle réprima un frisson. Son trouble s'était dissipé pendant quelques instants, mais il suffisait d'un rien pour le ranimer... Comment faire pour ignorer l'électricité qui faisait vibrer l'air entre eux ? Après ce qui s'était passé à Londres, c'était impossible. Elle ne pouvait pas se raconter d'histoires et faire comme si elle était la seule à la ressentir. Son attirance pour cet homme était partagée. Et cette certitude ne faisait qu'accroître son trouble.

— Maintenant, quelle importance ?

La lueur qui s'alluma dans le regard du cheikh l'électrisa. Ne sachant pas quoi faire pour se donner une contenance, elle lui souhaita une bonne nuit et s'allongea le plus près possible du bord du lit en lui tournant le dos. Tandis qu'il se levait pour éteindre des lampes, elle ferma les yeux et s'appliqua à respirer régulièrement. Très vite, épuisée par cette journée riche en émotions, elle n'eut plus besoin de faire semblant. Elle s'endormit vraiment.

Il faisait trop chaud... Cressida se tourna sur le dos. Sa peau était moite et elle avait la gorge en feu. Elle ouvrit les yeux et distingua une lueur étrange à travers le brouillard. Pourquoi avait-elle l'impression d'être ivre ? Elle n'avait pourtant pas bu d'alcool... Le sommeil s'empara de nouveau d'elle et son rêve étrange se dissipa. Elle fut réveillée en sursaut par une voix masculine qui criait dans une langue qu'elle ne comprenait pas. Des bras puissants la soulevèrent. Le brouillard de son rêve était devenu de la fumée qui lui brûlait les poumons. Et la lueur étrange était remplacée par des flammes qui dévoraient les tentures... Tout à coup l'air devint délicieusement frais et les flammes disparurent. Elle leva les yeux et rencontra le regard de Khal. Elle était dans ses bras et il courait. Quelques secondes plus tard, il la déposa sur le siège arrière d'une jeep et lui prit le visage à deux mains.

— Tu vas bien ? Parle-moi.

Il était essoufflé et il avait la voix éraillée.

— Je... Oui, ça va. Je crois...

Elle toussa. La tente avait pris feu ? Comment était-ce arrivé ? À en juger par l'expression de Khal, ce n'était pas un accident.

— Nous sommes en danger ?

— Nous allons voyager de nuit, mais je te protégerai, éluda-t-il en l'enveloppant dans une couverture. Tu ne t'éloigneras pas de moi tant que nous ne serons pas arrivés au palais, compris ?

Il se tourna vers ses gardes qui venaient de les rejoindre, et leur donna des ordres d'une voix calme. L'un d'eux s'installa au volant de la jeep et Khal s'assit sur la banquette arrière à côté d'elle, un bras autour de ses épaules. Ils démarrèrent, suivis par deux autres jeeps dans lesquelles avaient pris place les autres gardes. Quelques instants plus tard ils quittèrent la jeep pour un hélicoptère, dans lequel Khal l'aida à monter en maintenant la couverture autour d'elle pour préserver sa pudeur. Elle demanda de nouveau quelle était la cause du feu mais ni lui ni ses gardes ne lui répondirent. Ce qui ne fit qu'accroître son malaise. Les gens de la tribu étaient si pacifiques… Ça ne pouvait être qu'un accident. Et pourtant, au moment où ils étaient montés dans la jeep, ce qu'exprimait le visage de Khal n'était pas de la contrariété due à une simple imprudence qu'aurait pu commettre quelqu'un. Non, ce qu'elle avait lu sur son visage c'était de la rage pure. Bientôt, le noir total du désert laissa place sous l'appareil aux lumières de plusieurs routes puis d'une grande ville. Dès qu'ils eurent atterri sur l'héliport situé dans l'enceinte du palais, elle sentit que Khal se détendait à côté d'elle. Avait-il donc été inquiet pendant tout le trajet ?

Une employée d'un certain âge apparut et proposa dans un anglais parfait de conduire Sa Majesté la reine dans ses appartements. Khal répondit dans sa langue maternelle d'un ton impérieux qui la fit tressaillir, et l'employée hocha la tête avant de disparaître.

— Où vais-je loger ? demanda-t-elle d'une voix moins tremblante qu'elle ne s'y attendait.

— Avec moi. Tu seras en sécurité.

Il la prit par le coude et l'entraîna vers l'entrée du palais. L'aube commençait à éclaircir le ciel mais elle eut à peine le temps de jeter un coup d'œil à la cour. Sans lui lâcher le bras un seul instant, Khal lui fit parcourir au pas de charge une succession de couloirs jusqu'à une aile visiblement rénovée de fraîche date. Les gardes inspectèrent toutes les pièces, puis il leur donna un ordre et ils disparurent.

— Il faut qu'ils passent au crible le reste de l'aile, expliqua-t-il d'un ton las. J'aimerais que le médecin te voie avant que tu te reposes.

— Je vais bien, Khal, honnêtement. J'ai juste besoin de dormir.

Il la regarda d'un air surpris.

— Tu m'as appelé Khal.

— « Votre Majesté » me semble un peu trop cérémonieux maintenant que nous sommes mariés. D'autant plus que toi-même tu me tutoies depuis notre départ du camp. Et que tu m'as sortie d'une tente en feu...

Elle réprima un petit rire nerveux en même temps que des sanglots qui lui nouaient la gorge. Il lui avait probablement sauvé la vie...

— Il faut qu'un médecin t'examine, insista-t-il. Il y avait beaucoup de fumée.

Elle hocha la tête. C'était vrai... Elle avait eu l'impression que ses poumons étaient calcinés. Mais dès qu'elle s'était retrouvée dans ses bras, elle s'était sentie en sécurité. Des larmes ruisselèrent subitement sur ses joues et elle tourna la tête pour les cacher. Trop tard. Il la prit dans ses bras et la serra contre lui. À son grand dam, des sanglots lui échappèrent. Que lui arrivait-il ?

— Je ne pleure jamais d'habitude, dit-elle entre deux sanglots avec une moue de dérision.

— C'est le choc, murmura-t-il. Respire profondément.

Elle obéit en se concentrant sur la chaleur de ses bras et les battements de son cœur près de son oreille. Quand elle se sentit mieux elle voulut s'écarter de lui, mais il la retint. Refermant une main sur sa mâchoire, il plongea son regard dans le sien. Un regard si intense qu'elle sentit son cœur s'affoler. Allait-il l'embrasser ? À peine cette pensée l'eut-elle effleurée qu'il s'empara de sa bouche avec fougue. Grisée, elle sentit des doigts s'enfoncer dans ses cheveux et un bras se glisser autour de sa taille tandis qu'il approfondissait encore son baiser.

Était-ce le contrecoup ? Elle sentit tout son corps s'embraser. Elle n'avait qu'une envie. S'abandonner au désir qui la consumait en oubliant toutes les raisons pour lesquelles c'était une mauvaise idée. Il la fit reculer contre le mur et glissa une jambe entre ses cuisses sans cesser de l'embrasser avec avidité. Mais dès qu'elle se pressa contre lui en gémissant, il s'arracha à sa bouche et s'écarta d'elle. S'appuyant d'une main contre la porte, il inspira profondément et reprit peu à peu son souffle.

— Nous avons tous les deux subi un choc, cette nuit, dit-il d'un ton neutre en évitant son regard. Tu devrais aller te reposer. Il y a trois chambres d'amis dans cette aile. Choisis celle que tu veux.

Craignant que sa voix ne trahisse sa frustration, elle hocha la tête et resserra les pans de son peignoir. Oui, ce baiser était une réaction au stress. Il ne fallait pas lui attacher trop d'importance. Khal avait toujours été très clair. Leur mariage serait chaste. Elle le savait. Mais il semblait que son corps n'avait pas reçu le message. Au souvenir de l'ardeur avec laquelle elle avait réagi à ce baiser, elle sentit ses joues s'enflammer. Son cœur battait à grands coups et elle avait les jambes tremblantes. Il fallait à tout prix qu'elle se ressaisisse. Contrairement à elle, Khal semblait n'avoir eu aucun mal reprendre le contrôle de lui-même… Comment osait-il être aussi calme alors qu'elle se sentait toute chamboulée ? C'était injuste ! Des coups frappés à la porte la firent tressaillir et elle se détourna en resserrant encore les pans de son peignoir. La porte s'ouvrit derrière elle et la voix de Sayyid annonça en anglais :

— Tout est en ordre. Si vous voulez bien me suivre, Votre Majesté.

Khal resta silencieux et ne la regarda pas quand elle passa devant lui. Elle n'avait aucune raison d'être blessée, se dit-elle fermement. Il avait sans doute des tas de choses plus importantes à faire que de conduire son épouse à sa chambre. C'était le roi, après tout.

5

— Que faisait Sa Majesté sous une tente ? s'exclama le ministre de la Défense.

— C'est une tradition familiale, dit Khal d'une voix éraillée en arrivant dans la salle du conseil où régnait un brouhaha inhabituel.

La réunion avait été convoquée d'urgence par Sayyid, son chef de la sécurité, qui dardait sur le ministre un regard meurtrier.

— Messieurs, asseyez-vous, intima-t-il sèchement.

Il n'était pas d'humeur à supporter les batailles d'ego. Il n'avait pas dormi depuis son retour du camp, et l'odeur de la fumée lui collait à la peau, même après une douche.

— Votre Majesté, nous sommes très préoccupés par cet incident, déclara le chef de la police d'un ton solennel. J'ai réuni une équipe d'enquêteurs qui sont en route pour le site.

— L'intervention de la police est-elle vraiment nécessaire ? demanda le ministre. Après tout, nous ne sommes pas certains de l'origine criminelle du feu. C'est peut-être tout simplement un membre de la tribu qui a renversé une lampe.

— Le roi a exprimé le souhait qu'une enquête approfondie soit menée, intervint Sayyid.

Tous les regards se tournèrent vers lui. Il confirma d'un hochement de tête la déclaration de Sayyid, et tout le monde écouta ce dernier dans un silence religieux lorsqu'il exposa les mesures de sécurité qui avaient été prises.

— Votre Majesté, craignez-vous des troubles provoqués par les conservateurs ? demanda un homme âgé, qui avait été conseiller de son père. Vous avez autrefois suggéré qu'ils pourraient être à l'origine de la mort de la défunte reine Priya.

— La thèse de l'accident a été retenue, objecta un autre conseiller.

À l'évocation de la mort de sa femme, Khal se leva et déclara d'un ton cinglant :

— Je vous rappelle que l'enquête n'est pas close.

Les deux conseillers se tassèrent sur leur siège, l'air penaud. Le ministre des Affaires étrangères prit la parole d'un ton apaisant :

— Observez toujours la plus grande prudence dans vos déclarations, messieurs. Il suffit d'un rien pour déclencher des rumeurs très fâcheuses pour l'image du royaume.

Incapable de supporter une seconde de plus cette discussion, Khal se dirigea vers la porte.

— Cette réunion est terminée. Les questions sur l'incident sont à adresser aux membres de ma garde personnelle.

Furieux, il arpenta les couloirs du palais sans but précis pendant un moment, puis il finit par sortir dans les jardins. Il ralentit le pas et respira à fond en s'efforçant de chasser les souvenirs qui le harcelaient. Cédant à une impulsion, il gagna les écuries et demanda qu'on selle son étalon. Sans prendre le temps de troquer sa *dishdasha* contre un jodhpur, il partit au galop en direction du désert. Le vent sur son visage, les mouvements du cheval, avec lequel il était en parfaite harmonie, et le bruit régulier des sabots l'apaisèrent un peu. Takaa était le pur-sang le plus rapide qu'il ait jamais eu et il n'avait jamais été aussi tenté de tester ses limites. Mais ce n'était pas le moment. Il descendit une dune vers le lit d'un ruisseau. Pendant que Takaa buvait, il s'aspergea le visage. C'était la mi-journée, et la chaleur devenait implacable. La fureur déclenchée par les propos de ses conseillers menaçait de le submerger de nouveau. Ils évoquaient la mort de sa première épouse comme si c'était une simple anecdote et pas une tragédie dont le souvenir le mettait au supplice. Pendant les mois qui avaient suivi le décès subit de Priya, il avait été accablé de chagrin. Elle avait été son épouse pendant cinq ans, son soutien à la mort de son père puis au début de son règne. Avec le temps il avait réussi à surmonter son chagrin et à reprendre le cours de sa vie. Mais la colère, c'était un autre problème. Comment en finir avec la colère quand la femme qui l'avait provoquée était vénérée par son peuple ? Quand elle était l'objet de poèmes qui glorifiaient sa beauté et sa grâce ? Il était le seul à connaître la vérité. Le seul à savoir qu'elle l'avait trahi et que c'était lui qui l'y avait poussée avec son despotisme. Comment en finir avec les remords et les regrets qui le rongeaient ? Cette nuit quand il avait vu la fumée et qu'il s'était précipité pour mettre Cressida à l'abri, il avait cru que son cœur allait exploser dans sa poitrine. Il avait été ramené des années en arrière, au moment où il avait été informé de l'accident. Comme si pendant un instant les deux événements s'étaient confondus, le plongeant dans un cauchemar. Plus tard, quand Cressida s'était effondrée dans ses bras une fois le danger évité, il avait été bouleversé. Et comment avait-il réagi ? En lui sautant dessus. Quelle brute ! Comment avait-il pu se comporter de manière aussi indigne ?

Jamais aucune femme n'avait mis son sang-froid à si rude épreuve. À chaque fois qu'il se retrouvait en face d'elle il avait l'impression que le contrôle de la situation lui échappait un peu plus. Ça ne pouvait pas durer. Cette attirance mutuelle risquait d'être préjudiciable à leur arrangement. Il fallait à tout prix qu'ils gardent leurs distances. Khal remonta en selle et repartit au galop vers le palais. Il résoudrait ce problème comme tous les autres. En gardant la tête froide.

La nouvelle du mariage se répandit rapidement dans le palais, même si les raisons de l'arrivée du roi et de la reine en pleine nuit restèrent secrètes. Cressida fut réveillée à l'aube par deux jeunes filles qui se chargèrent de la préparer et de l'habiller tout en chuchotant et en évitant son regard. Que disaient-elles ?

Elle ne comprenait pas un seul mot et c'était très frustrant. Dès que possible elle commencerait à apprendre le zayyari. Cette perspective la rasséréna un peu. Ce serait une manière comme une autre de se remettre à étudier. Pendant qu'on la maquillait, elle dressa mentalement la liste des fournitures dont elle aurait besoin. Alors qu'elle imaginait avec une pointe d'excitation de beaux cahiers tout neufs, une femme d'un certain âge entra dans la pièce et se présenta en anglais comme son assistante.

— Ce matin il est prévu que vous preniez le petit déjeuner avec la cheikha Amala et la princesse Nia, votre belle-mère et votre belle-sœur, annonça-t-elle en consultant l'écran de sa tablette.

— Où ? demanda Cressida en s'efforçant de masquer son anxiété.

Sa belle-mère et sa belle-sœur ? Jusque-là elle ignorait tout de la famille de Khal… L'idée de se retrouver face à sa mère et à sa sœur sans avoir eu le temps de s'y préparer était très déstabilisante…

— Elles vivent au palais, se contenta de répondre l'assistante. Et cet après-midi, nous commencerons la formation à l'étiquette, ainsi que l'initiation à la langue et la culture du royaume.

— L'étiquette ? répéta Cressida, l'estomac de plus en plus noué.

— Sa Majesté a organisé pour vous un mois de cours intensifs pour que vous soyez plus à l'aise pendant le bal qui doit être donné en votre honneur.

Un bal en son honneur ? Cressida faillit écarter d'un geste vif la jeune fille qui était en train de lui maquiller les yeux. Toutes ces nouvelles d'un seul coup, c'était trop… Elle mourait d'envie de se lever et de crier. Inspirant profondément, elle s'exhorta au calme.

— Vous dites que c'est le cheikh qui a organisé tout ça ?

— En collaboration avec son équipe, bien sûr. La priorité pour vous étant de vous préparer à votre rôle de reine.

À moins que cet emploi du temps chargé n'ait pour but de la tenir éloignée de lui le plus possible ? Cressida sentit son cœur se serrer à cette pensée, mais elle tenta de relativiser. Elle n'avait aucune raison de se sentir rejetée parce qu'il n'avait pas choisi de prendre au moins le petit déjeuner avec elle pour l'informer de ses projets. Ils n'avaient jamais discuté de ce que serait leur quotidien. Il ne lui avait rien promis. Alors pourquoi se sentait-elle abandonnée, tout à coup ? C'était juste parce qu'elle avait envie de lui demander s'il y avait du nouveau à propos du feu. Elle n'avait pas envie d'être laissée dans l'ignorance à ce sujet. Pourquoi ne pas aller le trouver, un peu plus tard ? Elle lui demanderait s'il y avait du nouveau. Et elle en profiterait pour réclamer des précisions sur ce qu'on attendait d'elle, à part ce bal ridicule et ce programme de cours concocté par lui et son équipe. Lorsque la maquilleuse annonça qu'elle avait terminé, Cressida se jeta à peine un coup d'œil dans le miroir. Elle avait besoin de se lever, de bouger, de respirer un peu pour la première fois depuis deux heures. Deux heures ! C'était ridicule. D'habitude il lui fallait à peine un quart d'heure pour se préparer.

— Tout va bien, Votre Majesté ?

Cressida se tourna vers les trois femmes. Devant leurs mines inquiètes, elle redressa les épaules et accrocha à ses lèvres le sourire le plus serein possible.

— Très bien. Si nous commencions la journée ?

La mère et la sœur de Khal se révélèrent très chaleureuses. L'aile dans laquelle elles résidaient était un peu moins vaste que celle du cheikh. Elles se présentèrent, puis la serrèrent dans leurs bras avant de l'inviter à s'asseoir pour partager un petit déjeuner composé de pains épicés, de fruits frais et de thé zayyari.

La mère de Khal, plus jeune que Cressida ne s'y attendait, était une femme très belle au regard plein de bonté. Quant à la princesse Nia, elle n'avait que quelques années de plus que son frère et elle parla avec affection de ses deux jeunes fils, qui passaient la plus grande partie de l'année dans une pension en Écosse, mais qui revenaient au palais pour les vacances. La mère de Khal ne parlait que le zayyari mais la princesse parlait couramment le français et l'anglais. Elle évoqua avec un sourire nostalgique la période pendant laquelle elle avait vécu à Paris quand elle était plus jeune.

Au bout d'un moment, l'humeur de la reine mère parut changer et elle demanda des détails sur la cérémonie du mariage. Cressida décrivit l'accueil chaleureux des membres de la tribu en évitant soigneusement de mentionner le feu. Lorsqu'elle commença à parler de sa fascination pour les inscriptions peintes sur le toit de la tente, la cheikha se leva d'un air irrité et quitta la pièce.

— Ai-je commis un impair ? demanda Cressida avec inquiétude alors que la porte se refermait derrière la mère de Khal.

— Ma mère est très contrariée que Khal ne nous ait pas permis d'assister au mariage, répondit Nia en buvant une gorgée de thé. Il nous a expliqué qu'il devait être célébré en secret et qu'aucun membre de la famille royale ne serait présent.

— Je suis désolée. Tout s'est passé si vite… Je suis sûre qu'il aurait préféré que vous soyez là.

Nia eut un sourire triste.

— Je pense qu'elle a de la peine parce qu'elle sait justement que ce n'est pas le cas. Vous savez, si un de mes fils prenait ses distances avec moi j'aurais le cœur brisé. Depuis plusieurs années mon frère est comme un étranger pour nous. Il a souffert pendant longtemps. Je connais bien cette souffrance. J'ai moi-même perdu mon mari après trois ans de mariage. C'est le genre de perte qui laisse un trou dans le cœur. La souffrance peut être si destructrice…

Des larmes noyèrent les yeux de la jeune femme et Cressida faillit la prendre dans ses bras mais elle se ravisa. Ce serait sans doute un peu trop familier pour une première rencontre. Elle se contenta de poser furtivement sa main sur la sienne. Nia sourit et essuya la seule larme qui s'était échappée de ses yeux.

— J'imagine que ce n'est pas très agréable de savoir que son mari a été très uni à une autre femme. Oh ! excusez-moi… Je n'aurais pas dû dire ça.

— L'amour n'est pas un élément fondamental de ce mariage.

À peine ces mots eurent-ils franchi ses lèvres que Cressida le regretta.

— Ce que je veux dire c'est…

— Mon frère ne nous a rien dit, mais j'ai eu l'impression que la politique avait quelque chose à y voir. Mais ne vous inquiétez pas, avec moi votre secret ne craint rien, ajouta la princesse en souriant.

— Merci. Et je suis désolée pour votre mari.

— Je ne suis pas trop à plaindre. Je suis heureuse d'avoir mon frère pour veiller sur mes fils et de pouvoir passer du temps avec ma mère, même si elle a parfois tendance à dramatiser.

Nia laissa échapper un rire spontané et Cressida lui sourit avec chaleur. La sœur de Khal lui plaisait beaucoup et c'était réconfortant de savoir qu'il y avait au palais quelqu'un à qui parler. Quelqu'un qui n'était pas chargé par Khal de la surveiller ni de la transformer en reine parfaite. Quelques instants plus tard vint le moment de se séparer et Nia partit s'occuper de sa mère. De son côté, Cressida suivit son assistante qui lui fit visiter le palais. Ce dernier datait de trois siècles mais certaines parties avaient été restaurées suite aux dégâts causés par les rebelles pendant les guerres successives, expliqua l'assistante. Cressida pensa à Khal et à sa détermination à faire accepter son pays sur la scène internationale en dépit de la violence de son passé. Combien d'autres bâtiments de ce beau royaume avaient été détruits puis reconstruits ?

Dans la galerie des portraits, tous les anciens gouvernants du Zayyar se succédaient. Parmi les tableaux les plus récents elle reconnut la mère de Khal au côté d'un homme plus âgé. La ressemblance entre le vieux cheikh et son fils était frappante. Le tableau suivant représentait Khal jeune, en compagnie d'une femme à la chevelure de jais. Sa première reine était d'une beauté saisissante et il était sans doute encore amoureux d'elle. Ce qui était parfaitement son droit, se dit-elle. Savoir qu'il n'était pas disponible sur le plan sentimental devrait même simplifier la situation. Cressida s'arracha à la contemplation de la femme qui avait conquis le cœur de son mari. Cette histoire ne la regardait pas. Elle n'était qu'un instrument, pas une véritable épouse. Elle ferait bien de ne pas l'oublier.

L'apprentissage d'une nouvelle langue était toujours un plaisir immense pour elle. Cependant, au bout d'une demi-heure de cours avec son professeur particulier elle dut se rendre à l'évidence. Contre toute attente elle ne parvenait pas à se concentrer. Sa discussion avec Nia et les mystérieuses rumeurs qui avaient suivi la mort de la première épouse de Khal occupaient toutes ses pensées. Depuis qu'elle avait vu ce tableau du couple royal, elle était plus déstabilisée que jamais. C'était ridicule mais elle ne pouvait pas s'empêcher de se comparer à la magnifique brune. Pire encore, elle se demandait si Khal faisait la même comparaison… Elle savait pourtant depuis le début qu'elle était un second choix. Le fait de devoir son mariage avec le cheikh au désistement de sa sœur Olivia, plus belle et plus célèbre qu'elle, ne l'avait pas particulièrement perturbée. Alors pourquoi aujourd'hui éprouvait-elle cette sensation étrange et très désagréable qui ressemblait à… De la jalousie ? Oui, vraiment, c'était ridicule. Elle allait se concentrer sur son cours et ne plus penser au cheikh. Ni à son bel amour perdu.

6

Le lendemain, le cheikh resta de nouveau invisible sans pour autant se faire oublier. Il avait de nouveau prévu pour elle un emploi du temps bien rempli avec divers conseillers dont la seule mission était de la préparer à devenir une cheikha parfaite. Elle eut droit à une nouvelle visite, plus détaillée, du palais et fut prise de vertige à l'idée de mémoriser le dédale de couloirs interminables.

Le palais était au moins deux fois plus grand que celui de Monteverre et il regorgeait de vestiges d'une histoire qui la fascinait. À sa grande joie, quand elle demanda si elle pouvait consulter quelques livres sur l'histoire du Zayyar on la conduisit dans l'aile qui abritait la collection royale d'œuvres d'art et, surtout, une immense bibliothèque remplie de livres. Des milliers et des milliers de livres.

Malgré tout elle passa la journée à jeter des coups d'œil furtifs par-dessus son épaule, s'attendant à tout instant à voir apparaître le cheikh avec son regard impénétrable. Non qu'elle espère le voir. Pas du tout. En fait, elle était heureuse d'avoir le temps de s'adapter à son nouveau cadre de vie sans avoir l'impression qu'il surveillait le moindre de ses mouvements. Elle dîna seule dans son appartement, où on lui servit un repas traditionnel composé de viande mijotée accompagnée de riz parfumé. Ensuite elle se promena dans les couloirs en direction de l'aile du cheikh. Lorsqu'elle ralentit en passant devant la porte à double battant ouvrant sur ses appartements, le garde du corps qui ne la quittait jamais déclara :

— Sa Majesté est à Valar, où il a plusieurs réunions.

Elle hocha la tête comme si elle savait parfaitement où se trouvait son mari et ce qu'il y faisait.

— Je pensais que c'était le chemin de la terrasse qui donne sur le parc.

Le garde la remit courtoisement dans la bonne direction. Une fois sur la terrasse elle contempla les plantes exotiques pendant quelques minutes puis elle s'empressa de regagner sa chambre. Quelle idiote ! Que lui avait-il pris de partir à la recherche du cheikh ? Valar était une ville moderne relativement récente, située sur la côte. Elle l'avait appris en cours. C'était là que le bal en son honneur aurait lieu au début du mois prochain. Son vague agacement se mua en exaspération. Comment son mari osait-il disparaître deux jours de suite ? Était-il si extravagant d'attendre de lui qu'il ne l'ignore pas complètement ? Elle commença à répéter mentalement ce qu'elle lui dirait quand elle finirait par le voir.

Le jour suivant se déroula de la même façon. Elle prit ses repas seule dans son appartement, à l'exception d'un thé en compagnie de Nia au milieu de la matinée. À part ça, la seule compagnie qu'elle avait était celle de divers employés du cheikh qui l'appelaient « Votre Majesté » et fuyaient son regard. Malgré tout elle ne se laissa pas démonter. Elle tira parti des trésors de lecture à sa disposition dans la bibliothèque, puis elle se promena dans les jardins du palais en savourant la caresse du soleil déclinant sur son visage.

Après seulement deux jours au palais, elle se surprenait à attendre avec impatience le moment de la soirée où elle pourrait se retrouver seule dans son appartement. Bien sûr, il y avait des gardes devant la porte et une femme de chambre venait de temps en temps voir si elle avait besoin de quelque chose, mais dans l'ensemble on la laissait tranquille. Elle en profitait pour se mettre en pyjama et s'installer devant la porte ouverte du balcon pour lire. De temps en temps elle levait les yeux et contemplait le désert qui s'étendait jusqu'à l'horizon derrière l'enceinte du palais. À chaque fois ce spectacle lui coupait le souffle. Elle ne s'attendait pas à être aussi apaisée et attirée par le désert.

En dehors de ses lectures sur l'histoire et les traditions du Zayyar, elle étudiait la langue de ce pays qui était désormais le sien. Il n'était pas question pour elle de se contenter des cours qu'on lui donnait. Elle avait toujours aimé apprendre les langues par elle-même. En tant que cheikha elle devrait connaître et respecter les traditions du Zayyar, mais personne n'attendrait d'elle qu'elle parle couramment le zayyari. C'était pourtant le but qu'elle se fixait. Par plaisir, mais aussi pour s'occuper l'esprit. Elle en avait bien besoin puisque sa compagnie ne semblait pas intéresser son mari. Malgré ses efforts pour meubler ses journées, la solitude finit très vite par lui peser. Depuis toujours elle aimait être seule et entourée de livres, mais tout à coup cela ne lui suffisait plus. Peut-être parce qu'elle était dans un nouveau pays et entourée de gens qui lui adressaient à peine la parole. C'était comme si elle se retrouvait dans une cage de verre entourée de gens. Elle était seule.

Et pour comble, son téléphone portable restait mystérieusement muet depuis son arrivée au Zayyar. Aucun signal... Elle avait l'impression qu'une éternité s'était écoulée depuis qu'elle était descendue du jet alors qu'en réalité ça faisait seulement trois jours. Elle n'avait rien d'une geek mais c'était quand même très désagréable de ne pas pouvoir téléphoner ni envoyer de mails. Après de nouvelles tentatives infructueuses, elle arriva à la conclusion que son numéro n'était plus en service. Son père avait dû annuler l'abonnement pour la punir d'avoir désobéi à ses ordres et de ne pas être rentrée à Monteverre pour l'annonce des fiançailles. En principe il devait à présent être au courant qu'elle avait choisi une fugue secrète avec le cheikh plutôt que le mariage en grande pompe qu'il souhaitait.

Elle se leva, s'étira et jeta un coup d'œil au réveil posé sur la table de chevet. Presque minuit. Elle fit un rapide calcul. La dernière fois qu'elle avait eu de ses nouvelles, Olivia se trouvait à New York. Compte tenu du décalage horaire, c'était encore une heure à peu près correcte pour l'appeler. Elle n'avait pas eu l'occasion de lui parler depuis son départ de Londres et elle avait très envie de le faire. Cressida ouvrit la porte de son appartement. Le couloir était désert. Où étaient ses gardes ? Peut-être y avait-il un changement d'équipe à minuit. Il y avait un téléphone dans le petit bureau situé à côté de la bibliothèque. Elle pouvait attendre de voir quelqu'un pour demander l'autorisation… ou bien y aller, tout simplement. Elle était la reine, après tout, se dit-elle avec ironie.

Elle prit la direction de la bibliothèque le cœur battant, comme une adolescente enfreignant les règles. Les pieds nus, elle avançait sans bruit dans les couloirs, mais elle était si pressée d'arriver qu'elle se perdit. Quelle idiote ! Elle aurait dû penser à mémoriser des repères précis. Mais bon, cette promenade nocturne rompait la routine des jours précédents. Arpenter les couloirs sans chaperon et en pleine nuit lui donnait même un certain sentiment de liberté, à vrai dire. Elle avait oublié à quel point il était agréable de pouvoir se déplacer sans gardes qui la suivaient comme son ombre. À l'université elle allait et venait sur le campus sans être accompagnée en permanence.

Elle finit par retrouver son chemin, mais à sa grande déception le numéro de téléphone d'Olivia n'était plus en service non plus. En revanche, l'ordinateur devant lequel était assis un garde à chacune de ses visites à la bibliothèque était libre. Pourquoi ne pas en profiter ? Elle l'alluma et parvint miraculeusement à se connecter à Internet en mode invité. En consultant sa messagerie, elle découvrit avec surprise que celle-ci était pleine de mails de membres de son groupe de recherche à l'université, inquiets de sa disparition. Elle prit alors conscience avec effarement qu'elle ne les avait pas prévenus qu'elle arrêtait ses études. Une recherche rapide lui permit de trouver le numéro de téléphone du directeur de son groupe de recherche. Il répondit à la première sonnerie et coupa court à ses excuses pour l'heure tardive, visiblement soulagé d'apprendre qu'elle allait bien. Il lui confirma que le reste du groupe avait tenté à plusieurs reprises de prendre contact avec elle. Mais, bien sûr, toutes les demandes adressées au palais de Monteverre étaient restées sans réponse. Elle apprit ensuite que le travail du groupe ne pâtissait pas de son absence. Apparemment elle n'était pas aussi indispensable qu'elle le pensait. Avant de raccrocher elle promit d'essayer d'aller à Londres, tout en sachant que si elle y parvenait ce serait dans un avenir si lointain qu'ils l'auraient tous complètement oubliée. Elle éteignit l'ordinateur et se leva. Mais lorsqu'elle se retourna pour quitter la pièce, elle se figea avec un petit cri étouffé à la vue de l'imposante silhouette qui s'encadrait dans la porte.

— Tu te croyais seule ?

Elle était aussi belle en pyjama qu'en robe de mariée. C'était ce qu'avait pensé Khal quand il avait vu Cressida entrer furtivement dans la bibliothèque dans la semi-obscurité. Étant arrivé tard au palais, il avait décidé d'attendre le lendemain pour prévenir son épouse qu'il était de retour. Il était assis dans une alcôve, occupé à examiner la pile de livres qu'elle avait consultés. Quand il avait entendu qu'elle téléphonait, il avait décidé de s'éclipser par discrétion. Jusqu'à ce qu'il comprenne que la personne avec qui elle discutait à voix basse était un homme. Les poings crispés, il s'était approché sans bruit de la porte du bureau.

— Tu m'as fait peur. Je ne savais pas que tu étais rentré.

— C'est une habitude d'attendre le milieu de la nuit pour appeler tes amis ?

— Je n'avais pas eu le temps de dire au revoir à mes amis de Londres. Je prenais juste des nouvelles de... mon groupe de recherche.

— Tu es la reine du Zayyar.

Elle écarquilla les yeux, visiblement surprise par son ton cinglant.

— Je sais, merci. Tu sembles furieux. Pourquoi ai-je l'impression d'être réprimandée alors que je n'ai rien fait de mal ?

— Je suis simplement surpris de trouver ma femme en train de discuter à voix basse en pleine nuit avec un inconnu.

— Je refuse qu'on me dise à qui j'ai le droit de parler ou non. Surtout après être restée seule pendant des jours.

Mâchoire crispée, Khal s'exhorta au calme.

— Cet homme, c'est un ami proche ?

— Je le connais depuis quelques années dans le cadre de mes études. Mais je n'ai pas beaucoup d'amis.

Khal entrevit une lueur de tristesse dans ses yeux avant qu'elle détourne son visage.

— Si c'est tout ce que tu veux savoir, je commence ma journée très tôt, ajouta-t-elle en se dirigeant vers la porte.

Il lui barra le passage.

— Être reine est un travail à temps plein, Cressida. J'ai besoin d'avoir l'assurance que tu es prête à assumer tes responsabilités.

— Je me suis sentie un peu seule alors j'ai eu envie de téléphoner à quelqu'un. Je suppose que mon ancienne vie m'a manqué un instant. J'étais très heureuse dans mon petit appartement londonien, à lire et à travailler sur mon ordinateur. Étudier m'occupe l'esprit. Ça me donne le sentiment d'accomplir quelque chose, sans doute. Mais j'aurais pu m'abstenir de donner ce coup de téléphone. Apparemment, mon départ n'a pas laissé un grand vide.

Une ombre passa sur son beau visage et ses yeux se mirent à briller à travers des larmes naissantes, qu'elle refoula aussitôt d'un clignement de paupières. Elle prit une profonde inspiration et lui adressa un pâle sourire.

— Je n'ai pas l'intention de renoncer et de m'enfuir parce que je viens de passer une semaine difficile. Ne t'inquiète pas.

Il fit un pas vers elle.

— Je suis désolé que tu te sois sentie seule. Je n'avais pas l'intention de...

— Me laisser complètement seule dans un pays inconnu moins de douze heures après notre mariage ?

Il se maudit intérieurement. Elle avait raison. Il l'avait abandonnée. Il l'avait confiée à son personnel en se disant qu'elle apprécierait d'avoir des journées bien remplies pendant qu'il réglerait différents problèmes, dont l'enquête sur l'incendie. Peut-être avait-il voulu également mettre un peu de distance entre eux après ce baiser qu'il n'avait pas su retenir. Ce souvenir l'avait hanté, le privant de sommeil depuis.

Comme si elle lisait dans ses pensées, elle s'humecta les lèvres. À sa grande irritation il fut transpercé par une flèche de désir. Crispant les poings, il s'éclaircit la voix.

— Je n'ai pas été très prévenant, jusque-là.

— Non, en effet, acquiesça-t-elle en passant devant lui pour entrer dans la bibliothèque. Mais je comprends que tu aies eu des problèmes urgents à régler. As-tu du nouveau sur les causes du feu ?

Il s'efforça d'ignorer le balancement de ses hanches dans son pantalon de pyjama. En vain.

— L'enquête a conclu à un accident. J'en ai été informé cet après-midi.

Le soulagement se peignit sur le visage de Cressida. De toute évidence ce problème l'avait préoccupée. Ce qui était logique. Il aimerait bien être soulagé lui aussi, mais le fait qu'aucun indice n'avait été trouvé, ni par la police ni par son équipe responsable de la sécurité, était très frustrant.

— Le Zayyar est un sujet qui t'intéresse, apparemment, dit-il en indiquant la pile de livres posée à côté du fauteuil, dans l'alcôve.

Elle se dirigea vers elle et la tapota d'un geste presque affectueux.

— C'est un beau royaume.

— Tu ne mentais pas quand tu m'as dit que tu considérais la lecture comme une sorte de sport. Je parie que tu as déjà dévoré un quart de ma bibliothèque.

Les joues en feu, elle se mit à feuilleter un ouvrage sur les traditions zayyaries.

— C'est juste que j'ai besoin de me préparer quand je dois affronter une situation nouvelle. Quand je me sens dépassée, j'ai besoin de m'armer de connaissances aussi solides que possible.

Il éprouva une pointe de remords. Pas étonnant qu'elle se sente dépassée. Il avait commencé par précipiter leur mariage, puis il avait mis sa vie en péril au camp et enfin il l'avait abandonnée à la première occasion. Comme mari il était d'une nullité spectaculaire.

— C'est normal que tu te sentes un peu dépassée. Peu de gens aborderaient avec un tel calme un changement de vie aussi radical.

Il plongea son regard dans le sien.

— Tu peux choisir de dédaigner ce compliment, mais sache qu'il est sincère. Et j'aimerais te faciliter le plus possible cette transition. En commençant peut-être par équiper ton appartement d'une ligne téléphonique personnelle ?

— Merci, dit-elle en souriant. C'est une attention délicate. Mon père a résilié l'abonnement de mon portable pendant notre fugue.

— Le roi Fabian n'est pas réputé pour exprimer son mécontentement de manière directe. Je vais également faire livrer un smartphone chez toi demain matin.

— Oh ! une ligne fixe c'est déjà très bien.

— Tu es la reine du Zayyar, Cressida. Si tu veux quelque chose, il te suffit de le demander.

Elle le regarda d'un air étrange et il crut qu'elle allait dire quelque chose. Mais elle se baissa pour prendre un livre dans la pile et quand elle se redressa son visage était impassible. Que cachait ce masque de politesse distante ? Comment prenait-elle réellement la situation ? Il s'empressa de chasser ces interrogations dès qu'elles effleurèrent son esprit, puis il la raccompagna jusqu'à son appartement en orientant la conversation sur les visites du palais qu'elle avait faites en son absence. Devant son admiration pour sa demeure ancestrale, il se surprit à avoir envie de lui montrer certains des trésors cachés qu'elle recélait. Pourquoi ? Il voulait qu'elle se sente chez elle au palais, mais ce n'était pas la seule raison… Leur attirance mutuelle était toujours palpable, bien sûr, mais il y avait autre chose. Il voulait qu'elle se sente à l'aise en sa compagnie, comprit-il soudain. Après l'avoir laissée devant sa porte il regagna son appartement et s'installa à son bureau, couvert de documents officiels. Il en parcourut un sans vraiment le lire. Il n'avait pas l'esprit au travail, ce soir. Et ça avait été comme ça toute la journée. À peine parti, il n'avait eu qu'une envie. Revenir au palais. Cette attirance entre sa femme et lui était une complication fâcheuse, à laquelle il avait réagi en prenant ses distances avec elle, persuadé que c'était la solution la plus appropriée. Mais peut-être y en avait-il une autre. Rechercher une bonne entente avec la femme qui serait à son côté pendant les cinq prochaines années n'était pas un signe de faiblesse. C'était juste raisonnable et bien plus réaliste que son plan initial. En chantonnant, Khal nota plusieurs idées. Tout allait bien. La situation était toujours sous contrôle.

Cressida rêvait de son père. Les traits déformés par la colère, il hurlait contre elle. Ses paroles lui faisaient l'effet de coup d'épingles dans sa peau, mais elle était minuscule et elle avait peur de parler. Elle se réveilla la gorge sèche, comme si elle avait crié. Elle se leva et sortit sur le balcon. L'aurore enveloppait le désert d'un voile rosé. Elle prit un grand plaisir à s'habiller seule, à la grande confusion de ses femmes de chambre, qui la trouvèrent déjà prête à leur arrivée, vêtue d'une des *abayas* qui faisaient partie de sa nouvelle garde-robe. En mousseline de soie vert jade doublée de satin, elle était incrustée de perles et de minuscules pierres scintillantes autour de l'encolure et des poignets. Après sa douche elle avait laissé ses cheveux sécher naturellement, si bien qu'ils étaient légèrement ondulés.

En arrivant dans la salle à manger, elle eut la surprise d'y trouver Khal à table. Il se leva, lui dit bonjour, puis attendit qu'elle se soit installée en face de lui pour reprendre la lecture du journal en buvant son café. Elle mangea en l'observant à la dérobée. En même temps qu'il lisait il prenait des notes sur sa tablette. Sa journée de travail devait commencer dès qu'il ouvrait les yeux. Ce qui n'avait rien de surprenant. Quand elle termina son petit déjeuner il était toujours absorbé dans sa lecture. Elle se leva sans bruit, dans l'intention de le laisser tranquille.

— Excuse-moi. Je ne devrais pas lire, mais je n'ai pas l'habitude de prendre mon petit déjeuner avec quelqu'un, déclara-t-il en se levant.

— Tu n'es pas obligé de changer tes habitudes à cause de moi. J'ai des cours toute la matinée, puis des essayages et je ne sais quoi encore. Je suis très occupée.

— Oui, justement je voulais t'en parler. Mes conseillers m'ont dit que jusque-là tu as étudié dans la grande bibliothèque.

— Oui, et ça me convient très bien. Elle est fantastique.

— Je voulais te montrer quelque chose avant que tu commences ta journée.

Il l'invita d'un geste à le suivre, visiblement beaucoup plus détendu qu'à l'ordinaire.

— C'est une idée que j'ai eue hier soir après notre conversation.

Elle le suivit dans les couloirs en direction des bureaux royaux. On lui avait montré cette partie du palais mais en lui précisant qu'elle était réservée à un usage officiel.

— Voici mon bureau et les salles de réception, dit-il en indiquant une porte qui ouvrait sur une pièce aussi grande qu'un terrain de basket.

On ne la lui avait pas montrée mais on lui avait dit qu'elle donnait sur de nombreuses autres pièces, dont une bibliothèque et des secrétariats. Khal traversa le vaste hall et prit un couloir au bout duquel se trouvait une porte. Il l'ouvrit, s'écarta pour la laisser entrer dans une vaste pièce, dont trois murs étaient tapissés d'étagères pleines de livres. Sur un côté se trouvait un imposant bureau en merisier sur lequel étaient posés un ordinateur et un téléphone. De l'autre côté de la pièce, un grand canapé faisait face à une fenêtre cintrée qui donnait sur les jardins.

— J'ai pensé que tu avais besoin d'un endroit à toi pour tes études, déclara Khal. Ce bureau était le mien quand j'étais le prince héritier.

Cressida s'approcha des étagères et effleura le dos des livres du bout des doigts. Un endroit à elle. Son propre refuge. Elle lui avait dit qu'elle aimait étudier dans son petit appartement londonien, et il lui offrait un grand bureau pour elle toute seule.

Elle jeta un coup d'œil par-dessus son épaule. Il l'observait, debout dans l'encadrement de la porte.

— Tu peux le faire décorer à ton goût, bien sûr. Je ne serai pas offensé s'il ne te plaît pas tel qu'il est. Et si tu ne trouves pas les livres dont tu as besoin ici, je demanderai qu'on te les apporte de la grande bibliothèque.

— C'est parfait.

Comment pouvait-elle parler d'une voix aussi calme en étant aussi émue ? se demanda-t-elle avec perplexité.

— Merci.

Il balaya ses remerciements d'un geste de la main avant de consulter sa montre.

— Je dois travailler, mais si tu as envie tu peux rester ici et commencer à t'installer. Si tu as besoin de quoi que ce soit, utilise l'intercom qui est sur le bureau pour le demander à ton assistante personnelle.

— Mon assistante ?

— La cheikha a besoin d'une assistante. Tu commenceras à exercer tes fonctions officielles dans trois semaines et l'emploi du temps d'une cheikha est souvent très chargé.

Ils furent interrompus par deux conseillers : la présence du cheikh était requise d'urgence auprès de ses ministres. Cressida remercia Khal encore une fois avant qu'il s'en aille et referme la porte derrière lui. Puis elle se dirigea vers le bureau et s'assit sur la chaise en cuir. Il avait pensé à elle. Il s'était préoccupé de son confort. C'était étrange d'être l'objet d'attentions aussi délicates. Et très agréable… Elle posa les mains sur le bureau et sourit en voyant le téléphone portable posé sur une liasse de feuilles. Elle l'alluma. Il avait été paramétré pour qu'elle puisse l'utiliser facilement. Un petit soupir d'aise lui échappa. Elle ne savait pas par où commencer avec tous ces cadeaux merveilleux… Khal les considérait-il comme des cadeaux ? Ce n'était pas certain. La brise qui entrait par la fenêtre éparpilla quelques feuilles sur le bureau. C'était du papier à en-tête, constata-t-elle en voyant l'emblème du royaume du Zayyar. Lorsqu'elle lut ce qui était écrit dessous, son cœur fit un bond dans sa poitrine et elle fut envahie par un sentiment qui ressemblait à de la fierté.

Bureau de Sa Majesté Cheikha Cressida al-Rhas du Zayyar

7

Khal prenait le petit déjeuner avec Cressida tous les matins : il était dans l'intérêt du royaume qu'elle se sente à l'aise au palais, se répétait-il. Mais sans vouloir se l'avouer, il prenait un grand plaisir à leurs conversations matinales. Peu à peu il en oublia de prendre des notes à la lecture des journaux et il confia cette tâche à un de ses secrétaires, préférant au lieu de cela converser avec Cressida. La jeune femme parlait avec animation de son apprentissage du zayyari. Elle était avide de tout savoir sur la culture zayyarie et évoquait avec humour et sans le moindre complexe les différences avec sa propre culture.

Les rares soirs où il était disponible ils dînaient ensemble et il prenait le même plaisir à discuter avec elle. Voir son royaume et ses traditions à travers les yeux de Cressida était passionnant et très instructif. Cependant, il avait beau être fasciné par sa conversation, il devait faire des efforts pour ne pas laisser son regard s'attarder sur ses courbes féminines. Et quand il la raccompagnait jusqu'à la porte de sa chambre, il devait lutter contre la tentation de s'attarder.

Dans cette nouvelle vie d'homme marié le temps passait étonnamment vite et il était de moins en moins obsédé par l'enquête sur le feu. Deux semaines s'étaient écoulées depuis le mariage quand sa bonne humeur prit fin brusquement à cause d'une information qu'un secrétaire laissa échapper. Il convoqua aussitôt son chef de la sécurité malgré l'heure tardive.

— Vous souhaitez me voir, Votre Majesté ? demanda Sayyid quelques minutes plus tard.

— Ferme la porte.

Assis à son bureau, les poings crispés, Khal contenait sa rage à grand-peine. D'un geste il invita Sayyid à s'asseoir, puis il se leva et fit le tour du bureau.

— Il y a un problème, Votre Majesté ?

— On peut dire ça, oui. Si on considère comme un simple problème le fait de découvrir par hasard qu'un nouvel incident s'est produit.

— Si vous parlez de l'incident sans gravité qui s'est produit la semaine...

— C'est moi qui décide si un problème est sans gravité, coupa Khal d'une voix vibrante de colère. Qu'est-ce qui te fait croire que ton roi n'a pas besoin d'être informé que son royaume est menacé ? Tu trouves normal que je découvre au bout d'une semaine qu'un intrus a été surpris en pleine nuit en train d'escalader le mur d'enceinte du palais ?

— Sauf votre respect, Votre Majesté, il est déjà arrivé dans le passé que des gens tentent d'escalader le mur. L'homme en question n'a pas franchi les barrières de sécurité et il n'était pas armé. L'incident a donc été classé comme « sans gravité ».

— A-t-il été interrogé ? Avait-il des liens avec des factions rebelles ?

— Son interrogatoire a abouti à la conclusion que c'était juste un jeune qui s'était lancé un défi stupide. Lazarov lui-même a décidé qu'il valait mieux ne pas donner d'écho à un fait aussi banal.

— Roman a été informé ?

Khal réprima un mouvement de contrariété. La société de sécurité de son ami Roman Lazarov avait formé toute la garde du palais. Si l'intrus avait été jugé dangereux il aurait été informé immédiatement. Le Groupe Lazarov était la société de sécurité la plus performante de la planète. Après le feu Khal avait d'ailleurs appelé Roman lui-même. Et c'était ce dernier qui l'avait informé que l'enquête avait conclu à un accident. Lors de cette conversation téléphonique, son ami lui avait rappelé d'un ton inquiet que dans le passé il avait eu tendance à imposer des mesures de sécurité toujours plus drastiques sans cause réelle. Roman lui avait conseillé de faire confiance à ses gardes et d'arrêter de voir partout des menaces inexistantes.

— Sire, je vous assure que la cheikha est en sécurité...

Khal se hérissa en percevant la même note d'inquiétude dans la voix de Sayyid.

— Je n'ai pas fait une seule fois allusion à la cheikha. Ce qui est en cause c'est l'acte d'insubordination que tu as commis en n'informant pas ton roi d'un incident potentiellement dangereux.

Sayyid se leva brusquement, avec un air de défi.

— Il n'y avait pas de danger. C'est ce que j'essaie de vous expliquer. Ce que beaucoup ont essayé de vous expliquer.

Khal se détourna, au comble de la fureur. D'accord, peut-être était-ce à la sécurité de Cressida qu'il avait pensé en apprenant qu'un inconnu avait escaladé le mur d'enceinte au milieu de la nuit. Mais le danger ne concernait pas seulement son épouse. C'était la sécurité du Zayyar qui était en jeu. Son père ne manquait jamais de lui rappeler que les mouvements de rébellion pouvaient resurgir à tout instant quand on baissait la garde en période de paix. Il était de son devoir de faire en sorte que ses gardes ne commettent pas l'erreur de considérer cette paix comme acquise. S'exhortant au calme, Khal inspira profondément. Ce n'était pas le moment de perdre le contrôle de lui-même.

— Tu es suspendu de tes fonctions pour erreur de jugement. Pendant une semaine. Avec effet immédiat.

En voyant Sayyid plisser les yeux, Khal se raidit. Son chef de la sécurité allait-il franchir les limites et se rebeller ouvertement contre les ordres de son roi ?

— Très bien, Votre Majesté. Je vais prendre les dispositions nécessaires, finit par dire Sayyid après un long silence.

Il s'inclina puis sortit sans un mot de plus.

Khal arpenta longuement son bureau à grands pas avant de

se rasseoir dans un fauteuil en luttant contre une furieuse envie de soulever la table basse voisine et de la lancer à l'autre bout de la pièce. Il était hors de question de laisser son personnel décider quelles informations devaient lui être transmises ou pas. Savoir tout ce qui se passait dans son palais était son droit le plus strict. Non, son devoir. La remarque de Roman s'imposa de nouveau à son esprit. Voyait-il de nouveau le danger là où il n'existait pas ? Devait-il se contenter de laisser son équipe de sécurité faire son travail sans chercher à contrôler tout ce qui se passait autour de lui ? Il donna un coup de pied dans la table.

— Une crise de colère ?

Une voix douce le fit tressaillir. *Non, pas Cressida...* Il se retourna. Elle était debout dans l'encadrement de la porte, vêtue d'un peignoir de soie rose pâle. Il prit le temps de la contempler avant de répondre.

— Les cheikhs n'ont pas de crise de colère. Il nous arrive juste de perdre notre calme.

— Ah.

Elle eut une hésitation.

— Je suis venue chercher un livre et j'ai vu de la lumière dans ton bureau. Je te dérange ?

— Entre. Mais je risque de ne pas être de très bonne compagnie.

Il se leva et s'étira longuement. Observant Cressida à la dérobée, il vit son regard se promener sur lui avant de se détourner précipitamment. Sa colère passa au second plan et il ne put s'empêcher d'esquisser un sourire. C'était la première fois qu'elle franchissait la porte de son bureau, songea-t-il. Elle reporta son attention sur les photos de leur mariage éparpillées sur son bureau. Il les avait reçues le matin même et n'avait pas encore décidé quoi en faire. Elle s'en approcha et en effleura quelques-unes.

— J'ai l'air... très différente.

Elle en prit une sur laquelle ils étaient face à face et où leurs fronts se touchaient.

— Elles ne te plaisent pas ?

— Ce sont de très bons clichés.

— Ce n'est pas ce que je t'ai demandé.

— Je suppose qu'elles sont très convaincantes. Très romantiques. Mais quand on connaît la vérité, l'effet est un peu gâché.

Elle reposa la photo et disposa les autres en carré en évitant son regard.

— Ça fait une impression étrange d'être mariés sans l'être vraiment, n'est-ce pas ?

— Nous sommes mariés. J'ai des photos pour le prouver, ironisa-t-il.

— Tu sais très bien ce que je veux dire. Je parle de cet arrangement...

Elle soupira et se tourna vers les minuscules bateaux en bouteille posés sur les étagères.

— Je n'ai jamais compris comment on fait pour mettre des objets en bouteille. Et le niveau de détail de ces bateaux est extraordinaire.

— C'est un hobby, commenta-t-il distraitement.

Pourquoi son commentaire sur leur mariage qui n'en était pas vraiment un le poursuivait-il ?

— C'est toi qui as fait tous ces bateaux ? s'exclama-t-elle. Quand trouves-tu le temps ?

— Ça m'aide à faire le vide dans mon esprit et à me calmer.

Pourquoi cette confidence ? se demanda-t-il aussitôt. Un roi n'était pas censé avoir l'esprit en ébullition. Un roi contrôlait ses pensées en permanence.

— Ça paraît incroyablement compliqué, insista-t-elle en examinant plusieurs modèles d'un air fasciné.

— En fait c'est assez simple quand on fait preuve de méthode. C'est mon père qui m'a initié à ça quand j'étais enfant.

Khal sourit au souvenir des colères qu'il piquait quand il n'arrivait pas à redresser le mât d'un bateau. Son père restait assis, imperturbable, sans jamais élever la voix. « Reprends ton plan et recommence », conseillait-il. Aujourd'hui, il était conscient que son père lui avait fourni les outils nécessaires pour canaliser la fougue qui le caractérisait déjà tout petit. Le Zayyar n'avait pas besoin d'un autre roi incapable de se maîtriser.

— J'étais sur le point de demander du thé, dit-il en chassant ces pensées de son esprit. Si ça te tente, tu es la bienvenue.

S'il invitait son épouse à rester en tête à tête avec lui dans son bureau au milieu de la nuit, c'était uniquement pour se changer les idées. C'était sa conversation qui l'intéressait. Rien d'autre. Elle hésita, puis finit par s'asseoir dans le fauteuil situé en face de celui qu'il venait de quitter. Il n'avait pas menti, il était sur le point de demander du thé. Quelques minutes plus tard, une théière et deux petits verres furent apportés et posés sur la table basse qui se trouvait entre eux. À sa grande surprise, Cressida prit l'initiative de faire le service suivant le rituel zayyari avec une aisance inattendue. Ce fut seulement lorsqu'elle prit conscience de son regard sur elle que ses mains se mirent à trembler. Lorsqu'elle lui tendit son verre, il effleura délibérément ses doigts.

— Et tu dis que tu n'as pas l'impression d'être vraiment mariée ? commenta-t-il en se calant dans son fauteuil après avoir dégusté une gorgée de thé. Tu viens pourtant de te comporter comme une véritable épouse.

— Eh bien, j'ai moins d'expérience que toi en la matière... Oh ! excuse-moi, je suis terriblement maladroite.

— Ne t'excuse pas, répliqua-t-il avec une désinvolture feinte.

Pourquoi était-il embarrassé par cette allusion à son premier mariage ? Parce qu'il était troublé par la femme assise en face de lui ? À vrai dire, au fur et à mesure que les années passaient il pensait de moins en moins à sa première épouse. Et quand il y pensait, c'était en général en relation avec l'enquête qu'il continuait de mener sur son accident. Il était veuf depuis cinq ans, après tout. L'intensité des émotions ne pouvait pas durer éternellement. Malgré tout, prendre conscience qu'il avait fini par accepter la mort de Priya lui donnait mauvaise conscience.

— C'est un peu déplacé mais je ne peux pas m'empêcher de me demander s'il vous arrivait de prendre le thé comme ça dans ton bureau, dit-elle d'une voix hésitante. Tu ne parles jamais de ton premier mariage. Je dois admettre que je suis curieuse.

— Mon premier mariage était différent pour des tas de raisons. J'étais moi-même très différent.

— Ta sœur m'a dit que tu avais beaucoup souffert. Pendant longtemps. J'ai eu le sentiment que vous étiez très amoureux.

— Nous l'étions. Au début, du moins.

— Oh.

Elle ne chercha pas à en savoir davantage et il lui en fut reconnaissant. C'était seulement un des innombrables secrets de son mariage apparemment parfait avec Priya. Il n'avait jamais dit à personne que les apparences ne reflétaient pas tout à fait la réalité. Mais contre toute attente, à présent qu'il l'avait reconnu il se sentait plus léger. Il ne lui était jamais venu à l'idée que les secrets pouvaient être pesants.

— Le mariage de mes parents était un mariage arrangé, reprit-elle après un instant de silence. Ma grand-mère disait qu'ils avaient de la chance d'être tombés follement amoureux.

Elle eut une moue désabusée.

— Vu la façon dont leurs relations ont évolué, j'ai toujours pensé qu'il valait mieux éviter de faire un mariage d'amour.

Khal se remémora le roi Fabian et son épouse indifférente. À chaque fois qu'il les avait vus il avait senti que leur mariage était loin d'être harmonieux. À son avis les problèmes étaient beaucoup plus profonds qu'un simple désamour, mais il valait mieux qu'il garde cette opinion pour lui.

— C'est pour ça que tu as accepté de m'épouser ? demanda-t-il. En dehors de ton dévouement à ton royaume.

Cressida changea de position dans son fauteuil.

— J'avais beaucoup de raisons d'accepter cet... arrangement.

— C'est un mariage, *habibi*, objecta-t-il d'un ton plus dur qu'il ne l'aurait voulu.

Tout à coup, le fait qu'elle considère leur mariage comme un arrangement lui déplaisait profondément. Pourquoi ? Il n'en avait pas la moindre idée. Après tout, c'était bien de ça qu'il s'agissait, non ?

— Je ne prétends pas que nous ne sommes pas soumis aux

mêmes règles que les autres couples mariés. Je veux juste dire que dans l'intimité c'est autre chose.

— Te sens-tu liée par ses règles, Cressida ? demanda-t-il d'une voix suave.

Il s'efforça de réprimer son irritation tandis qu'un souvenir indésirable s'imposait à lui. Plusieurs années auparavant il avait eu le même genre de conversation, mais c'était la voix d'une autre femme qui résonnait dans son esprit.

« Je n'ai jamais été douée pour observer les règles, Khal. Je suis désolée. »

— Je n'ai pas envie d'entamer une discussion à minuit, répliqua Cressida en se levant. Tu as visiblement été contrarié par quelque chose avant mon arrivée. Je pense qu'il vaut mieux que je prenne congé.

— Oh ! non.

Il se leva et lui bloqua le passage.

— Vois-tu, j'ai pour principe de terminer les conversations. Pas de prendre la fuite quand elles deviennent embarrassantes.

— Ce n'est pas une conversation. J'ai l'impression que tu veux me faire dire ce que je n'ai pas dit.

— Te sens-tu liée par les règles de ce mariage ? répéta-t-il d'une voix plus douce.

— Parfois, répondit-elle d'une voix à peine audible.

L'atmosphère était électrique et elle semblait avoir du mal à respirer.

— Es-tu malheureuse ici avec moi, Cressida ?

Il retint son souffle, anxieux de connaître la réponse. Il voulait qu'elle réponde avec sincérité, qu'elle quitte un instant ce masque d'impassibilité qu'elle portait en permanence quand elle était en sa compagnie. Il voulait la vérité.

Elle secoua la tête en plongeant son regard dans le sien.

— Quand je suis avec toi je ne suis pas malheureuse. Je suis… frustrée.

Il ne sut jamais qui se pencha le premier, mais leurs bouches se joignirent et ce fut comme un grand verre d'eau après des semaines dans le désert. Grisé par l'ardeur avec laquelle elle l'embrassait, il approfondit leur baiser. Il sentit ses bras se nouer sur sa nuque, ses seins s'écraser contre son torse. Il la fit reculer contre les étagères et quitta sa bouche pour parsemer son cou de baisers. Ses petits soupirs décuplèrent son désir. Elle creusa les reins et le contact de son sexe durci lui arracha un gémissement. Avait-elle agi délibérément ou bien avait-elle bougé par inadvertance ? Il plongea son regard dans le sien.

— Dis-moi d'arrêter, souffla-t-il. Dis-moi que tu veux que j'arrête.

— Je ne peux pas, murmura-t-elle avant de presser les lèvres contre son cou. Je crois que j'en ai eu envie dès l'instant où je t'ai vu pour la première fois.

Ce baiser et cet aveu achevèrent de lui faire perdre la tête. Tandis qu'elle parsemait sa peau de baisers mouillés, il écarta les pans de son peignoir et fit glisser les bretelles de sa chemise de nuit sur ses épaules. Fasciné par la perfection de ses seins de porcelaine, il referma les mains dessus et elle renversa la tête en arrière en soupirant. Il caressa délicatement leurs deux pointes durcies avant de les aspirer tour à tour entre ses lèvres. Chaque coup de langue arrachait à Cressida des gémissements qu'elle tentait d'étouffer en se mordant le poing. Il quitta ses seins pour s'emparer de sa bouche dans un baiser avide et elle creusa de nouveau les reins pour presser son bassin contre le sien. De toute évidence, elle savait exactement ce qu'elle voulait. Il serait si simple de lui faire nouer les jambes sur ses reins et de plonger en elle...

— S'il te plaît, Khal, ne t'arrête pas... S'il te plaît...

Galvanisé par sa voix vibrante de désir, il lui enleva son peignoir et remonta sa chemise de nuit jusqu'à la taille. La maintenant en place d'une main, il glissa l'autre entre ses cuisses.

Ses efforts pour rester discrète furent très vite réduits à néant. Les caresses de Khal lui arrachaient des gémissements et des cris étranglés qui résonnaient dans la pièce. Cressida n'avait jamais éprouvé des sensations aussi inouïes. C'était comme s'il savait exactement ce qu'elle aimait, ce qu'elle faisait la nuit dans son lit quand personne ne pouvait la voir... Sauf que c'était cent fois, mille fois meilleur quand c'était ses doigts à lui qui la touchaient... Elle se mit à onduler, et il fit glisser lentement sa culotte sur ses hanches en plongeant son regard dans le sien. Attendait-il de voir si elle avait changé d'avis ? Si elle voulait qu'il arrête ? Non. Surtout pas. Elle avait pris sa décision à l'instant où il s'était levé pour lui barrer le passage. Si beau, si viril... Demain elle se rappellerait peut-être pourquoi faire l'amour avec lui était une mauvaise idée, mais pour l'instant elle en avait trop envie. Elle n'avait même jamais eu autant envie de quelque chose.

Impatientée par sa lenteur, elle enleva elle-même sa culotte avec des gestes fiévreux, lui arrachant un petit rire qui accrut son excitation. Elle sourit. Dire que quelques instants plus tôt ils discutaient d'un ton un peu guindé... Lorsqu'il effleura son sexe du bout des doigts, elle laissa échapper un cri étranglé. En quelques secondes elle sentit le plaisir monter en elle, prêt à exploser. Khal interrompit ses caresses juste avant qu'elle soit submergée.

— Qu'est-ce que... ?

Un baiser goulu étouffa ses protestations en même temps qu'il la soulevait de terre pour la porter jusqu'au grand divan situé à l'autre bout de la pièce. Il lui enleva sa chemise de nuit et elle fut complètement nue devant lui. Le regard ébloui dont il l'enveloppa fit courir des frissons délicieux dans tout son corps. Après l'avoir contemplée un instant il entreprit de se déshabiller. Lorsqu'il eut terminé ce fut à son tour de l'admirer, la gorge sèche. Il était splendide. Encore plus beau que dans ses rêves. Sous sa peau hâlée, le dessin de ses muscles était fascinant. Tout son corps était d'une beauté à couper le souffle. Son torse puissant, son ventre plat, ses hanches étroites, son... Elle déglutit péniblement. Son sexe était très impressionnant...

— J'en rêve depuis si longtemps, murmura-t-il en la rejoignant.

L'intensité de son regard et la douceur de ses mouvements lui nouèrent la gorge. De toute évidence, ce moment était aussi important pour lui que pour elle... Il entra en elle avec une lenteur infinie et elle ne ressentit qu'une douleur furtive, très supportable. Malgré tout, elle avait dû se raidir sans en avoir conscience... Il s'immobilisa, l'air inquiet. Elle l'agrippa aussitôt par les hanches pour l'inciter à continuer. Les dernières bribes de douleur laissèrent bientôt place au plaisir. Un plaisir qui s'intensifiait peu à peu tandis qu'elle était emportée dans une danse lascive dont son corps semblait connaître les pas sans jamais l'avoir dansée.

— Oh ! oui, *habibi*...

Le rythme de leurs deux corps confondus s'accéléra peu à peu. Le plaisir qui montait en elle s'annonçait dévastateur, et Khal était lui aussi au bord du gouffre, elle le sentait... Cet homme puissant était sur le point de perdre le contrôle de lui-même dans ses bras... Cette pensée précipita l'arrivée de la première vague qui la submergea. Jamais elle n'avait rien éprouvé d'aussi prodigieux... Tandis que les vagues de jouissance se succédaient encore et encore, elle sentit que Khal se séparait d'elle. L'espace d'une seconde elle fut déconcertée, puis elle comprit. Il s'était retiré juste avant d'être balayé à son tour par le plaisir.

Quelques instants plus tard il roula sur le dos à côté d'elle, la tête renversée en arrière, visiblement comblé. Encore parcourue d'ondes de plaisir, Cressida le contempla, fascinée. Elle voulait graver cette image dans sa mémoire. Jamais elle n'avait imaginé que sa première fois serait aussi passionnée. Non seulement elle venait de faire l'amour pour la première fois, mais elle l'avait fait avec son mari. Un long frisson la parcourut. Comment était-on censée réagir dans cette situation ? Devait-elle rester silencieuse ? Ou bien pouvait-elle lui dire qu'elle avait aimé ça et qu'ils devraient recommencer à l'occasion ?

Khal avait les yeux fermés, mais il ne dormait pas. Il était furieux contre lui-même. Que lui avait-il pris ? Premièrement, sa femme était vierge et il l'avait déflorée sans la moindre délicatesse sur un divan. Deuxièmement, il n'avait pas utilisé de préservatif. Il rouvrit les yeux et se leva d'un bond. La perspective que l'histoire se répète était insupportable. Il se figea devant son bureau. Son cerveau semblait aussi tétanisé que son corps. À peine formées, ses pensées se dissolvaient.

— Quelque chose ne va pas ? demanda une voix hésitante.

Il se retourna. Combien de temps était-il resté pétrifié ? Devant l'inquiétude qui se lisait sur le visage de Cressida, il fut assailli de remords.

— Tu étais vierge, dit-il d'une voix douce en s'asseyant à côté d'elle. Si j'avais su j'aurais pris mon temps. Pour que ce soit plus agréable pour toi.

— C'était très agréable... pour moi, en tout cas.

— Pour moi aussi, bien sûr. Mais j'ai été irresponsable.

Elle se leva et remit sa chemise de nuit. Il réprima une furieuse envie de la tirer par la main pour qu'elle se rassoie.

— Nous avons été irresponsables tous les deux. Nous nous sommes laissé emporter mais nous pouvons décider que ça ne se reproduira pas, déclara-t-elle d'un ton neutre.

Elle releva ses cheveux, les enroula et les fixa au sommet de son crâne sans épingles ni barrette. Puis elle ramassa son peignoir et l'enfila.

— Je dis que j'ai été irresponsable parce que je n'ai pas utilisé de protection, Cressida.

Il se leva et avança vers elle.

— Ce n'est pas un problème, répliqua-t-elle en levant la main pour le tenir à distance. Je suppose que tu es... en bonne santé ?

— Bien sûr !

— Parfait. Pour le reste, je prends la pilule pour régulariser mon cycle, dit-elle en nouant la ceinture de son peignoir d'un geste décidé. Par conséquent tu n'as aucune raison de t'inquiéter. À présent, il vaut sans doute mieux que nous regagnions nos chambres respectives...

— Oui, bien sûr...

Il serra les dents. Pourquoi était-il aussi frustré par sa réaction ? Il devrait se réjouir, au contraire. La dernière chose dont il avait envie c'était d'être obligé de refroidir l'enthousiasme d'une épouse trop sentimentale. Il devrait remercier sa bonne étoile...

Inclinant la tête, elle lui souhaita une bonne nuit d'un ton poli avant de sortir de son bureau avec un calme imperturbable. Il attendit que le bruit de ses pas se soit éteint complètement avant de quitter le bureau à son tour. Ses pieds semblaient savoir où le conduire sans que son cerveau intervienne. La cour de l'aile orientale du palais débouchait sur un jardin tropical. Il suivit un chemin pavé de marbre incrusté d'aigues-marines qui scintillaient sous les rayons de la pleine lune et il arriva devant une petite fontaine en pierre. Il y avait des années qu'il n'était pas venu là. Pendant longtemps cet endroit avait été son refuge préféré quand la souffrance le submergeait. Le devant de la fontaine était orné d'un carré de marbre au centre duquel brillait une aigue-marine. Il posa la main sur la pierre et sentit sa chaleur s'infiltrer sous sa peau. Il avait choisi cet endroit parce que le soleil y brillait toute la journée. À l'époque cela lui avait paru important. Il n'y avait pas de nom gravé dans la pierre, pas de mots pour expliquer la présence de cette fontaine à cet endroit précis. Son fils n'avait jamais respiré, et dans la culture zayyarie cela signifiait qu'il n'avait jamais existé. Il n'y avait pas de tombe devant laquelle prier.

Mais il avait souvent prié quand même. Pour le fils qu'il ne connaîtrait jamais et pour l'épouse qui avait changé pour toujours. Quelque chose était mort en lui le jour où on lui avait appris que Priya avait perdu leur enfant. Il se trouvait à l'autre bout du monde et il n'avait pas pu rentrer avant plusieurs jours. Quand il était enfin arrivé à son chevet, la femme qui l'avait regardé n'était plus sa Priya. Elle était morte à son tour moins d'un an plus tard.

Il n'avait pas dit à Cressida pourquoi il ne voulait pas d'enfant. À l'idée qu'elle risquait d'être enceinte de lui il avait été glacé de terreur.

8

Cressida eut le souffle coupé quand l'hélicoptère descendit en piqué pour qu'ils puissent admirer le littoral spectaculaire de Valar. Les façades de verre et d'acier des nombreux gratte-ciel étincelaient au soleil tandis qu'au loin on apercevait les piscines des résidences hôtelières qui longeaient la plage. Ils se posèrent sur le toit d'une tour si haute que Cressida se raidit sur son siège. L'estomac noué, elle garda les yeux fixés droit devant elle et tressaillit en sentant la chaleur de Khal toute proche lorsqu'il se pencha pour parler au pilote.

Elle l'avait à peine vu pendant la semaine qui s'était écoulée depuis la nuit où ils avaient fait l'amour dans son bureau. Il ne prenait plus le petit déjeuner avec elle et ne l'invitait plus à des dîners impromptus. Leurs conversations détendues lui manquaient mais elle se répétait que c'était mieux ainsi. Il était évident qu'il n'éprouverait jamais rien d'autre pour elle que du désir. Or envisager une relation purement sexuelle avec un homme qui était son mari serait de la pure folie. Comment pourrait-elle garder ses distances dans ces conditions ? Elle éprouverait très vite des sentiments pour lui et il finirait par lui briser le cœur.

Deux gardes l'aidèrent à descendre de l'hélicoptère, mais ce fut Khal qui lui prit la main pour l'entraîner à travers le toit balayé par le vent jusqu'à l'ascenseur. Une fois dans la cabine elle poussa un soupir de soulagement, et un rire sonore éclata à côté d'elle.

— Tu croyais que j'allais te laisser tomber du toit ? demanda-t-il sans lui lâcher la main.

— Je suis heureuse que tu trouves amusant le fait que j'ai le vertige, rétorqua-t-elle en souriant malgré elle.

Au même instant l'ascenseur s'arrêta et les portes s'ouvrirent sur un couloir sans fenêtres. Comme à l'ordinaire, l'équipe de sécurité avait inspecté les lieux avant leur arrivée. Ils furent conduits dans un vaste salon où on les laissa seuls. Une grande baie vitrée convexe occupait un mur entier, offrant une vue spectaculaire sur la ville, bordée sur un côté par la mer d'Arabie. Le verre était si translucide qu'on pouvait avoir l'impression que le sol de la pièce donnait directement dans le vide. Cressida resta prudemment au centre de la pièce mais cela ne l'empêcha pas d'admirer la vue.

— Cette ville est… splendide.

— Elle sera bientôt l'avenir du Zayyar, grâce à toi. La nouvelle de notre mariage a déjà ouvert des portes qui sont restées fermées jusque-là. La célébration de ce soir renforcera beaucoup de liens qui nous seront très utiles.

Cressida avait déjà été informée des effets positifs de l'annonce de leur mariage. Ce soir, des chefs d'État et des dignitaires venus du monde entier assisteraient à la célébration. En revanche, aucun membre de sa famille ne serait présent. Ce qui ne la surprenait pas du tout. Sa sœur aînée, Eleanor, se trouvait en Afrique du Nord dans le cadre d'une mission humanitaire mais lui avait promis de venir la voir bientôt. Olivia de son côté était très occupée à New York par l'installation du siège de sa fondation dédiée à l'alphabétisation et à l'aide aux plus démunis.

Quant à ses parents, ils avaient refusé l'invitation en prétextant un problème de planning. Avec un manque d'enthousiasme flagrant ils avaient organisé une réception à Monteverre pour la semaine suivante et les avaient invités, Khal et elle, à venir en visite officielle. Une tentative pathétique de démonstration de pouvoir de la part de son père, mais il était hors de question qu'elle refuse l'invitation. L'alliance avec Monteverre était trop importante pour Khal.

Ce soir elle faisait ses débuts sur la scène internationale en tant que cheikha. Cette perspective la terrifiait presque autant que le fait d'être devant une baie vitrée à plusieurs centaines de mètres du sol...

— Viens voir la vue. La vitre est en verre blindé. Il n'y a aucun risque, assura Khal en se dirigeant vers la baie vitrée pour donner un coup dedans.

L'estomac noué, elle leva instinctivement la main.

— Ce n'est pas la peine de le prouver !

Khal esquissa un sourire. Ce sourire malicieux qui avait le don d'affoler son cœur... Il s'appuya d'une main à la vitre et se pencha en avant.

— C'est juste qu'on a une bien meilleure vue de la côte d'ici que du milieu de la pièce. C'est juste une suggestion.

Il était fou. Il n'y avait pas d'autre explication. Comment pouvait-on rester aussi serein quand on était au bord du vide ?

— C'est ta manière de prouver que tu es un dirigeant plein de courage ? Ce n'est vraiment pas la peine.

— J'essaie simplement de te montrer que tu ne risques pas de tomber, répliqua-t-il avec une douceur étonnante. Le danger n'existe que dans ton esprit.

Il revint vers elle et la prit par la main. La chaleur de sa peau contre la sienne la fit frissonner. Elle ne résista pas tandis qu'il l'entraînait, pas après pas, jusqu'à la baie vitrée. Elle ferma les yeux et sentit qu'il lui faisait poser la main sur le verre.

— Ouvre les yeux.

Il avait parlé d'une voix douce mais ça n'en était pas moins un ordre. Elle entrouvrit une paupière, le cœur battant à tout rompre. Il n'avait pas menti. La vue était bien plus dégagée. Sur le côté la mer scintillait sous les rayons du soleil comme si elle était parsemée de diamants. Partout ailleurs l'espace était occupé par une forêt de tours ultramodernes plus élégantes les unes que les autres. Et tout au loin, on apercevait le désert.

— Évite juste de regarder en bas, murmura Khal à son oreille avant de lui lâcher la main.

— Tu avais besoin de me rappeler qu'il y a un « en bas » ? protesta-t-elle d'une voix blanche.

Expirant lentement, elle résista à l'envie de reculer.

— Votre sang-froid est digne d'une reine, Votre Majesté.

Elle ne put s'empêcher de sourire.

— Je crois que toutes ces démonstrations viriles de courage royal m'ont rassurée.

Khal pouffa et elle eut un pincement au cœur. L'atmosphère était si détendue et Khal si malicieux qu'elle pouvait presque imaginer qu'ils étaient un couple normal partageant un moment d'intimité. Mais c'était rêver de quelque chose qui n'existerait jamais. Une situation qui lui était familière… Une souffrance ancienne jamais vraiment endormie menaçait de la submerger quand une voix douce interrompit le cours de ses pensées.

— Tu as l'esprit ailleurs.

Elle hocha la tête en évitant le regard de Khal.

— Je dois être fatiguée, prétendit-elle.

— Alors il faut te reposer. Nous partons pour le bal à 20 heures.

Elle murmura des remerciements tandis qu'il l'accompagnait jusqu'à la porte de sa chambre, dans laquelle elle entra précipitamment. Une fois la porte refermée, elle s'y adossa et attendit que les battements de son cœur reprennent leur rythme normal. Cet homme avait vraiment le don de la perturber au plus haut point. Mais ce n'était qu'une simple attirance physique, rien de plus. Après tout, c'était le premier avec qui elle avait fait l'amour. Pas étonnant qu'elle soit aussi troublée à chaque fois qu'il l'approchait. Elle était mariée depuis moins d'un mois. Survivrait-elle aux quatre ans et onze mois qui restaient avant la fin de leur arrangement ?

Sans surprise, elle passa les heures suivantes dans un état de grande nervosité. Le soleil commençait à descendre dans le ciel quand elle se regarda dans le miroir de sa chambre, une fois prête. La robe que son équipe avait choisie pour le bal était un modèle de style occidental en dentelle bleu nuit, très élégant et près du corps. Elle-même n'aurait pas pu choisir une tenue plus adaptée à sa première soirée officielle en tant que reine. Sa coupe sobre mettait sa silhouette en valeur sans trop la mouler, ce qui lui évitait de se sentir embarrassée. Les mancherons étaient incrustés de perles et de minuscules saphirs. D'autres saphirs, plus gros, ornaient ses boucles d'oreilles et son collier, créés à Monteverre, lui avait-on dit. *L'Orient rencontre l'Occident*, songea-t-elle avec dérision en pivotant lentement devant le miroir. Elle entendit la porte s'ouvrir et leva les yeux. Dans le miroir elle vit son mari sur le seuil de la pièce, très séduisant dans une *dishdasha* de cérémonie. Le roi, se corrigea-t-elle. Plus elle penserait à lui comme étant son mari, plus elle aurait du mal à oublier tout ce qu'elle voulait oublier.

Elle inspira profondément avant de se retourner. Ils n'étaient pas seuls dans la pièce, où s'affairaient son assistante et deux femmes de chambre qui l'avaient aidée à s'habiller, mais le seul fait de le voir suffisait à la troubler.

— Tu es belle, dit-il avec une sincérité manifeste.

— Merci. Je croyais que nous devions nous retrouver dans le hall ?

— J'ai pensé qu'il valait mieux que je t'accompagne au rez-de-chaussée moi-même, répondit-il en lui tendant la main. Si tu n'y vois pas d'inconvénient ?

Elle faillit rouler les yeux. Était-il vraiment nécessaire d'être aussi cérémonieux ? Préférant s'abstenir de tout commentaire elle se contenta de prendre sa main. À part une demi-seconde d'angoisse quand son talon se prit dans la traîne de sa robe dans l'escalier, leur arrivée au bal se déroula sans anicroches. Cressida salua les chefs d'État et les dignitaires étrangers comme il se devait, en arborant un calme royal qu'elle était loin de ressentir. Khal resta à son côté pendant que les invités défilaient. Comme elle s'y attendait, la plupart d'entre eux la complimentaient sur son apparence tandis qu'ils félicitaient Khal pour les derniers projets qu'il avait réalisés.

Au bout d'un moment elle commença à avoir mal à la mâchoire à force de sourire, si bien qu'elle arrêta. À part quelques regards appuyés de Khal, personne ne sembla le remarquer. N'ayant rien mangé depuis le petit déjeuner, elle fut soulagée quand ils finirent par s'asseoir à table. Apparemment, il était habituel de s'affamer avant d'enfiler une robe de grand couturier. Elle commençait à avoir une idée plus précise de ce qu'avaient enduré ses sœurs dans le passé quand de son côté elle évitait ce genre de soirées...

Le menu comportait un assortiment de viandes et d'épices traditionnelles zayyaries intégrées à des recettes européennes. Un mariage ingénieux de la part des chefs étoilés au Michelin engagés pour l'occasion, mais elle aurait aussi bien pu manger du porridge et trouver ça succulent.

— Je vois que tu as bon appétit.

Elle tressaillit et tenta de mâcher avec élégance l'énorme morceau de poulet qu'elle venait de mettre dans sa bouche. Malheureusement, c'était impossible. Khal se pencha vers elle en pouffant.

— Tu vas déclencher des rumeurs selon lesquelles le roi du Zayyar ne nourrit pas son épouse à sa faim.

— Je n'ai rien mangé depuis ce matin, répondit-elle quand elle eut terminé sa bouchée. J'espérais que personne ne me remarquerait.

— Je doute fort que ce soit le cas. Toute l'assemblée est fascinée par toi, murmura-t-il en se penchant encore vers elle comme s'ils échangeaient des confidences intimes. Tu es particulièrement en beauté ce soir. Une beauté... royale.

Elle fut parcourue d'un long frisson. Sa bouche tout près de son oreille, son parfum, sa chaleur... C'était délicieux. Mais, le plus troublant, c'était l'intensité de son regard. Jouait-il la comédie pour leurs invités ou bien ressentait-il le même trouble qu'elle ? Avant qu'il ait le temps de lui faire d'autres compliments, ils furent discrètement interrompus par un assistant. Après avoir échangé quelques mots à voix basse avec ce dernier, Khal se tourna vers elle, le front plissé.

— Notre présence est requise quelques instants. Rien de grave, juste des formalités.

Il lui tendit la main, s'excusa auprès des invités assis à leur table, puis il l'entraîna vers la sortie et ils gagnèrent un petit salon où les attendaient d'autres assistants qui commencèrent tous à parler en même temps et si vite qu'elle avait du mal à distinguer des mots qu'elle connaissait.

— En anglais, s'il vous plaît, pour votre reine, intima Khal.

Elle le regarda avec surprise. Pourquoi ce ton exaspéré ?

— Une information a été diffusée dans plusieurs médias, déclara une des assistantes.

L'assistant en chef s'avança vers Khal, un dossier à la main.

— Votre Majesté, je suis sincèrement désolé d'avoir interrompu votre dîner, mais le protocole exige que vous soyez averti sans délai d'une information de cette nature. Dans l'intérêt du royaume.

Il tendit le dossier à Khal, qui l'ouvrit et le consulta. Quand la perplexité qui se lisait sur ses traits se mua en incrédulité, Cressida sentit son estomac se nouer. Quand il leva les yeux pour les fixer sur elle, l'angoisse la submergea.

— Laissez-nous, dit-il sans la quitter des yeux.

Cette voix calme c'était celle qui indiquait qu'il avait du mal à contenir sa colère. Les employés quittèrent aussitôt la pièce et elle réprima une furieuse envie d'en faire autant.

— Qu'y a-t-il ? demanda-t-elle d'une voix tremblante.

— Lis toi-même !

Il lui mit le dossier dans les mains avant de s'éloigner en direction de la fenêtre. Elle découvrit un article paru dans un journal américain, à propos d'un scandale touchant le mystérieux royaume européen de Monteverre. Le scandale qui avait conditionné toute sa vie. Sa gorge se noua à la lecture du gros titre accrocheur.

La nouvelle reine du Zayyar, enfant illégitime : le secret honteux de la famille royale Sandoval

Elle réprima une nausée. Le moment qu'elle redoutait était arrivé. Mais c'était peut-être juste un article basé sur des ragots. Les médias n'avaient peut-être trouvé aucune preuve…

Elle parcourut l'article et ce faible espoir s'envola. Le nom qui la hantait depuis des années était bien là, écrit noir sur blanc. Un nom qu'elle avait découvert par hasard à douze ans. Elle sentait encore l'haleine alcoolisée de sa mère le jour où elle lui avait révélé qu'elle était le résultat d'une aventure. Une enfant non désirée. Un rappel constant de sa faute.

— C'est vrai ? demanda Khal, toujours à la fenêtre, le dos tourné.

— Suis-je le secret honteux de la famille royale Sandoval ? Oui, malheureusement, c'est vrai.

Khal se retourna.

— Et tu n'as pas pensé à m'en informer au moment de notre mariage ?

— Cette information ne devait jamais être révélée. Mon père… le roi Fabian, je veux dire, et ses conseillers ont pris les dispositions légales nécessaires pour qu'elle reste secrète.

Cressida entendait sa propre voix comme si elle lui parvenait de très loin. Un grand froid l'avait envahie et elle était incapable de regarder Khal. Elle avait trop peur de ce qu'elle risquait de lire dans ses yeux.

— Des dispositions légales ?

— D'après ce que j'ai compris, une somme très importante est versée chaque année à cet homme en échange de son silence.

— Ton père biologique ?

Elle hocha la tête. Entendre ces mots était extrêmement perturbant.

— Tu as lu l'article jusqu'au bout ? Le dernier paragraphe, en particulier ?

Elle reprit le dossier qu'elle avait posé sur la table basse et parcourut le dernier paragraphe.

— Une « révélation posthume » ? Il est mort ? !

— Une interview a été accordée aux médias par sa famille, qui gère ses biens depuis sa mort, apparemment.

— Il est précisé qu'il est décédé il y a quatre ans. Pourquoi faire ces révélations aujourd'hui plutôt qu'à sa mort ?

— Il y a quatre ans tu n'étais pas la reine du Zayyar, répliqua Khal d'un ton sarcastique.

Elle prit une profonde inspiration et ferma les yeux pour tenter de surmonter la panique qui menaçait de la submerger.

— Que vas-tu faire ?

Au lieu de répondre, Khal se dirigea vers la porte et demanda à son équipe de revenir. Les hommes et les femmes entrèrent dans le salon un par un en évitant son regard, mais Cressida sentit qu'ils l'observaient. Ils la jugeaient… L'atmosphère de la pièce devint irrespirable.

— J'ai besoin de sortir un instant, murmura-t-elle en se levant.

Khal lui jeta à peine un coup d'œil. Une fois dans le couloir, elle souleva le bas de sa robe et se mit presque à courir. Elle ne savait pas où elle allait. Il fallait juste qu'elle s'éloigne de cette pièce et de ces regards.

9

— Quel est le plan ? demanda Khal à son premier conseiller. Une assemblée de chefs d'État et de dignitaires nous attend. Ils ont tous des assistants et des téléphones. C'est une catastrophe.

Ce fut son responsable de la communication qui prit la parole le premier :

— Je pense que vous devriez vous exprimer sur le sujet le plus tôt possible, Votre Majesté. Plus vous attendrez, plus vous serez dans une situation délicate.

— Et que proposez-vous que je dise, exactement ?

Khal laissa échapper un petit rire avant d'ajouter :

— Je suis le premier surpris par cette information.

— Oui, mais ils l'ignorent. Vous devez faire comme si vous étiez au courant. Comme si vous aviez choisi de préserver la vie privée de votre épouse.

— Et quelle est la position de Monteverre sur le sujet ? demanda Khal en crispant les poings.

Le roi Fabian et sa fourberie… ! Au cours des quelques mois où il avait été en relation avec lui, le père de Cressida avait fait preuve d'une malhonnêteté et d'une cupidité qui l'avaient révulsé. Ce n'était pas le genre de gouvernant qui faisait passer l'intérêt de son peuple avant tout le reste. Et au vu des derniers événements, ce n'était même pas le genre d'homme qui faisait passer sa famille avant le reste.

Et pourtant, quand il avait été informé que la plus jeune des princesses était d'accord pour se marier avec lui, il n'avait pas hésité. Khal se remémora sa première rencontre avec Cressida et ses paroles quand elle avait compris qui il était. « Il a toujours été clair que mon devoir envers mon royaume m'oblige à me marier selon ses intérêts… » Il lui avait demandé à plusieurs reprises si on l'avait obligée à accepter ce mariage. Il avait voulu s'assurer qu'elle ne s'y résignait pas sous la contrainte. À cette pensée il eut un pincement au cœur.

— La cheikha s'est retirée dans sa chambre, entendit-il soudain.

Il leva la tête. L'assistante de Cressida se trouvait dans la pièce. L'observait-elle depuis longtemps ? Il arqua les sourcils.

— « Retirée » ? Nous sommes au milieu d'une réception.

— Sa Majesté a refusé catégoriquement d'y retourner, répliqua la jeune femme d'un air contrit. J'ai juste été chargée de vous transmettre le message.

— Je vois.

Khal se leva et se dirigea vers la porte avant même de l'avoir décidé.

— Occupez les invités. Je reviens.

Aiguillonné par la colère, il s'éloigna à grands pas et arriva devant la porte de Cressida en quelques minutes. Il entra sans frapper. Elle était devant la porte-fenêtre et se retourna brusquement.

— Il n'est pas question que je reste en plan au milieu du dîner, déclara-t-il en faisant appel à toute sa volonté pour prendre un ton calme au lieu de hurler. Je comprends que cette situation soit inconfortable…

— Je ne peux pas retourner là-bas. Je ne peux pas m'asseoir à table et manger mon dessert en sachant que toute la salle parle de moi et de mon secret.

Le léger tremblement de la voix de Cressida calma un peu sa colère. Elle était bouleversée. Bien sûr. Elle ignorait que son père biologique était mort, c'était une évidence. Mais à part ça, il ne savait rien de cette histoire, songea-t-il tout à coup. Il avait pensé avant tout au scandale et au meilleur moyen d'en limiter les conséquences. Il avait agi en tant que Khal, cheikh du Zayyar. Alors que sa femme avait besoin du soutien de son mari.

— Le monde entier sera au courant d'ici vingt-quatre heures, *habibi*, déclara-t-il avec une douceur qui le surprit. Et te cacher dans ta chambre n'arrangera pas les choses, bien au contraire.

— Je ne suis pas de taille à affronter ça. Avant notre mariage je t'ai dit que je n'avais pas été préparée comme mes sœurs à vivre sous les projecteurs.

Elle prit une profonde inspiration et détourna les yeux vers le soleil qui descendait vers le désert à l'horizon.

— Je n'ai aucun point commun avec mes sœurs, et à présent tu sais pourquoi.

— Depuis combien de temps sais-tu la vérité sur ta naissance ?

— Je crois qu'inconsciemment je l'ai toujours sue. Je n'ai pas hérité de la beauté légendaire des Sandoval. Et j'ai toujours eu l'impression que mon père me regardait différemment. Comme s'il me méprisait, quoi que je fasse. Je devais avoir douze ans quand j'ai trouvé une boîte cachée au fond du dressing de ma mère. Elle était pleine de lettres et il y avait aussi quelques photos d'un homme que je ne connaissais pas. Mon père m'a surprise en train de lire ces lettres d'amour. Elles étaient plutôt chastes, sans aucun détail scabreux. Ma mère reste une reine, malgré tout.

Un rire étranglé s'échappa de la gorge de Cressida. À moins que ce ne soit un sanglot ?

— Qu'a fait ton père ?

— Oh ! il ne m'a pas punie, si c'est à ça que tu penses. Il n'est pas du genre à avoir recours à la violence physique. Parfois je me demande si une bonne fessée n'aurait pas laissé moins de cicatrices. Je ne sais pas. Il a ramassé la boîte, il m'a prise par la main et il m'a conduite près de ma mère. Elle m'a souri après m'avoir dit la vérité sur ordre de mon père. C'était un sourire infiniment triste, je me le rappelle encore. Ensuite, je suis restée là, à douze ans, à écouter mon père cracher tout son venin pendant que ma mère regardait dans le vide. À un moment il s'est tourné vers moi, une photo à la main et il m'a dit : « C'est lui ton père. Pas moi. » Je n'oublierai jamais son visage déformé par la rage.

Je me souviens d'avoir eu un mouvement de recul quand il m'a collé la photographie sous le nez en me criant de la regarder, de regarder cet homme avec qui ma mère avait trahi sa famille.

Khal laissa le silence s'installer entre eux, effaré par l'impassibilité du visage de Cressida pendant le récit de souvenirs aussi horribles. Il faillit la rejoindre pour la prendre dans ses bras, mais il se ravisa. Ce n'était pas le moment de se laisser déborder par l'émotion. La situation était délicate et il fallait qu'il garde la tête froide. Sauf que sa femme souffrait. Elle ne voulait pas le montrer, mais ça se voyait quand même à son menton relevé et au léger tremblement de ses lèvres.

Il s'approcha d'elle et prit ses deux mains dans les siennes.

— Quand tu m'as dit que tu avais accepté de m'épouser parce que c'était ton devoir, ce secret y était-il pour quelque chose ? As-tu subi un chantage quelconque ?

Si la réponse était oui, il ignorait ce qu'il allait faire...

Elle soutint son regard, et la tristesse qu'il lut dans ses yeux était si profonde qu'il en eut le souffle coupé.

— Je n'ai subi aucun chantage, Khal. Mon père avait déjà prévu d'annuler mon inscription à l'université et de me faire rentrer à Monteverre, que j'accepte ce mariage ou non. J'ai commis l'erreur de lui écrire à l'époque où Olivia s'est enfuie pour l'informer que l'université m'avait proposé un poste d'enseignement. Il était furieux. Je ne suis peut-être pas une Sandoval par le sang mais je porte le nom et le titre. Il m'a dit que si j'acceptais de t'épouser... il serait fier de moi.

La voix de Cressida se brisa. Khal la prit dans ses bras et elle finit par donner libre cours à ses larmes. Utiliser l'amour de sa fille pour la manipuler... Décidément, cet homme était immonde. Réprimant sa fureur, il écarta Cressida de lui pour pouvoir plonger son regard dans le sien.

— Je vais t'excuser auprès des invités. Je ne peux pas t'obliger à retourner à la réception dans cet état.

— Non.

Elle redressa les épaules et sécha ses larmes du bout des doigts.

— C'était puéril de ma part de m'enfuir comme ça. Cette

soirée est celle de mes débuts dans mon rôle de cheikha. Il vaut mieux que nous présentions un front uni. Je peux faire bonne figure pendant encore une heure ou deux.

— Tu es sûre ?

Il la considéra avec perplexité. Comment parviendrait-elle à réprimer aussi subitement une telle douleur ?

Elle hocha la tête. Toute trace de faiblesse avait disparu de son attitude. À part une légère tache de mascara au coin d'un œil, il était impossible de deviner qu'elle avait pleuré. Mais il était vrai qu'elle avait pris très jeune l'habitude de dissimuler sa souffrance. À présent il le savait. Et à vrai dire, il n'avait aucune envie qu'elle prenne l'habitude de la lui cacher à lui aussi.

La suite du dîner se déroula sans incident. La nouvelle ne s'était peut-être pas répandue aussi vite qu'ils le craignaient. Ou peut-être que les invités masquaient bien leurs sentiments. En tout cas, personne ne semblait la regarder d'un autre œil et il n'y avait pas non plus de messes basses autour d'elle. À moins qu'elle ne soit tellement perturbée qu'elle ne remarque rien ? Cressida expira lentement. Elle avait l'impression que toute son énergie s'était volatilisée. Elle se sentait faible et fatiguée. Terriblement fatiguée.

Apprendre la mort de son père biologique lui avait causé un choc, bien qu'elle ne l'eût jamais rencontré. Elle ne connaissait de lui que quelques photos et les belles lettres qu'il avait envoyées à sa mère. Il s'appelait Vincent et il n'était qu'un humble chauffeur. Quel cliché... Sa mère avait eu une aventure avec son chauffeur. Pour les médias c'était un scandale en or. Des livres seraient sans doute consacrés à cette liaison extra-conjugale. À Hollywood, quelqu'un était peut-être déjà en train d'écrire un scénario.

Cressida continua d'arborer un sourire poli tandis que les invités commençaient à partir, puis elle s'esquiva discrètement. Devoir accompli. Elle était allée jusqu'au bout du banquet, elle avait écouté les discours et applaudi quand il le fallait. À présent elle n'avait qu'une envie. S'écrouler sur son lit et s'enfouir sous les couvertures jusqu'à ce que le reste du monde ne parle plus d'elle.

Khal ne lui avait pas adressé la parole une seule fois après leur retour à la réception. De toute évidence, il était très préoccupé par la situation. Le pauvre, il s'était enchaîné à une épouse indigne. Mieux valait ne pas imaginer le retentissement de ce scandale sur l'opinion publique zayyarie. Des voix allaient peut-être s'élever pour exiger l'annulation du mariage. Ce scandale allait ternir l'image du royaume.

Une fois dans sa chambre elle laissa sa femme de chambre l'aider à enlever sa robe, puis elle la libéra pour la nuit. Debout devant le miroir de la coiffeuse, elle prit le temps de contempler les dessous spécialement conçus pour être portés avec sa robe. Il fallait reconnaître que la coupe du soutien-gorge mettait sa poitrine en valeur, songea-t-elle en trouvant un semblant de réconfort dans cette constatation. Un mouvement dans le miroir attira son regard et elle leva les yeux. Khal se tenait sur le seuil de sa chambre, visiblement aussi embarrassé qu'elle.

— Je suis venu pour discuter, dit-il en détournant les yeux alors qu'elle mettait gauchement un bras devant ses seins pour les cacher. Je vais attendre dans le salon.

Sur ces mots il sortit et ferma la porte derrière lui.

Elle poussa un soupir de soulagement et pouffa nerveusement. Il devait se demander ce qui lui prenait de se regarder dans le miroir en culotte et soutien-gorge… Mais il était vrai qu'elle était un peu perturbée, ce soir. Ne voulant pas le faire attendre, elle enfila son peignoir en satin, le ferma soigneusement et fit un double nœud à la ceinture. Après avoir enfilé ses mules, elle hésita à s'attacher les cheveux puis y renonça. Ils avaient été relevés en chignon toute la soirée. De toute façon, Khal voulait sans doute juste l'informer de l'évolution de la situation dans les médias avant qu'elle se couche.

Il était confortablement installé sur le canapé du salon et il feuilletait le magazine qui avait été déposé sur la table basse.

— Je tiens juste à préciser que je n'ai pas l'habitude de

m'examiner dans le miroir en culotte et soutien-gorge, déclara-t-elle d'un ton qu'elle espérait léger.

Bien sûr, le fait qu'il l'ait vue à moitié nue n'était pas très grave, puisqu'il l'avait déjà vue *entièrement* nue. Mais mieux valait ne pas s'attarder sur ce souvenir...

— Et moi qui croyais avoir surpris un autre de tes petits secrets, commenta-t-il avec un sourire contraint.

Cet effort pour faire de l'humour était louable de la part de quelqu'un qui ne plaisantait pas souvent, songea-t-elle avec reconnaissance. Elle s'assit à l'autre bout du canapé en prenant soin d'empêcher les pans de son peignoir de s'écarter. Il promena un regard furtif sur elle avant de détourner les yeux.

— Tu as disparu avant que j'aie l'occasion de te faire part de mon admiration, déclara-t-il. Retourner à ce dîner n'a pas dû être facile.

Elle haussa les épaules.

— C'était plus facile que de rester seule avec mes pensées.

— Pourquoi réagis-tu avec désinvolture quand je te fais un compliment ? demanda-t-il d'une voix douce. On dirait que ça te met mal à l'aise.

Elle s'efforça de rester impassible malgré son embarras. Il avait raison, comme souvent. Il avait toujours eu le don de la voir telle qu'elle était derrière les apparences.

— D'accord. Et si je remontais le temps de trente secondes pour te dire simplement merci ?

— Que ferais-tu d'autre si tu pouvais remonter le temps ?

— D'après mes cours de tactiques d'interview, c'est le genre de question à laquelle la cheikha ne doit jamais répondre.

— Jamais une question n'a été éludée avec une telle adresse, commenta-t-il en riant et en feignant de l'applaudir.

C'était étrange de rire avec lui après la tension de ces dernières heures... Mais il fallait reconnaître que c'était très agréable.

— Pourquoi es-tu venu ? demanda-t-elle. Tu es le bienvenu et tu peux venir dans ma suite quand tu veux, bien sûr. Mais pourquoi ce soir en particulier ? Tu dois avoir quelque chose de particulier à me dire.

— En effet. Je suis venu discuter de la stratégie à adopter dans les prochains jours pour limiter l'impact des révélations des médias… Mes conseillers veulent que nous adoptions un profil bas pendant quelques jours, le temps qu'ils se mettent d'accord avec leurs homologues de Monteverre. Ensuite nous nous rendrons en visite officielle là-bas, comme prévu, et nous aborderons le sujet à ce moment-là.

Retour à Monteverre. Pour affronter la vérité. Cressida sentit l'angoisse monter, mais elle l'ignora résolument.

— Ça va ? Tu es sûre ? Tu peux te laisser aller devant moi. Il ne faut pas hésiter à montrer ta faiblesse, Cressida. Je ne te jugerai pas.

Elle sentit son cœur s'affoler. Quelle douceur dans sa voix…

— Excuse-moi de ne pas t'avoir mis au courant. Je comprendrais que tu regrettes de m'avoir épousée.

— C'est ce que tu penses ?

— Tu as eu l'air irrité toute la soirée. Nerveux. Ce qui est normal après avoir appris que ta femme est encore moins parfaite qu'elle ne le paraissait.

— Je n'attends pas de toi que tu sois parfaite, Cressida. Cette nouvelle a été un choc, bien sûr, mais je suis avant tout furieux pour toi, pas à cause de toi. Quant à regretter de t'avoir épousée…

Il secoua la tête avec un sourire contrit.

— La cause de ma nervosité est très simple. Tu es splendide et je suis frustré de ne pas pouvoir te toucher. Je n'ai pas réussi à détacher les yeux de toi de toute la soirée. Il y a une semaine que je t'ai tenue dans mes bras, et je me souviens encore de chaque seconde avec une précision qui me torture.

Électrisée par ces aveux et par le regard brûlant de Khal, Cressida avait du mal à respirer tellement son cœur cognait fort dans sa poitrine.

— Depuis que j'ai dansé avec toi à Londres, dans ce maudit club, je ne parviens plus à m'en tenir au plan initial. Il semble que tu me fasses perdre le contrôle de la situation…

— Que dis-tu ?

— Je dis que les lignes rouges bien nettes que j'avais tracées autour de chacun de nous sont devenues si floues qu'elles ont pratiquement disparu. Si bien que nous sommes face à un choix. Soit nous menons des vies complètement séparées en nous voyant le moins possible. Soit nous ignorons les lignes rouges et nous voyons ce qui se passe.

— Un monde sans lignes rouges… Ça paraît bien incertain pour quelqu'un qui aime les certitudes.

— Là, pour l'instant, je n'ai qu'une seule certitude. Si je ne te tiens pas dans mes bras d'ici cinq secondes, je risque d'exploser ou de prendre feu et de me réduire en cendres ici même.

Cressida sourit, parcourue d'un long frisson.

— Oh ! non, ne fais pas ça. Je me suis attachée à ce canapé, murmura-t-elle d'une voix sensuelle qu'elle ne reconnut pas.

Un sourire soulagé étira les lèvres de Khal.

— Il semble que tu aies fait ton choix.

Il franchit la distance qui les séparait et captura sa bouche avec fougue.

10

Khal avait visiblement été aussi frustré qu'elle par cette semaine d'éloignement... Elle avait rêvé de ses baisers. Elle avait gravé leur souvenir dans sa mémoire au cas où elle ne sentirait plus jamais ses lèvres sur les siennes. Mais maintenant que leurs bouches étaient de nouveau unies, la réalité dépassait de loin ses souvenirs. Elle était à la fois familière et mille fois plus excitante que ses rêves. Une telle joie gonflait son cœur que Cressida avait l'impression qu'il allait exploser. Pourquoi les baisers de cet homme la mettaient-ils dans un état pareil ? Elle ouvrit les premiers boutons de sa chemise pour caresser son torse. Avec un murmure appréciateur, il la renversa sur le canapé et dénoua la ceinture de son peignoir. Les pans de ce dernier s'écartèrent et Khal parsema son ventre de baisers avant de lui enlever sa culotte. Vibrante d'excitation, elle retint son souffle. Le premier coup de langue lui arracha un gémissement étranglé. Jamais elle n'aurait pu imaginer des sensations aussi inouïes. Mais ce n'était que le début. Les caresses de Khal se firent de plus en plus diaboliques et elle fut emportée dans une spirale de feu tourbillonnante. L'explosion qui la secoua fut d'une telle violence qu'elle s'agrippa aux cheveux de Khal. Elle devait lui faire mal... Cette pensée l'effleura, mais le plaisir qui déferlait en elle était si intense qu'elle l'oublia aussitôt. Un moment plus tard, les yeux fermés, haletante, elle eut vaguement conscience que Khal parsemait son cou de baisers.

— Tu es encore plus belle quand tu jouis.

Elle ouvrit les yeux et sourit. Impossible d'être embarrassée après ce qu'il venait de lui faire vivre. Et quand il la regardait comme ça, comme s'il avait envie de la dévorer, oui, elle se sentait belle. Mais il était encore tout habillé. C'était injuste… Elle déboucla sa ceinture et ouvrit sa braguette. Il enleva aussitôt sa chemise et l'aida à le débarrasser de son pantalon. Elle promena les mains sur son torse en traçant du bout des doigts les contours de ses muscles, elle les fit glisser sur son ventre plat et dur, puis elle eut une hésitation. Elle avait envie d'honorer son sexe comme il avait honoré le sien, mais saurait-elle s'y prendre ? Craignant de tout gâcher par manque d'expérience, elle se contenta de le prendre dans sa main. Enhardie par les murmures approbateurs qui s'échappaient de la gorge de Khal, elle accentua peu à peu ses caresses.

— J'ai envie de toi…

Il la renversa en arrière et s'allongea sur elle en capturant sa bouche avec avidité.

Khal dut faire appel à toute sa volonté pour résister à l'envie de plonger d'un seul mouvement dans la chaleur de Cressida et de s'y perdre sans attendre. Elle le rendait fou… Mais pas question de se précipiter. Il entra lentement en elle tout en aspirant entre ses lèvres la pointe hérissée d'un sein. Elle noua les jambes autour de sa taille en gémissant.

— Tu me rends fou, *habibi*…

Enfouissant le visage dans son cou il l'entraîna dans une valse langoureuse, savourant l'accord parfait de leurs deux corps confondus. Il accéléra peu à peu le rythme, jusqu'à ce qu'elle bascule dans le gouffre de la jouissance. *Ma femme*, songea-t-il avant de sombrer à son tour avec un cri rauque.

Il y avait un homme dans son lit. Cressida sourit en contemplant le corps musclé de Khal, endormi à côté d'elle. Elle était pleine de courbatures, mais impossible de s'en plaindre. Elles étaient délicieuses. Assaillie par des souvenirs non moins délicieux, elle fut parcourue d'un long frisson. Lorsqu'ils avaient repris leurs esprits sur le canapé, Khal l'avait portée jusqu'à la salle de bains, où ils avaient de nouveau fait l'amour, debout sous le jet d'eau chaude… avant de se précipiter dans le lit pour recommencer. Le sexe était tellement plus fabuleux que tout ce qu'elle avait imaginé ! C'était comme une danse sensuelle. Et quelle danse avec Khal… ! D'ailleurs, la première fois qu'il l'avait prise dans ses bras, sur la piste du club, il lui avait dit que la danse pouvait être une tentation. Elle sourit de nouveau.

Il remua et elle ferma les yeux. Pas question qu'il la surprenne en train de le regarder. Une main se posa sur son ventre et glissa sur sa peau. Puis ce furent des lèvres qui effleurèrent un de ses seins.

— Garde les yeux fermés, murmura-t-il. Pour faire comme si tu dormais toujours et que tu n'avais pas fait échouer mon plan… qui était de te réveiller.

Elle joua le jeu et fit semblant de dormir pendant qu'il couvrait son corps de caresses et de baisers. Jusqu'au moment où des gémissements irrépressibles lui échappèrent, bientôt suivis par des cris extatiques. Déterminée à lui rendre le plaisir qu'il venait de lui donner, elle prit son sexe dans sa bouche avec une assurance qu'elle ne se connaissait pas. Grisée par ses réactions elle s'enhardit encore, mais il finit par l'interrompre pour l'installer à califourchon sur lui. Il s'enfonça en elle, puis il s'immobilisa et plongea son regard dans le sien, l'invitant à prendre le relais. L'espace d'un instant elle se sentit vulnérable sous son regard pénétrant, mais le désir lui rendit son audace. Elle l'entraîna dans une nouvelle danse. Bientôt le plaisir commença à monter en elle, en même temps qu'une émotion indicible. Elle détourna les yeux, incapable de soutenir plus longtemps son regard étincelant. Il se redressa pour s'asseoir face à elle et ils redoublèrent d'ardeur, emportés dans un même tourbillon. Après le raz-de-marée qui les balaya, ils restèrent un long moment silencieux, étourdis de plaisir. Khal s'écarta le premier et s'allongea sur le dos.

La gorge nouée, elle lut dans son regard qu'il sentait lui aussi ce lien… Elle prit une profonde inspiration, se leva et gagna la salle de bains, les jambes tremblantes. Une fois la porte refermée, elle se mordit la lèvre. C'était bien plus que du désir. Elle avait su qu'elle était en danger dès l'instant où il avait plongé son regard dans le sien sous la tente du mariage. L'homme qu'elle avait choisi par obligation était devenu l'homme de sa vie. Son amant. Ce mot éveilla une résonance profonde en elle. Jamais elle n'aurait eu l'idée de se considérer comme romantique. Et pourtant… Elle avait commis l'erreur qu'elle s'était juré d'éviter.

Elle était tombée amoureuse de son mari.

Khal se réveilla en sursaut et se redressa dans le lit. Il promena autour de lui un regard perplexe avant de se rappeler où il se trouvait. Il se leva, se dirigea vers la porte-fenêtre ouvrant sur la terrasse et l'entrouvrit pour respirer une bouffée d'air frais. Valar s'étalait sous ses yeux dans un scintillement de lumières. Toujours le même rêve. Priya qui lui rappelait son indignité. Mais cette nuit elle n'était pas seule. À côté d'elle était apparue Cressida, en larmes.

Il envisagea de s'esquiver pour aller dans sa chambre mais il écarta aussitôt cette idée. Ce serait lâche. Il n'était pas un don Juan qui passait furtivement d'un lit à l'autre au cœur de la nuit. Il alla dans la salle de bains pour s'asperger le visage d'eau froide, puis il regagna la chambre. La lampe de chevet était allumée. Et Cressida l'attendait, assise dans le lit.

— Je ne voulais pas te réveiller, dit-il en se recouchant et en se tournant sur le côté pour la contempler.

Elle était adossée aux oreillers, le drap remonté sur sa poitrine et les cheveux flottant sur ses épaules nues. Quoi de plus efficace pour se distraire de ses pensées moroses que de tirer doucement sur ce drap pour dénuder, millimètre par millimètre, cette peau satinée ?

— Tu as parlé dans ton sommeil…

Il tressaillit.

— Je me demandais s'il fallait que je te réveille et puis je t'ai entendu te lever, poursuivit-elle. Je me suis dit que tu étais peut-être somnambule.

— J'espère au moins que j'ai dit des choses drôles, plaisanta-t-il tout en se demandant ce qu'elle avait pu entendre.

Elle ne sourit pas.

— Je crois que… que tu rêvais de ta femme.

La tristesse était perceptible dans sa voix.

— Ma femme c'est toi. Qu'il n'y ait aucune confusion à ce sujet, *habibi*.

— Tu disais son nom.

Elle se mordit la lèvre.

— « Priya. » Tu rêves souvent d'elle ?

Il déglutit péniblement. Il n'avait jamais parlé à personne des rêves qui le tourmentaient depuis la mort de Priya. Ni du fait qu'il était hanté par leur dernière conversation. Quatre ans après, les rêves revenaient encore de temps en temps. Et ils avaient une fâcheuse tendance à le faire à des moments particulièrement inopportuns, comme dans un jet où il était entouré de conseillers. Ou la première nuit où il dormait avec sa femme après l'amour…

— Je ne sais pas exactement ce qui déclenche ces rêves. Le stress peut-être, ou le manque de sommeil. Ça se produit de temps en temps.

Un bras replié derrière la tête, il se tourna sur le dos et regarda le plafond. Vu la curiosité qui se lisait sur le visage de Cressida, la discussion ne faisait que commencer…

— Personne ne parle de la façon dont elle est morte, dit-elle d'une voix hésitante. Comme si c'était un grand secret. Oui, je sais, que je parle de secret peut paraître ironique…

Il se força à esquisser un sourire. Il ne parlait jamais de la mort de Priya. À personne. Il ne l'avait jamais fait. À part dans le cadre de l'enquête sur son accident, personne n'abordait jamais le sujet. Mais depuis qu'il avait rencontré Cressida, les barrières de ce genre avaient tendance à tomber les unes après les autres.

— Tu n'es pas obligé d'en parler, reprit-elle en feignant une fascination subite pour les motifs du drap. C'est sans doute très indiscret de ma part de te poser des questions. Excuse-moi.

Devant le désarroi qui se lisait sur son visage il se maudit. Elle avait le droit de lui poser des questions, bien sûr. Ils étaient mariés et elle venait de l'entendre prononcer le nom d'une autre femme dans leur lit. Même si leur mariage n'était qu'un arrangement, les règles fixées au départ n'étaient plus d'actualité, si bien que leur situation était confuse. Cependant, elle était bel et bien son épouse. Comment refuser de lui donner un minimum d'explications ? Il y avait des moments où il se devait de faire des efforts et celui-ci en était un.

— C'est quelque chose dont j'ai du mal à parler. Mais tu as eu le courage de te confier à moi et il est normal que j'en fasse autant.

— Tu n'es pas obligé.

— J'en ai envie, répliqua-t-il en prenant conscience avec surprise que c'était vrai. Je t'ai déjà dit que mon premier mariage n'était pas tout à fait conforme aux apparences. Pour le public nous étions irréprochables : j'étais le mari parfait et elle, l'épouse parfaite.

Il laissa échapper un petit rire amer.

— Personne ne sait quelles ont été les dernières paroles qu'elle m'a adressées... Les paroles qui hantent mes cauchemars. Elle m'a dit qu'elle préférerait mourir plutôt que de rester ma femme une minute de plus.

— Les disputes sont fréquentes au sein d'un couple...

— Ce n'était pas la première fois qu'elle me parlait ainsi, et ça n'avait rien à voir avec une querelle d'amoureux. Je n'étais pas le meilleur des maris. Loin de là.

Il inspira profondément.

— Tu voulais savoir comment elle est morte. Je vais te le dire, mais il faut me pardonner si ma colère n'a pas complètement disparu. On n'a jamais réussi à découvrir pourquoi elle se trouvait sur cette route. Une des hypothèses est qu'elle allait voir son amant.

Dans la stupéfaction qui se peignit sur le visage de Cressida, il crut discerner une pointe de colère.

— Une autre hypothèse est qu'elle a précipité délibérément sa voiture dans le ravin. Dans la culture zayyarie ces deux scénarios sont aussi scandaleux l'un que l'autre. Je ne voulais pas que sa mémoire soit salie, si bien que la nature de sa mort n'a jamais été révélée. Les gens ont senti qu'un certain mystère l'entourait, ce qui a donné lieu à des conjectures. Selon la plupart des rumeurs qui se sont répandues, j'étais un monstre cruel qui avait organisé son meurtre. Ou pire, je l'avais tuée moi-même. Les médecins m'ont assuré qu'elle était morte sur le coup. C'est la seule chose qui m'a apporté un peu de réconfort.

Il ferma les yeux et s'efforça de contenir le flot de souvenirs qui le submergeait. L'odeur de pneus brûlés qui flottait encore dans l'air quand il s'était rendu sur le lieu de l'accident, la voiture – un de ses cabriolets – se balançant au bout de la grue qui l'avait soulevée hors du lit peu profond de la rivière... Le corps de Priya avait déjà été transporté à la morgue, où il l'avait identifié, mais il avait éprouvé le besoin de voir la voiture. De voir l'endroit où c'était arrivé, pour essayer de comprendre.

— Il était impossible d'avoir la moindre certitude. C'était ça le plus difficile à accepter. Les enquêteurs m'ont dit qu'il n'y avait aucun moyen de savoir si la voiture avait été trafiquée.

Il secoua la tête et se redressa dans le lit.

— J'ai toujours eu du mal à croire que sa colère contre moi l'avait poussée à cette folie. J'ai passé des années à essayer de trouver des preuves que l'accident avait été provoqué volontairement par quelqu'un d'autre. C'est seulement maintenant... en en parlant... que je me dis que c'était peut-être juste une façon pour moi de rendre plus supportables mes remords et mon sentiment d'impuissance.

Cressida se pencha vers lui, appuya sa joue contre son dos et glissa un bras autour de sa taille. C'était un geste si intime qu'il se raidit par réflexe, prêt à s'écarter d'elle. Mais il se détendit peu à peu et finit par accepter le réconfort qu'elle lui offrait. Pour une fois il n'était pas seul avec ces souvenirs douloureux et il fallait reconnaître que ça faisait du bien.

— J'ai du mal à croire que tu as pu être un mauvais mari, déclara Cressida après un silence.

Il s'écarta légèrement d'elle et dit d'une voix sans timbre :

— Nous avions un fils. Il est mort-né au huitième mois de grossesse, mais c'était notre fils.

Horrifiée, Cressida resta sans voix.

— J'étais un mauvais mari parce que je ne prenais jamais en considération les besoins de mon épouse. Je faisais passer la sécurité avant tout le reste et j'avais une tendance très nette à réagir de manière excessive. Un jour, au début de sa grossesse, elle a été prise dans un mouvement de foule au marché. J'ai décidé que le seul moyen d'assurer sa sécurité c'était de la garder enfermée dans le palais. Elle me répétait qu'elle ne pouvait pas vivre comme ça, que c'était insupportable. Mais je ne voulais rien entendre. Et puis un jour elle a été transportée d'urgence à l'hôpital. J'étais à l'autre bout de la planète, en train de jouer au grand cheikh du Zayyar. Quand j'ai fini par être informé, un jour plus tard, je suis resté complètement impuissant. Nous n'étions mariés que depuis un an à cette époque.

— Tu te reproches beaucoup de choses...

Khal prit la main de Cressida.

— Je suis désolé. Je dis que je n'aime pas me confier, et voilà que je n'arrête pas de parler.

— Tu n'es pas obligé de continuer si tu n'en as pas envie. Je suis déjà reconnaissante que tu aies eu suffisamment confiance en moi pour me parler.

Il la prit dans ses bras. Au départ ce fut un geste innocent, mais le drap glissa et la passion s'empara de nouveau d'eux, mêlée cette fois de tendresse. Après, Khal sombra très vite dans un profond sommeil, tandis que Cressida se remémorait ses confidences, le cœur gros. Dire qu'il avait été la cible de rumeurs odieuses quand il était accablé par le deuil… Alors qu'un homme comme le roi Fabian, qui manipulait ses filles de manière abjecte pour servir ses propres intérêts, était respecté dans le monde entier. Quelle injustice ! Elle ne connaissait Khal que depuis quelques semaines, mais elle avait une confiance absolue en lui. Ce qui devrait l'inciter à la prudence.

Si ses sentiments pour lui continuaient de grandir, elle risquait fort d'avoir un jour le cœur brisé.

11

Après trois jours de lune de miel impromptue, passés pour l'essentiel au lit, ils partirent pour Monteverre. Pendant une grande partie du vol ils restèrent cachés dans la chambre. Si Khal la fit entrer dans le « Club des 10 000 » pendant le voyage, après l'atterrissage elle eut le plaisir de lui montrer sa ville natale. À dix-neuf ans elle avait décidé de quitter Monteverre pour étudier à l'étranger, mais cela ne signifiait pas qu'elle n'aimait pas son pays. À l'époque elle avait simplement eu besoin de s'éloigner de ses parents qui la méprisaient et de ses sœurs à qui elle était obligée de cacher son secret.

Lorsque la limousine traversa la place principale, elle montra à Khal son glacier favori et la bibliothèque où elle avait pris l'habitude de se réfugier l'après-midi. Mais plus ils approchaient du palais, plus elle se sentait oppressée. La perspective de revoir ses sœurs maintenant qu'elles connaissaient le grand secret de famille était très perturbante. Au moins, avec ses parents elle savait à quoi s'attendre. Mais Olivia et Eleanor... lui en voulaient-elles de leur avoir caché la vérité ?

En fait, elle ne savait même pas si Olivia serait là. Aux dernières nouvelles, elle naviguait à la voile dans les Caraïbes en compagnie de Roman, avec qui elle s'était fiancée officiellement peu de temps avant son départ pour le Zayyar.

— Tu es bien silencieuse, *habibi*, dit Khal alors qu'ils dégustaient une spécialité monteverrienne à base de glace à la vanille en se promenant dans la rue. Ne crois pas que je n'ai pas remarqué que tu retardes le plus possible notre arrivée au palais.

— C'est parce que je ne sais pas à quoi m'attendre. Mes sœurs n'ont jamais été mises dans la confidence à propos de ma naissance.

— Elles sont peut-être un peu blessées mais elles ne t'aimeront pas moins pour autant.

— J'espère que tu as raison...

Une fois leurs glaces terminées, ils remontèrent dans la limousine. Cette fois, il n'était plus possible de reculer. Le moment était venu de faire leur arrivée au palais. D'ordinaire, les invités de marque avaient droit à un accueil solennel, avec tout le personnel en bas du grand escalier et la famille royale en haut. Aujourd'hui les marches étaient vides, à l'exception d'un majordome. Cressida reconnut Hansel, le second majordome. Un petit rire amer lui échappa. Après cinq ans d'absence, son père ne l'avait même pas jugée digne d'être accueillie par le premier majordome.

— Vos Majestés, permettez-moi d'être le premier à vous adresser mes félicitations pour votre mariage et à vous souhaiter la bienvenue à Monteverre.

Le majordome s'inclina puis les escorta jusqu'au grand salon. Sa mère et sa sœur Eleanor étaient assises, tandis que son père était debout à côté de la cheminée, comme à son habitude. Il était grand et cela lui permettait d'être en position dominante. Il s'avança vers Khal et le salua avant de saluer sa propre fille.

— Bienvenue de nouveau dans mon humble royaume, cheikh Khlalil. Je crois que vous avez déjà rencontré ma fille aînée, la princesse héritière Eleanor.

Cressida nota le coup d'œil embarrassé que lui jeta Khal avant de saluer sa sœur. Eleanor était plus mince que dans son souvenir. Ce fut sa première pensée avant qu'Eleanor se dirige vers elle.

— Cress, ça fait beaucoup trop longtemps, dit-elle en la serrant dans ses bras pendant un long moment.

Sa sincérité manifeste la rasséréna. C'était comme si elles

étaient de nouveau enfants, avant que tout change irrémédiablement. Mais le charme fut rompu par son père.

— Et voici la femme du jour, déclara-t-il d'une voix forte avec une pointe de sarcasme.

Cressida sentit Khal se raidir à côté d'elle.

— Bonjour, j'espère que tu vas bien, se contenta-t-elle de dire poliment.

— Très bien, si on considère le stress auquel j'ai été soumis au cours des trois derniers jours. Je doute que tu aies subi les mêmes inconvénients, cachée au milieu du désert.

Le roi Fabian adressa à Khal un regard complice, s'attendant visiblement à ce qu'il trouve la plaisanterie amusante. Khal resta impassible.

— Peut-être pourrions-nous aller discuter ailleurs et laisser les femmes bavarder entre elles, reprit le roi Fabian sans se démonter.

— Cette affaire concerne autant votre fille que nos royaumes, objecta Khal.

— Non, vas-y, dit Cressida en lui pressant la main. Tu as plus l'habitude que moi de ce genre d'affaires. Je te fais confiance pour parler en mon nom.

— Tu es sûre ? demanda-t-il en se penchant vers elle.

Elle hocha la tête et sourit quand il déposa un baiser au creux de sa paume avant de quitter la pièce, le roi sur ses talons.

— Tu as trouvé l'amour, finalement.

Cressida se tourna vers sa mère. Elle avait presque oublié sa présence... Pas étonnant, puisqu'elle ne s'était même pas levée pour la saluer.

— Nous nous entendons bien. Vu les circonstances, je n'en espérais pas tant. Je m'estime heureuse.

— Ton père et moi... Pardon, le roi Fabian et moi...

Pour la première fois une trace d'émotion altéra légèrement le visage de sa mère, creusé de rides profondes.

— Notre mariage arrangé a été dangereusement passionné, à une époque.

La reine Aurelia but une longue gorgée de cognac et se leva, légèrement chancelante.

— Ce qu'il te faut c'est un mariage paisible, quelque chose qui dure au lieu de flamber en peu de temps.

Eleanor s'éclaircit la voix.

— Il semble avoir beaucoup d'affection pour toi. Je suis heureuse pour toi, petite sœur.

— J'appréhendais un peu de venir ici, après les révélations dans la presse, dit Cressida d'une voix légèrement tremblante. Il faut que tu saches que je t'en aurais parlé si on me l'avait permis.

— Oui, oui, dit la reine Aurelia en soupirant.

Elle se dirigea vers le buffet, sur lequel était posée une carafe de cognac.

— Nous aurions tous fait des tas de choses, si on nous l'avait permis.

Cressida se raidit. Des années de souffrance remontèrent à la surface et elle sentit la colère s'emparer d'elle. Mais Eleanor intervint avant qu'elle ait le temps de réagir.

— Ton attitude est intolérable, mère.

Cressida fut surprise par la fermeté de sa voix. Sa sœur aînée avait toujours été la plus forte et la plus silencieuse des trois. Elle ne parlait jamais de son mariage en apparence parfait. Elle se contentait d'accomplir son devoir avec détermination.

— Mon attitude ?

La reine s'esclaffa tout en remplissant son verre.

— Au moins, je ne me suis pas enfuie à la première occasion. J'ai toujours fait passer ma famille avant le reste.

— C'est comme ça que tu te justifies à tes propres yeux ? demanda Cressida. Je me suis souvent demandé si tu étais complètement inconsciente ou si tu te moquais tout simplement de tes enfants et des conséquences que ton égoïsme pouvait avoir sur eux.

— Mon égoïsme ?

Sa mère posa son verre et se tourna vers sa sœur et elle.

— J'ai renoncé à tout pour mes enfants. Vous n'avez pas le droit de parler de choses dont vous n'avez pas la moindre idée.

— À quoi as-tu renoncé ? demanda Cressida, stupéfiée par la véhémence soudaine de sa mère, qui avait toujours eu l'air d'un fantôme ambulant aussi loin que remontaient ses souvenirs.

La reine secoua la tête, apparemment bouleversée, puis elle leur tourna le dos et se dirigea vers la fenêtre.

— Tu savais qu'il était mort ? demanda-t-elle après un silence en se retournant pour regarder Cressida dans les yeux pour la première fois.

Inutile de demander de qui sa mère parlait. L'émotion qui se lisait dans ses yeux était révélatrice. À côté d'elle, Eleanor se tordait les mains, constata Cressida. Un signe de gêne très rare chez la princesse héritière.

— Je vous laisse, dit Eleanor. Vous avez sans doute envie de rester un moment en tête à tête.

Avant que Cressida ait le temps de réagir, Eleanor quitta la pièce. Sa mère la regardait toujours, attendant visiblement une réponse.

— Non, je ne le savais pas. Je l'ai appris en lisant l'article.

Il y eut un silence, uniquement troublé par un léger reniflement. Sa mère s'essuya les yeux du bout des doigts.

— Je n'avais pas *des amants*, contrairement au venin que Fabian a pu distiller dans ton esprit. J'ai eu un seul grand amour et je n'ai jamais eu la possibilité de lui dire adieu.

Les larmes ruisselaient à présent sur les joues de sa mère. Cressida sortit un mouchoir de sa pochette et rejoignit sa mère pour le lui donner.

— Tu m'as détestée à cause de ça. Je l'ai vu sur ton visage le jour où Fabian t'a traînée au salon avec mes lettres.

Sa mère lui prit la main.

— Je n'ai jamais été douée pour communiquer avec mes enfants. Ni avec personne, d'ailleurs. J'ai perdu tellement de temps.

Cressida n'en revenait pas. C'était ce dont elle avait toujours rêvé quand elle était enfant. Que sa mère lui parle. Qu'elle lui explique qu'elle n'était pas une terrible erreur, comme le pensait son père. Savoir qu'au moins un de ses parents l'aimait lui aurait suffi. Elle se serait sentie moins seule. Mais comment dire ça à sa mère aujourd'hui ? Elle était dans une telle détresse... Impossible. Cressida se contenta de prendre sa mère secouée de sanglots dans ses bras.

— J'aimais Vincent. C'était le seul qui m'écoutait, qui me comprenait. Avec lui je me sentais protégée. Je ne lui ai jamais dit qu'il allait être père. S'il l'avait su, il n'aurait jamais accepté que je reste ici. Je pensais faire le meilleur choix pour toi et pour tes sœurs... Je pensais que je pourrais arranger les choses avec Fabian. Mais il ne m'a jamais pardonné, alors que de son côté il avait des maîtresses depuis des années. Il m'avait délaissée bien avant que je le trompe. Mais mon aventure a eu une conséquence durable, qu'il pouvait utiliser contre moi. Alors je me suis réfugiée dans l'alcool.

« Quand tu as trouvé les lettres et découvert la vérité, j'ai essayé de prendre contact avec Vincent parce que j'avais peur des réactions de Fabian. J'ai découvert qu'il s'était marié. Il était heureux et j'ai préféré m'abstenir. Je l'aimais toujours et j'avais rêvé d'un nouveau départ avec lui. Mais je lui avais brisé le cœur des années plus tôt en refusant de tout quitter pour lui. Si bien qu'il a accepté l'argent que Fabian lui a proposé et il a disparu.

« Je suis restée à Monteverre pour que tu aies une meilleure vie, mais apparemment j'ai obtenu le résultat inverse. J'ai été égoïste. J'ai laissé ma souffrance me détourner de mon rôle de mère. Tu ressembles tellement à ton père... Les premières années, à chaque fois que je te regardais, je pleurais. C'était trop dur, alors j'ai fui dans l'alcool. J'ai été lâche. Je le suis toujours, d'ailleurs. »

La reine Aurelia regarda un instant par la fenêtre avant de se tourner de nouveau vers Cressida.

— J'avais besoin que tu comprennes... Je ne regretterai jamais d'avoir choisi de vivre cet amour. Même si je savais qu'il était interdit. Tu es le résultat de cet amour, Cressida.

Des employés arrivèrent pour demander à la reine les instructions pour le dîner. Cressida en profita pour s'esquiver en prétextant qu'elle allait chercher sa sœur. Elle parcourut les couloirs de la maison de son enfance en prenant le temps de se remettre de cette conversation riche en émotion. Les premières paroles de sa mère lui revinrent en mémoire. « Tu as trouvé l'amour, finalement. » Pourquoi avait-elle dit ça ? Avait-elle lu quelque chose sur le visage de Khal ? Avait-elle surpris un geste ? Un regard ? Vu sa propre expérience de l'amour, était-elle capable de voir si un homme était en train de tomber amoureux ? Apparemment elle avait le même besoin d'amour que sa mère. Et la même tendance à chercher les ennuis. Elle était tombée éperdument amoureuse d'un homme qui ne partagerait jamais ses sentiments.

— Je crois qu'il est temps d'en venir au fait. Vous nous avez invités ici pour discuter de stratégie, n'est-ce pas ? dit Khal d'un ton froid, dans le bureau du roi Fabian.

Ce dernier venait de s'étendre longuement sur les rapports financiers très favorables qui venaient d'être présentés au parlement monteverrien. Khal n'avait pas de temps à perdre à flatter l'ego du roi, qui avait commencé à mettre sa patience à rude épreuve dès les premiers mots qu'il avait adressés à Cressida à leur arrivée au palais.

— Nous attendons toujours le reste des membres de votre équipe, il me semble, rappela un des conseillers du roi Fabian.

— Ils prendront le train en marche à leur arrivée.

Khal ouvrit le dossier que son secrétaire personnel venait de lui tendre.

— Je commencerai à exposer les mesures prises par le Zayyar depuis la publication des révélations. Pour commencer, de nouvelles photos de notre mariage ont été communiquées aux médias afin de détourner leur attention. Par ailleurs...

La porte s'ouvrit à la volée et le reste des conseillers de Khal entra dans la pièce.

— Excusez-nous pour le retard, Votre Majesté, déclara son responsable des Affaires étrangères, tout essoufflé. Il y a du nouveau et c'est important.

— Eh bien, allez-y, on vous écoute, intima le roi Fabian d'un ton impatient. Nous attendons depuis assez longtemps.

— Si c'est important et si ça concerne Monteverre, allez-y, intervint Khal.

L'homme eut une hésitation.

— Il semble... que le contrat de mariage soit contesté.

— Comment ça ? s'exclama Fabian. Ce contrat a été validé et signé ! Je ne tolérerai pas la moindre magouille, vous m'entendez ?

Khal l'ignora.

— Quelle est la nature exacte de la contestation ? demanda Khal, l'estomac étrangement noué.

— Eh bien..., en vertu de la loi zayyarie exigeant que la mention de la filiation – légale et biologique – de chacun des mariés figure au contrat, le parlement a prévu de soumettre au vote l'annulation du mariage au motif que les certificats fournis par votre épouse ont été falsifiés.

12

— Une demande d'annulation ? ! répéta Khal, avec un goût de cendres dans la bouche. Le mariage peut être annulé même s'il a été consommé ?

— Si vous le décidez, oui, Votre Majesté. Votre voix est prépondérante.

— J'ai convoqué cette réunion afin de parvenir à un accord pour gérer un scandale, pas pour en créer un nouveau, intervint le roi Fabian d'un ton rogue de l'autre côté de la table.

— Niez-vous avoir délibérément dissimulé une information capitale dans le but de hâter mon mariage avec votre fille ?

— Je suis son père légal.

— C'est curieux comme vous semblez trouver ça facile à dire, à présent que le renflouement de vos caisses est en jeu.

— Qu'allez-vous décider ?

Khal vit la peur dans les yeux du roi. Il était tentant d'énumérer toutes les raisons pour lesquelles il ne souhaitait pas discuter de ses plans avec l'homme qui avait soumis sa fille à un chantage affectif pour la pousser à épouser un étranger. Mais il n'avait pas envie de gaspiller son énergie plus longtemps. Il demanda à ses conseillers de poursuivre la réunion en son nom et quitta le bureau. En ce qui le concerne, il fallait qu'il aille voir Cressida immédiatement pour l'informer des derniers développements. Mais que lui dire ?

Ses pas le conduisirent hors du palais et il se dirigea de mémoire vers les écuries. Il les avait visitées lors de son premier séjour à Monteverre, à l'occasion des premières négociations du contrat de mariage. Il choisit un grand pur-sang arabe nommé Bruno et emprunta des bottes. Rien de tel qu'une promenade à cheval pour s'éclaircir les idées. Une fois en selle, il pensa à Cressida. Il se remémora son visage rayonnant quand elle lui avait parlé de ses études et de la vie qu'elle menait à Londres. Parviendrait-elle à s'épanouir en tant que cheikha du Zayyar ? Elle lui avait dit à plusieurs reprises qu'elle n'était pas faite pour devenir un personnage public. Que la solitude de la bibliothèque et la simplicité de sa vie d'étudiante lambda lui manquaient. Pouvait-il lui refuser une chance de remonter le temps pour choisir sa vie en fonction de ses aspirations ? Plongé dans ses pensées, il prit soudain conscience que le soleil était bas dans le ciel et qu'il avait passé plus de temps que prévu dehors. Il ramena l'étalon à l'écurie et regagna le palais.

Cressida et lui avaient été installés dans une suite située dans l'aile des invités. Il monta l'escalier quatre à quatre, impatient d'être débarrassé de cette discussion. Mais en arrivant dans la chambre il trouva Cressida endormie. Ne voulant pas la réveiller, il resta immobile sur le seuil pendant un long moment. Qu'allait-elle décider une fois qu'il l'aurait informée de la possibilité d'annuler leur mariage ? Il pouvait aussi ne rien lui dire. Il suffisait de passer un coup de téléphone pour que le résultat du vote soit négatif et que cette option soit définitivement enterrée. Cressida ne saurait même pas qu'elle avait été envisagée...

Mais ce serait très égoïste. Il ne pouvait pas choisir à sa place. Il n'était pas question de lui mentir, même par omission. Jusque-là elle n'avait jamais été traitée avec beaucoup d'égards. Elle avait été utilisée comme un pion par le roi Fabian dans sa relation conflictuelle avec sa femme, puis cédée pour des raisons politiques à un homme trop meurtri pour pouvoir lui offrir un mariage digne de ce nom. Elle méritait de vivre la vie qu'elle se serait choisie, même s'il ne devait pas en faire partie.

Cressida ouvrit les yeux et un large sourire illumina son visage quand elle le vit.

— Quelle heure est-il ? demanda-t-elle en s'étirant.

— Presque 18 heures.

Il mourait d'envie de la rejoindre et de la prendre dans ses bras, mais il se retint.

— La réunion s'est bien passée ? Vous êtes parvenus à un accord sur la stratégie à adopter avec les médias ?

Elle se leva, et il constata qu'elle portait juste un de ses T-shirts. Sous son regard pénétrant, elle eut une moue contrite.

— Excuse-moi, je n'ai pas eu le courage de fouiller dans ma valise pleine de robes pour trouver un T-shirt alors je t'en ai emprunté un.

Cette image risquait de rester gravée à jamais dans sa mémoire… Elle n'avait jamais été aussi désirable que dans ce T-shirt blanc qui s'arrêtait à mi-cuisses. Mais même si beaucoup prétendaient le contraire, il n'était pas un barbare. Il inspira profondément et s'apprêtait à lui parler quand sa femme de chambre arriva pour l'aider à se préparer pour la soirée. Elle le regarda d'un air perplexe.

— Tout va bien ? Je peux lui dire de revenir plus tard, si tu as besoin de me parler.

Il se maudit. Il avait failli entamer une discussion capitale moins d'une heure avant leur apparition en public au dîner. Il lui assura que tout allait bien et il quitta la pièce pour la laisser se préparer. Demain ils auraient tout le temps de parler.

Cressida sortit sur la terrasse. La salle de réception était bondée, et la chaleur étouffante. On lui avait dit qu'un petit nombre de dignitaires et de membres de la haute société monteverrienne seraient présents, la soirée ayant pour but de montrer que la famille royale affrontait le scandale la tête haute. Mais, en réalité, la moitié du royaume semblait être venue satisfaire sa curiosité à l'endroit du cheikh du Zayyar et de son épouse. Elle contempla la fontaine et les arbustes environnants, éclairés par des lumières roses et orange. Pouvait-elle se contenter d'un mari compréhensif ? Sa mère avait dit que le roi et elle avaient vécu une passion qui avait flambé en peu de temps, ne laissant derrière elle qu'insatisfaction et ressentiment. Parviendrait-elle à s'épanouir dans un mariage dépourvu de véritables liens sentimentaux ?

— On dirait que la vie dans le désert te réussit.

Cressida se retourna au son de cette voix familière. Dans l'encadrement de la porte-fenêtre, Olivia, la deuxième de ses sœurs, ressemblait à un ange dans sa robe argent qui scintillait dans la lumière. Elle fondit en larmes quand les bras d'Olivia se refermèrent sur elle.

— Que fais-tu ici ? demanda-t-elle entre deux sanglots.

Olivia essuya une de ses larmes du bout du pouce avec une mine inquiète.

— Nous avons vu les nouvelles et nous sommes venus aussitôt. Tu étais au courant pour… l'écart de conduite de la reine ?

Cressida raconta toute l'histoire à sa sœur, y compris la version de leur mère. Lorsqu'elle eut terminé, elles gardèrent le silence pendant quelques instants, puis Olivia secoua la tête.

— C'est une famille de fous, dit-elle. Je n'ai jamais été plus heureuse d'avoir pris mes distances.

Cressida sourit et posa la tête sur l'épaule de sa sœur. Olivia était la seule personne de sa famille avec qui elle avait noué de véritables liens. Étant l'aînée et la princesse héritière, Eleanor avait toujours été trop occupée pour passer du temps avec elle. En revanche, Olivia et elle avaient été très complices. Cressida avait toujours envié la beauté et l'élégance de sa sœur. Mais Olivia ne se contentait pas d'être belle. Elle avait récemment pris les rênes de la fondation dédiée à l'alphabétisation et à l'aide aux plus démunis, créée par leur grand-mère.

— Tu sembles heureuse, dit Cressida. Je suis contente pour toi.

— Roman est merveilleux, répliqua Olivia avec un regard rêveur. Mais je m'épanouis aussi dans le travail pour la première fois de ma vie. Mais je suis sûre que tu sais ce que c'est, toi qui as étudié pendant des années à Londres.

— Je dois dire que ça me manque. Je t'envie.

— Tu pourrais travailler avec moi. Quelqu'un aussi doué que toi pour les langues me serait très utile, Cress.

Olivia plissa le front.

— Mais tu as des responsabilités, à présent. Je doute que la cheikha du Zayyar ait le temps de parcourir le monde pour apprendre à lire à des enfants, si ?

Une bouffée de nostalgie l'assaillit. Voyager, voir le monde tout en mettant à profit ses compétences... Ce serait fantastique, songea Cressida. Mais elle avait sa vie au Zayyar et ses responsabilités de cheikha. Ça devrait lui suffire. Elle aimait Khal et elle nourrissait l'espoir qu'un jour peut-être il l'aimerait aussi. Pourtant l'idée d'enseigner...

— Nous pourrions peut-être au moins organiser ensemble un événement exceptionnel, reprit Olivia. Ce serait fantastique de se retrouver et de passer de nouveau du temps ensemble.

Au moment où Cressida ouvrait la bouche pour répondre, Khal arriva sur la terrasse, suivi de près par Roman Lazarov. À une époque, le fiancé russe d'Olivia avait été le meilleur ami de Khal et il avait travaillé pour lui par le biais du Groupe Lazarov, la société de sécurité qu'il avait créée. Comment Olivia et lui s'étaient-ils rencontrés puis fiancés ? Ce n'était pas très clair, mais de toute évidence ça avait créé une certaine tension dans les relations entre les deux hommes. Khal les regarda tour à tour, Olivia et elle, le visage impénétrable.

— Olivia était en train de me parler de son travail au sein de la fondation, déclara Cressida d'un ton léger.

— Heureuse de vous revoir, cheikh Khalil, dit Olivia en souriant. J'essayais de convaincre ma sœur de mettre ses dons exceptionnels pour les langues au service de la fondation.

Une expression étrange altéra les traits de Khal.

— Cressida est très douée. Elle ferait un excellent professeur.

Ce compliment lui alla droit au cœur. Par ailleurs elle était rassurée sur un point. Elle craignait d'éprouver un peu de jalousie vis-à-vis d'Olivia, qui avait été la première fiancée envisagée pour Khal. Heureusement, il n'en était rien. Peut-être à cause de l'amour qui se lisait dans le regard que sa sœur échangeait avec Roman. Ou peut-être parce qu'elle ne pouvait s'empêcher d'espérer qu'un jour Khal la regarderait de la même manière.

Des éclats de voix provenant de l'intérieur interrompirent le cours de ses pensées. La reine Aurelia apparut sur la terrasse, suivie de près par Eleanor et le roi Fabian.

— J'en ai assez ! Je veux que les papiers du divorce soient rédigés immédiatement.

Des gardes fermèrent la porte-fenêtre pour isoler la terrasse de la salle.

— Mère, je t'en prie, dit Eleanor en lui prenant la main. Attends au moins demain matin.

— Ça fait des dizaines d'années que j'attends !

Cressida considéra sa mère avec stupéfaction. Elle était sobre. Ça se voyait à la lucidité de son regard. Depuis combien de temps n'avait-elle pas vu sa mère aussi consciente et énergique ?

— Et un scandale de plus, commenta le roi Fabian d'un air las. Sans doute une habitude à prendre.

Il lança un regard appuyé à Roman et Olivia.

Khal prit Cressida par la main.

— Je pense qu'il vaut mieux rentrer dans la salle.

— Et les laisser comme ça ?

— Ils sont adultes, *habibi*. Il est inutile de s'en mêler. En restant tu réussiras juste à te mettre dans la ligne de tir.

Elle hocha la tête. Il avait raison. Et c'était si agréable de voir qu'il était prêt à la protéger... Elle prit congé de ses sœurs pendant que sa mère poursuivait sa diatribe contre son père, un peu plus loin.

— Attendez un peu, les tourtereaux ! s'exclama le roi en laissant sa femme en plan pour venir vers elle et Khal. Puisque je vais apparemment avoir droit à un divorce retentissant qui risque de me coûter très cher, est-ce que je peux au moins être rassuré quant au fait que vous avez décidé de rester mariés, finalement ?

« Rester mariés » ? Cressida plissa le front. Que voulait-il dire ? Elle se tourna vers Khal. Il avait cet air tendu qui ne l'avait pas quitté de la soirée…

— Ce n'est ni le lieu ni le moment, Fabian, dit-il d'un ton crispé.

— Je veux un engagement écrit que vous n'allez pas annuler le mariage ni les transactions financières qui vont avec, compris ? Sinon je ferai en sorte que votre royaume soit encore plus isolé politiquement.

— De quoi parle-t-il ? s'inquiéta Cressida à l'oreille de Khal.

— Nous allons en discuter en privé, murmura-t-il, les yeux fixés sur son père.

Son regard était menaçant. Il brillait d'un éclat dangereux qu'elle ne lui avait encore jamais vu. Elle eut un mouvement de recul et s'écarta de lui.

— Cressida, je ne discuterai pas de ça ici.

Il tendit la main pour lui saisir le poignet, mais il en fut empêché par ses sœurs, qui vinrent se poster à ses côtés. .

— De quoi parle-t-il ? s'écrièrent-elles à leur tour. Une annulation ?

Cressida vit ses mains se mettre à trembler.

— Le parlement du Zayyar a décidé de soumettre au vote l'annulation du mariage pour cause de falsification de documents officiels.

La voix de Khal était dénuée de toute émotion.

— D'après la loi, je peux choisir d'annuler le contrat de mariage parce que les certificats que tu as fournis concernant ta filiation sont incomplets, ajouta-t-il en se tournant vers elle.

Cressida sentit le sol vaciller sous ses pieds.

— Je vois.

— Je ne voulais pas en discuter devant témoins.

Il plongea son regard dans le sien.

— C'est une question à laquelle nous devons réfléchir en tête à tête.

« Réfléchir » ? Il voulait discuter de la possibilité d'annuler leur mariage ?

Cressida était tétanisée. En principe elle devrait souffrir

atrocement, non ? Son cœur était en train de se briser en mille morceaux. Alors pourquoi ne sentait-elle rien ?

— Je ne vois pas l'utilité de discuter, déclara-t-elle d'un ton neutre. Si le parlement juge qu'il y a des raisons valables d'annuler le mariage, tu dois agir dans l'intérêt de ton royaume. Je ne contesterai pas l'annulation.

Cressida passa devant ses sœurs et quitta la terrasse. Elle avait besoin d'être seule. Et c'était urgent. Parce qu'elle était sur le point de s'effondrer. Elle perçut un mouvement derrière elle, mais ne se retourna pas et demanda à un de ses gardes de l'escorter jusqu'à sa chambre. Des pas précipités se firent entendre dans l'escalier derrière eux, elle les ignora. Il fallait espérer que son garde suivrait ses instructions...

Non, apparemment les gardes zayyaris n'obéissaient qu'à un seul maître, songea-t-elle avec dérision quand Khal fit irruption dans la pièce. Il resta silencieux un long moment avant de prendre la parole :

— Tu ne contesteras pas l'annulation... parce que tu es soulagée que ce soit une possibilité ?

— Si l'un d'entre nous est soulagé, il me semble que c'est toi. Je ne suis pas exactement l'épouse idéale que tu recherchais pour redorer ton image sur la scène internationale. Le scandale me colle à la peau. Et en plus je suis incapable d'aligner deux phrases en public sans bafouiller.

Et d'ajouter avec courage :

— Je ne suis pas ma sœur, Khal. J'ai essayé de me montrer à la hauteur, mais je n'y arrive pas. C'est peut-être mieux pour nous deux d'arrêter maintenant avant d'être impliqués davantage.

— Comment pourrions-nous être impliqués davantage que nous ne le sommes déjà ? Je sais que ce mariage n'a pas commencé de manière conventionnelle. C'est vrai que j'ai d'abord choisi ta sœur par convenance, mais à l'époque je ne savais même pas que tu existais.

— Parce que si tu l'avais su, tu m'aurais choisie ? L'anti-princesse godiche et antisociale ?

— Je ne peux pas t'assurer que je t'aurais choisie, vu que je voulais un mariage sans amour. Ce qui m'importait, c'était que mon épouse réponde à certains critères. Mais à présent que je te connais et que j'ai goûté à la vie avec toi, je n'ai aucune envie de te changer.

Cressida sentit son cœur faire un bond dans sa poitrine. Était-il en train de dire qu'il ne voulait pas de l'annulation ? Non, c'était impossible...

— Ce que je t'offre, c'est une véritable machine à remonter le temps. Une chance de changer ton avenir si tu le souhaites. Ta sœur t'a déjà proposé un poste d'enseignante. Si tu me dis que tu veux faire annuler notre mariage, ton vœu sera exaucé. Ma conscience m'interdit de te cacher cette possibilité, même si j'ai été tenté de le faire.

— Tu as été tenté de ne pas me parler de la possibilité d'annulation ?

— Oh oui ! Pourquoi aurais-je envie de te donner une chance de renoncer à ce mariage ? De me quitter ?

— C'est que... Toi qui voulais une cheikha idéale, tu te retrouves avec un scandale ambulant. Pourquoi aurais-tu envie de t'embarrasser d'un tel fardeau ?

Il ne répondit pas tout de suite. Le temps semblait suspendu et elle avait l'impression que les battements de son cœur résonnaient dans le silence de la pièce. L'entendait-il ?

— Oui, tu es un scandale ambulant. Et ta famille, une bande de fous furieux. Quant à ton caractère, il est sans doute plus adapté au métier de bibliothécaire qu'au rôle de cheikha... Mais après tous les moments que nous avons partagés ces dernières semaines, je t'assure que si nous n'étions pas déjà mariés, c'est toi que je choisirais pour épouse.

Cressida avait le vertige. Avait-elle bien entendu ? Son rêve était-il vraiment devenu réalité ?

Il mit un genou à terre devant elle.

— Cressida... Si tu veux mettre fin à ce mariage, je te promets de ne pas t'obliger à rester. J'ai essayé pendant trop longtemps de contrôler tout le monde autour de moi.

Il lui prit la main et plongea son regard dans le sien.

— Mais je ne peux pas te promettre de ne pas te supplier chaque jour de me revenir et de rester auprès de moi jusqu'à la fin de ma vie.

— Pourquoi ferais-tu ça ?

— Parce que si j'ai d'abord eu trop peur de mes sentiments pour les reconnaître, aujourd'hui je ne les crains plus. Et je suis prêt à tout pour conquérir ton cœur. Comment pourrais-je résister à mon destin ?

— Je croyais que tu ne croyais pas au destin.

Cressida vibrait de tout son corps sous le regard éperdu de Khal et elle avait l'impression que le sol pouvait se dérober sous elle à tout instant.

— N'est-ce pas extraordinaire que dans un night-club bondé, dans une ville qui compte deux fois plus d'habitants que mon royaume, tu m'aies choisi ? Tu ne crois pas que c'est autre chose qu'une coïncidence ?

Il prit une profonde inspiration.

— J'ai pris conscience d'une chose, aujourd'hui. Dès l'instant où je t'ai prise dans mes bras le soir de notre rencontre, je me suis senti en paix. C'est ça qui m'a effrayé. J'avais tellement l'habitude d'être en guerre contre moi-même que l'effet apaisant de ta chaleur me terrifiait. C'était comme si tu m'arrachais aux ténèbres pour m'obliger à revenir dans la lumière. Si ce n'est pas de l'amour, je ne sais pas ce que c'est.

— Je ne sais pas quoi dire…

Il lui prit la main et la porta à ses lèvres.

— Dis que tu veux rester à mon côté. Pas seulement comme ma cheikha mais comme mon épouse. Ma partenaire. Mon amour.

C'était la demande en mariage romantique dont elle rêvait… La gorge nouée, elle pinça ses lèvres pour les empêcher de trembler.

— Rien ne pourrait me rendre plus heureuse que de rester à ton côté.

Elle se mit à genoux à son tour et posa la main sur sa joue.

— Mais je tiens à rester fidèle à moi-même en même temps qu'à mon amour pour toi. Je ne peux pas me contenter de faire de la figuration à ton côté dans de belles robes. Je veux utiliser mes compétences pour aider les gens.

Le visage de Khal s'éclaira.

— Je te soutiendrai dans tout ce que tu voudras entreprendre, et tu peux même compter sur moi pour faire de la figuration à ton côté dans de beaux costumes.

Au comble de l'émotion, elle pressa ses lèvres sur les siennes. Il referma les bras sur elle, et dans son baiser fervent elle sentit toute la force de son amour. Cet homme était entré dans sa vie pour lui prouver qu'elle pouvait être aimée pour elle-même. C'était le plus beau cadeau qu'il pouvait lui faire.

Épilogue

Six mois plus tard

La salle de bal de l'hôtel parisien grouillait de têtes couronnées et de célébrités. Tout le monde avait tenu à assister au mariage de l'année au sein de la famille royale la plus scandaleuse de la décennie. Cressida regarda avec émotion sa sœur fouler la piste au bras de son mari pour leur première danse.

— Olivia semble si heureuse...

— Roman n'a jamais été un grand danseur mais apparemment il a pris des cours, commenta Khal en riant.

Elle arqua les sourcils.

— Je ne comprendrai jamais votre relation.

— C'est normal.

Khal sourit.

— Nous sommes aussi compliqués l'un que l'autre, mais au fond nous sommes amis pour la vie. Frères, même, à présent.

— Quelle famille !

Cressida pouffa, puis elle laissa échapper une petite exclamation étouffée quand Khal déposa un baiser sur sa nuque.

— La soirée est bien avancée, nous pourrions peut-être nous esquiver, non ? murmura-t-il en lui mordillant l'oreille.

— Vous avez encore l'intention de m'empêcher de dormir toute la nuit, Votre Majesté ?

Khal s'était absenté une semaine pour le lancement de la saison touristique dans la ville de Valar en pleine expansion.

De son côté, elle avait été obligée de rentrer plus tôt que prévu d'une mission en Afrique du Sud avec la fondation et de garder le lit quelques jours au palais pour des raisons qu'ils ne pouvaient pas encore dévoiler au public.

— J'espère que je ne t'ai pas trop fatiguée ? demanda Khal, l'air soudain inquiet. Le médecin a dit qu'il fallait que tu te reposes le plus possible pendant quelques semaines.

Cressida posa instinctivement la main sur son ventre.

— Les nausées semblent se calmer maintenant que les premiers mois sont passés. Il paraît que le premier trimestre est le plus difficile.

Khal hocha la tête avec un sourire crispé. Cressida avait été très surprise de son revirement. Elle avait été prête à respecter sa volonté de ne pas avoir d'enfants, même si ce désir était enfoui en elle. Mais au fil du temps elle avait constaté que Khal avait tendance à s'angoisser de moins en moins face aux choses qu'il ne pouvait pas contrôler. Quand il s'était déclaré prêt à fonder une famille, elle était tombée enceinte presque immédiatement. Elle n'en avait pas encore parlé à ses sœurs, préférant laisser tout le monde se concentrer sur le mariage d'Olivia.

Mais en regardant les jeunes mariés danser, elle crut voir une rougeur révélatrice sur les pommettes d'Olivia quand Roman posa furtivement la main sur son ventre. Son regard croisa celui de sa sœur, et celle-ci lui adressa un sourire entendu qui la conforta dans son opinion.

— Tu es nerveux ? demanda Cressida à Khal un peu plus tard, alors qu'elle était allongée dans ses bras dans leur suite. Pour le bébé, je veux dire.

Il traça des cercles sur son ventre du bout de l'index.

— Bien sûr. Mais je pense que la plupart des gens sont nerveux même s'ils n'ont pas vécu la même expérience que moi. Mon plus gros problème, c'est de résister à l'envie de t'imposer le repos permanent et de t'enfermer dans ta chambre pendant les six prochains mois.

— Six mois au lit ?

Elle feignit de considérer sérieusement ce scénario.

— Avec toi ?

— Ces hormones te rendent insatiable, plaisanta-t-il. Et quelle vitalité ! Nous avons déjà fait l'amour deux fois et tu en redemandes ?

Cressida fut submergée par un bonheur indicible sous le regard de l'homme qui l'aimait. Il plissa le front quand des larmes noyèrent ses yeux.

— Qu'y a-t-il ?

— Avant de te connaître j'avais le sentiment que je ne méritais pas d'être aimée. Aujourd'hui je suis comblée au-delà de tout et je sais que je ne serai plus jamais seule.

— Jamais, murmura Khal contre ses lèvres. Aussi longtemps que tu voudras de moi je serai à toi.